U0456775

达西的疑问

[英]P.D.詹姆斯 / 著　　张思婷 / 译

重庆出版集团　重庆出版社

版贸核渝字（2014）第 119 号

图书在版编目（CIP）数据

达西的疑问 /（英）詹姆斯著；张思婷译. —重庆：重庆出版社，
2014.11
书名原文：Death comes to pemberley
ISBN 978-7-229-08165-2

Ⅰ. ①达… Ⅱ. ①詹… ②张… Ⅲ. ①长篇小说－英国－现代
Ⅳ. ① I561.45

中国版本图书馆 CIP 数据核字（2014）第 129643 号

达西的疑问

DAXI DE YIWEN

[英] P.D. 詹姆斯　著　　张思婷　译

出 版 人：罗小卫
责任编辑：钟丽娟
责任校对：刘小燕
装帧设计：张金花

重庆出版集团
重庆出版社　出版

重庆长江二路 205 号　邮政编码：400016　http://www.cqph.com
北京市玖仁伟业印刷有限公司
重庆出版集团图书发行有限公司发行
E-MAIL: fxchu@cqph.com　邮购电话：023-68809452
全国新华书店经销

开本：880×1230　1/32　印张：8.5　字数：166 千
2014 年 11 月第 1 版　2014 年 11 月第 1 次印刷
ISBN 978-7-229-08165-2

定价：30.00 元

如有印装质量问题，请向本集团图书发行有限公司调换：023-68706683

Death Comes
To Pemberley

献给我的私人秘书——

乔伊斯·麦克伦

谢谢你三十五年来替我打字

也谢谢你的友情

《达西的疑问》好评推荐

"乐于欣见的续集！无论你是历史推理迷，还是简·奥斯汀迷，都会喜欢这本致敬之作。细心的读者必会摩拳擦掌，抽丝剥茧，开开心心从复杂的情节中解开谜团，揭开许许多多不为人知的盘算和秘密。"

——《出版人周刊》

"如果你既爱谜团，又爱简·奥斯汀，这本小说一次满足你……尖酸辛辣的文字，暗地里纠葛的人情，全在这本悦人的小书里。"

——《洛杉矶时报》

"侦探小说女王对接经典文学女王，两人碰撞出精彩的火花，本书将詹姆斯的简洁优雅和聪明机智发挥得淋漓尽致。"

——《简报》

"詹姆斯无疑是目前英国最伟大的犯罪小说家，或许也是犯罪小说史上最有才情的写手。"

——《纽约时报》

"情节千回百转，阴谋无所不在，詹姆斯笔调沉稳，知识渊博，刻画历史丝丝入扣。"

——《华尔街日报》

"简·奥斯汀的续集和仿作愈来愈多，詹姆斯之所以脱颖而出，不只在于其对奥斯汀的熟稔，她精准重现了浪漫时代的场景，而且将奥斯汀的文笔学得惟妙惟肖。"

——The Star-Ledger 网络新闻

"詹姆斯以巧妙的线索，交织成可信的故事，推演出令人心服口服的结局……本书撷取了两位作者之长，字里行间可见詹姆斯绝伦的聪慧和宽大的胸襟，这是她的标记，贯穿了她的每一部作品。"

——《里奇蒙日报》

"《达西的疑问》文字精准，充满巧思，叙事动人，一则含蓄地向简·奥斯汀致敬，二则证明詹姆斯的创作力源源不绝。"

——伦敦《星期日泰晤士报》

"詹姆斯将《傲慢与偏见》提升到连做梦也想象不到的境界，其文字魅力无穷，即使是最苛刻的简·奥斯汀迷也要沉醉了。"

——《伦敦标准晚报》

"最终的破案，彰显詹姆斯一贯的巧思……这部模仿简·奥斯汀文笔的作品，无懈可击。"

——《柯克斯书评》

"简·奥斯汀迷的一大飨宴！引人入胜的历史推理小说。"

——《华盛顿邮报》

"詹姆斯不愧是雕琢文字的高手，也是洞悉人性的大师。"

——《赫芬顿邮报》

序

　　我要向简·奥斯汀女士的亡魂致歉。伊丽莎白是她老人家最钟爱的角色，我万万不该让她卷入命案，害她饱受侦讯之苦。奥斯汀女士早已于《曼斯菲尔德庄园》最终章言明："罪恶和困顿，就留待其他文人着墨吧。这些可憎之事，我是不耐烦写的。我迫不及待要让那些无甚大奸大恶的凡人安康度日，余者便不在话下。"她在天之灵听见我此番赔罪，必定会说：要写这些可憎之事也是她老人家来写，写得肯定比我还更好些。

P.D. 詹姆斯，二〇一一

目 录

楔子　朗堡的班奈特一家人

　　梅里墩那些女人家差不多都是异口同声地说朗堡的班奈特夫妇真是好命，五个女儿倒有四个嫁得风风光光。梅里墩是赫福德郡上的小市镇，并非旅游胜地，镇上既没有美丽的风景，也没有辉煌的历史，就只尼德斐庄园一栋豪宅，外观虽然壮观，却未见名列本郡知名建筑。再说镇上那个大礼堂，虽然定期举办舞会，却不曾请剧团来演戏，镇民的娱乐大多在自家打发，或者请吃饭，或者打打牌，来来去去不过就这几家，全靠八卦消磨无聊时光。

　　一家有五个待嫁闺中的女儿，自然要引来邻舍同情，尤其郡上没有其他娱乐，班奈特家的处境又格外不幸。班奈特先生没有子嗣，朗堡只得由堂侄柯林斯牧师继承，说到这位柯林斯牧师，班奈特太太老爱大声埋怨，说届时老爷的身子还没冷，恐怕柯林斯先生就要把她和五个丫头撵出去。不过凭良心讲，柯林斯先生也不是没有出力挽救过。虽说麻烦归麻烦，但柯林斯先生还是征得威重如山的女施主狄堡夫人首肯，离开肯特郡汉斯佛区的牧师公馆，风尘仆仆来到朗堡，一心想大发慈悲，从班奈特家五姐妹中物色太太。他有这份心，班奈特太太当然高兴，但不忘出言提醒，说大丫头就快有人家了；二小姐伊丽莎白的姿色仅次于长姐，自然雀屏中选，只可怜柯林斯先生碰了一鼻子灰，不得不找人取暖，转而向伊丽莎白的闺中密友夏洛特·卢卡斯求爱，这位卢家大小姐也欣然接受；事到如今，班奈特太太和五位小姐意料中的事终于变成定局，左邻右舍都等着看好戏，只要班奈特先生一死，柯林斯先生就会把庄上的农舍空出来，安排班奈特太太和五位堂妹住进去，从此以讲道为灵粮，以剩菜为食粮，偶尔吃到野味或咸肉，就算是丰盛了。

可是这样的好福气，班奈特一家却没能消受。一七九九年，班奈特太太好生得意，五个女儿倒嫁了四个。凭良心讲，最小的女儿丽迪亚嫁得不怎么体面，年方十六，便和驻扎镇上的民兵团中尉乔治·韦翰私奔。大家都以为，像这般离经叛道，下场活该凄凉，不但要遭韦翰抛弃，还要给逐出家门、饱受社会排挤，最后会堕落到什么地步，小姐太太可不敢说，只怕脏了自己的嘴。不过，丽迪亚终究是嫁给韦翰了，这消息最初是威廉·顾尔丁带回镇上的，他骑马经过班家的四轮大马车，新嫁娘正把手搁在车窗上，秀出婚戒让他瞧个仔细；菲利普姨母则孜孜不倦地逢人就把外甥女私奔一事添油加醋地混说一番。她说两口子原本要直奔苏格兰边境的，然后私奔到小镇格雷纳格林，不料半途在伦敦耽搁，把婚事说与韦翰的教母知晓，可不巧班奈特先生也到伦敦寻女，两口子便听从父亲建议，在伦敦结婚了事。尽管没人把她的混话当真，可是编派得实在巧妙，不如也就做个样子，姑且相信罢了。至于乔治·韦翰，自然别想再踏进梅里墩一步，省得他占店家便宜、吃女仆豆腐。不过，要是韦翰太太不幸回到镇上，众人倒愿意宽待她，一如她当小姐时那样。

镇民议论纷纷，不知这婚是怎么结成的。班奈特先生名下的产业，每年利钱不过两千镑。众人以为，韦翰先生没个五百镑的嫁妆，并替他还清在梅里墩等地亏欠的款子，这桩婚事他绝计不肯。这钱最后必定是葛汀纳先生拿出来的，他是班奈特太太的弟弟，为人素来以热心闻名，不过葛汀纳先生还有一家子要养，迟早要向班奈特先生讨款子。这一来卢家庄可焦虑了，女婿将来可是要继承班府产业的，只怕班奈特先生卖地折现，将来落入女婿名下的岂不要减少？不过朗堡的树一棵也没砍，班家老爷的地一寸也没卖，府上的家仆也未见遣散，那屠户也照例每周给班奈特太太送肉，于是众人又想，这下卢家大小姐和夫婿柯林斯先生也甭操心了，等到班奈特先生依礼下葬，朗堡的产业定能分毫不差地交到柯林斯先生手上。

紧接在丽迪亚的婚礼之后，班家大小姐和尼德斐庄园的宾利先生也订了婚，不过这桩婚事与前一桩可不同，众人都点头称许，早料到这对有情人会终成眷属。那次舞会两人初次相遇，宾利先生对珍的爱慕便表露无遗。班家大小姐美丽温柔，天真无邪，相信人性本善，从不道人长短，真是人见人爱。班家才刚传出大小姐的消息，几天后，镇上便沸沸扬扬，传说班奈特太太钓到了更大的金龟婿，乍听之下简直难以相信，听说班家二小姐伊丽莎白要嫁给庞百利庄园的主人达西先生！这庞百利庄园可是德贝郡数一数二的豪宅，再说达西先生的身价，据传每年光利钱就有一万英镑。

全梅里墩谁不知道莉西小姐讨厌达西先生！其实何止她，想当时达西先生、宾利先生和宾利姐妹首次出席梅里墩舞会，在场的先生小姐莫不恨他恨得牙痒痒。他在舞会上目中无人、睥睨全场，宾利先生邀他跳舞他也不理，挑明了说全场没人配做他的舞伴。卢卡斯爵士引介伊丽莎白给达西先生认识，他也不邀人家共舞，还跟宾利先生咬耳朵，说她不够漂亮，实在提不起劲。事后大家理所当然以为，嫁给达西先生绝对不会幸福，诚如卢家二小姐玛利亚所言："谁想婚后每顿早饭都要看人脸色啊？"

不过像伊丽莎白这样精明豁达，众人也没有理由责备。既然人生不可能圆满，若能嫁个身价一万英镑的丈夫，当上庞百利庄园的女主人，梅里墩那些小姐哪个不愿看人脸色？这些小姐碍于礼俗，都甘愿同情那受苦的、贺喜那走运的，不过太晦气要招人嫌，行大运要讨人厌，伊丽莎白此回飞上枝头，原是飞得太高了些。这帮小姐虽然承认她眼睛迷人、脸蛋漂亮，但是此外一无所有，凭什么嫁入豪门当女主人？不多时，那帮背地里嚼舌根的，便编派出一套歪理，说莉西小姐和达西先生初次碰面，便已打定主意，势在必得。如今众人晓得了她的手段，都说她一见面就出巧招了。想想最初那场舞会，达西先生虽然不屑与之共舞，可是眼神却时常在她身上停留。她的好友夏洛特钓了好几年的金龟婿，哪怕只是万分之一的得手机会，也能让她瞧出端倪，她提醒伊丽莎白别犯傻，韦翰中尉尽管左右逢源，但千万不要因为喜欢他，开罪了身价高上十倍的达西先生。

紧接在舞会之后，班家大小姐珍上尼德斐庄园赴晚餐邀约。班奈特太太坚持她骑马去，不准她搭乘马车前往，珍倒也识趣地伤了风，接连几天都在尼德斐庄园养病，全都在班奈特太太的盘算之中。而伊丽莎白这做妹妹的，自然要步行去探姐姐的病，尼德斐庄园那位宾利小姐最讲礼数，就算是不速之客也得好生接待，直到班家大小姐康复；因此，伊丽莎白在达西先生身边打转了将近一个礼拜，眼看已得手几分，往后当然要再接再厉，来个亲上加亲。

宾利先生拗不过班家那两位小姐，不久也在尼德斐庄园办了一场舞会。舞会上，达西先生竟然请伊丽莎白跳舞，只见那排挨着墙壁坐着的太太，一个个擎起长柄眼镜，跟在场的宾客一起看着那两位从排头跳到排尾，虽然甚少交谈，但是单单达西先生请伊丽莎白跳舞，而且小姐没有让先生碰壁，就足以让镇民议论纷纷了。

伊丽莎白的下一着棋，就是陪同卢卡斯爵士和卢家二小姐，上汉斯佛区的牧师公馆拜望柯林斯夫妇。照道理讲，莉西小姐决计不该揽这事儿。她脑袋又不是糊涂了，柯林斯先生做人有多乏味，她哪里会不晓得？更不要说还得跟他做伴六个礼拜！柯林斯先生在娶卢家大小姐之前，便曾经向莉西小姐求过婚，这事儿闹得家喻户晓，倘若她识相点，就不该跑到汉斯佛区去。可是，她老早就打听好，这柯林斯先生的牧师公馆，正好紧邻着凯瑟琳·狄堡夫人的若馨庄园。你知道这狄堡夫人是谁？她不仅是柯林斯先生的恩人，还是达西先生的姨母。伊丽莎白一行人上牧师公馆做客期间，达西先生恰好上若馨庄园拜望。夏洛特婚后勤写家书，禀告母亲家禽、家畜及丈夫近况，这回达西先生与其表兄费兹威廉上校上若馨庄园拜望，她也一五一十于信中交代，据说伊丽莎白做客期间，两位先生时常到牧师公馆走动，某次伊丽莎白独自看家，达西先生还只身上门，此举极不寻常！夏洛特因而一口咬定，达西先生必定是恋爱了。依她来看，两位先生不论是哪位求婚，伊丽莎白都会欣然答应；但莉西小姐却落得两头空，孤零零回到朗堡。

不过船到桥头自然直。话说班奈特太太的弟弟葛汀纳先生，邀请伊丽莎白与他们夫妻俩北上消暑，原本说要到湖区去，无奈葛汀纳先生公事缠身，只得缩短行程，不过在德贝郡转一转。这事儿是班家四小姐凯蒂说的，梅里墩的镇民哪里肯信？不过是托词罢了。既然有钱从伦敦逛到德贝郡，岂有不去湖区的道理？只怕是不想去吧。伊丽莎白能飞上枝头做凤凰，葛汀纳太太也是出了力的。此行到德贝郡，显然是葛汀纳太太的主意，看准了达西先生要回庞百利庄园消暑。一行人出发前一晚，伊丽莎白就向旅店打听庞百利的主人在不在。隔天一行人上庞百利庄园参观，达西先生正好下马回府，为顾及礼貌，自然要招待一番，请客人在庄园吃顿便饭；伊丽莎白先前若有任何疑虑，不知擒住达西妥也不妥？此回见了庞百利庄园，定是疑虑全消，巴不得立刻与主人坠入情网。随后达西先生和宾利先生同返尼德斐庄园，当下刻不容缓，立刻上朗堡拜望，班家大小姐和二小姐的终身大事，总算得意洋洋地敲定了。伊丽莎白的婚事尽管风光，却不如珍那样教人欢喜。她向来不得人缘，梅里墩那些女人家，里头有几个多心的，都猜疑莉西小姐在背地里笑她们傻，于是也暗自骂她刻薄，虽然刻薄二字的意思她们也不大懂，只知道女人家刻薄不好，男人不喜欢。这下伊丽莎白麻雀变凤凰，那些吃不到葡萄便说葡萄酸的人，只能安慰自己，说达西先生的眼睛长在头顶，又娶了个嘴巴不饶人的太太，两人婚后肯定多灾多难，即使坐拥庞百利庄园和一万英镑利钱，也毫无幸福快乐可言。

　　繁文缛节尽管折腾，可是省却这些，到底不是大户人家的样子。肖像还是要画，律师还是要请，马车还是要买，婚纱还是要挑。有鉴于此，班家大小姐和二小姐择了同一天在朗堡村的教堂举行婚礼，难得的是一切顺利。本来这应该是班奈特太太的大好日子，可惜她在婚礼上心悸得厉害，只怕达西先生的恶姨母要闯到教堂门口，破坏这桩好事。直到牧师宣布新人结为夫妇，她这个丈母娘的位子才总算坐稳了。

虽然不知班奈特太太怀不怀念二女儿的陪伴，但班奈特先生肯定是想念的。五个丫头之中，他最疼的就是伊丽莎白。她的聪慧像他，诙谐像他，就连喜欢拿邻居开玩笑，抓人家小辫子，挑人家语病，这一点也像他。少了她的陪伴，家里寂寞不少，也越发没了个理。班奈特先生颇有些歪才，而且博览群书，整日躲在书房里与书同乐。他和达西先生一拍即合，两人如朋友一般，互相包容彼此的怪癖，视之为天才的证据。他常常出其不意上庞百利拜访女儿女婿，去了就窝在书房里。庞百利的书房在私人藏书中首屈一指，班奈特先生一踏进去便废寝忘食，连请他出来吃顿饭都难。相较之下，他偶尔才去海马腾庄园探望大女儿和大女婿。一来他看不惯珍那样纵容丈夫、溺爱孩子，二来海马腾庄园藏书少，也未见添购书刊，自然便不愿去了。宾利先生祖上是做生意发迹的，府上并无藏书，宾利先生新近买下了海马腾庄园，便也想辟一个房间做书房，达西先生和岳父大人自然乐意帮忙，反正花的是宾利的钱，而且这钱花下去，不仅宾利受惠，自己也称心，岂不皆大欢喜？每每这对翁婿铺张了点，两人便自我安慰地想：横竖宾利手头阔，又不是付不起；且说这书房的书柜，实在是由达西先生细细打造，班奈特先生点头首肯，如今书虽然还没排满，但是书皮之耀眼、陈设之优雅，实在让宾利先生得意非凡；每遇外头天候不佳，不宜打猎钓鱼，还可见他一书在手，低头诵读。

班奈特太太只陪丈夫上过庞百利庄园两趟。达西先生虽然耐着性子好生接待，但是她这个丈母娘实在太敬畏女婿，从此竟然再也不愿去。说句实话，伊丽莎白疑心母亲比起上她这儿来，倒是喜欢向邻居吹捧多些，说说女婿家的花园多大多美，宅子多么富丽堂皇，仆从如何众多，珍馐如何满桌。班奈特夫妇鲜少去探望外孙。想当年接踵而至的弄瓦之喜，夫妻俩至今记忆犹新：无法成眠的夜晚，嚎啕大哭的女娃，昼夜抱怨的看护，桀骜不驯的奶妈。几个小外孙刚出世的时候，夫妻俩去探望过几回，果然女儿女婿说得没错，小娃儿模样整齐、聪明过人，尔后连走动也懒得走，只管听女儿女婿说说便心满意足了。

想想班奈特太太当年真是苦了两个大丫头，只听她在尼德斐庄园的舞会上大声嚷嚷，说要是珍嫁给宾利先生，那几个小的可都要攀高结贵了，只没想到后来应验做母亲这番苦心的却是梅蕊。众人都以为，梅蕊是要做老处女的。她手不释卷，但不求甚解；她勤于练琴，但毫无慧根；她说得一口陈词滥调，全不见半点智慧机巧。她从没在哪个男人身上留过心，参加舞会更是活受罪，只为要上台显显琴艺，适时踩踩强音踏板，唬得观众心悦诚服。然而，珍结婚不过两年的光景，梅蕊便嫁给海马腾庄园邻近教区的西奥多·霍金牧师，做牧师太太去了。

事情是这样的。海马腾庄园的教区牧师身体微恙，便请霍金牧师来代职三周。霍金牧师清瘦寡欢，三十五岁仍未娶妻，讲道冗长深奥，故人都夸他聪明。他虽然不算富有，但除了俸禄之外，不乏蝇头小利入袋，日子过得颇为优渥。当时梅蕊上海马腾庄园做客，适逢霍金牧师讲道，礼拜结束后，珍在教堂门口介绍两位认识，梅蕊称赞他口若悬河，解经解得精妙，又不时征引佛狄斯的《给女青年的布道文》为证，听得她神魂颠倒，珍却等得心焦，急着要同丈夫去享用色拉冷盘，便邀霍金牧师隔天来家里吃饭。霍金牧师在海马腾庄园吃了几顿便饭，三个月后，梅蕊便成了霍金太太，众人对这桩婚事兴趣平平，婚礼也办得惨惨淡淡。

这桩婚事对霍金牧师的教区不啻为一大福音，据说牧师公馆的膳食进益不少。班奈特太太从小教导五个丫头，一桌好菜有助家庭和谐，且能吸引男客上门。会众希望霍金牧师提早结束礼拜，回家享受天伦，无奈满桌好菜只让他衣带渐短，讲道却还是一样长。婚后两口子琴瑟和鸣，梅蕊要一个房间做书房，霍金牧师只好将空出来的客房让给她，这一来虽然有助于家庭和乐，却无法邀亲戚来访过夜。

时间来到一八○三年秋天，珍和伊丽莎白已经高高兴兴做了六年的宾利太太和达西太太，班奈特太太只剩凯蒂一个丫头还没有人家，不过母女俩都认为不打紧。凯蒂乐得权充独生女，按期上珍那儿拜望，看看几个外甥，只觉人生惬意不过如此。每每韦翰陪丽迪亚回娘家，只让人对婚姻灰心。小两口总是有说有笑地来，班奈特太太也总是热情接待，欢迎心肝肉儿回家，只是不多时，说笑变吵嘴，挨骂的少不了反唇相讥，待骂完了又要哭穷，埋怨大姐二姐吝啬，好不容易把两个冤家欢欢喜喜送走，却又巴巴地等着两口子来。说到底，班奈特太太还是希望有个女儿在家做伴。自从丽迪亚出嫁后，凯蒂益发随和能干，与母亲也处得和顺了。依班奈特太太的禀性，这样的日子要算是和乐了，据闻如今她与卢卡斯夫妇吃饭，四道菜都出齐了，也没听她嚷嚷继承一事如何不公平。

卷一　舞会前夕

1

一八〇三年十月十四日，礼拜五，早上十一点钟，伊丽莎白·达西坐在桌前，这儿是庞百利大宅一楼的起居室，空间虽然不大，可是格局得宜，墙上开着两扇窗，望出去便是清溪。这屋子是伊丽莎白自个儿挑的，也是照她的意思收拾的，家具、帘帷、地毯、图画，全是园子里上好的，也都按她的心意摆了。想当初下人一边收拾这间屋子，达西先生便在一旁照管，伊丽莎白住进去时，看到丈夫那开心的模样，又见下人无不顺她的意，这才明白庞百利庄园女主人配享的，何止是这金碧辉煌的宅邸，更有那身为达西夫人的种种福利。

除了起居室，这宅子上上下下最得伊丽莎白欢心的，便是那壮观的书房，里头的藏书是世代的累积，而今她丈夫也颇有雅兴，懂得领略藏书的乐趣。从前在朗堡，书房是父亲的地盘，即便是父亲的掌上明珠，也不得擅自登堂入室。在庞百利庄园，书房由她和丈夫共享，在丈夫循循善诱下，她涉猎的书籍比婚前更广，而且读得更通，也更能领略书中的趣味，而今回首，方知这六年来累积的学问，绝非"粗浅"二字可以形容。此外，庞百利庄园的晚宴与梅里墩相比，简直判若云泥。当年在娘家，来来去去不脱那些人，说来说去不出那些八卦，翻来覆去不外乎那些想法，卢卡斯爵士总要重话当年，把圣詹姆斯宫封爵一事搬出来讲演，就算是替宴席增色了。而今，每每要离开餐桌，她总是不舍地向女客使眼色，要她们同她先退席，留男人在餐桌议论国事。伊丽莎白直到婚后才明白，原来世上不乏欣赏女人聪慧的男子。

这天是安妮夫人舞会前夕。一个钟头前，伊丽莎白才在跟女管家雷诺太太盘点，看看是否都备妥了，有没有哪儿出了岔子，此刻只剩伊丽莎白在起居室里独坐。打从达西一岁开始，这舞会年年都办，原来是替达西的母亲祝寿，后来达西老爷逝世，停了一年，往后还是如常举行，直到达西的母亲去世，才没人操办了。这舞会往年都办在十月，日期就拣在月圆后的礼拜六，碰巧邻近达西夫妇的结婚纪念日，这样的大好日子，夫妻俩却只和同日结婚的宾利夫妇悄悄地过，只因为这节日弥足可贵，与其由着众人寻欢取乐，不如自己人热闹一回。因此，伊丽莎白便按着婆婆的名讳，称这秋日舞会为安妮夫人舞会，这在郡上可是一年一度的社交盛事。前些日子，达西先生才说今年恐怕不宜举行舞会，一来法国已向英国宣战，拿破仑大军随时会

从南部入侵，二来农作收成欠佳，农民生计困难。几位乡绅一
听此言，又看了看账簿，莫不忧心忡忡抬起眼皮，附议达西先
生担心有理，可是倘若取消舞会，恐怕要触怒太太，引发家庭
失和。于是，众人一致认为，舞会得以振奋军心，举办无妨，
何况堂堂庞百利庄园岂能取消舞会？此事若吹到那民智未开的
巴黎人耳里，难保敌国士气大振、普天同庆。

　　乡下季节庆典少，生活无甚趣味，身为本地望族的邻人，
自然要督促大户人家恪尽职责，左邻右舍才好分一杯羹；达西
先生娶妻一事，起初众人诧异不已，怎么娶了这么一位夫人进
门？不过，既然木已成舟，横竖达西先生有了家室，待在庄上
的时间自然长些，只盼这位新夫人懂得她该守的规矩。婚后伊
丽莎白和达西同游意大利，甫回庄园，便有络绎不绝的日常拜
望，或是上门道喜，或是叙些家常，做主人的少不得拿出风度
来接待。达西自幼便晓得，身为大户人家，理当施比受更多，
不管拜会再频繁，也总是沉着以对，教人好生钦佩；伊丽莎白
倒也乐在其中，暗自拿这些邻人取乐，瞧他们分明是在探人起
居，却又装出知书达理的模样。这些客人来这儿一趟，倒可以
乐上两回：先在达西太太的交谊厅乐一回，让人招待半个钟头，
回头再和左邻右舍乐一回，说说这新夫人衣着如何、待人接物
如何，夫妻俩的幸福有没有指望。不出一个月，大家对这位新
夫人都交口称赞：乡绅为其美丽聪慧所倾倒，太太们佩服她优
雅迷人，直夸她待客的点心极好。这下众人异口同声，都说庞

百利庄园的新夫人尽管出身不好，但是必能复兴安妮夫人当年的盛况，为郡上的社交活动尽一份心力。

伊丽莎白为人实际，知道郡民不会淡忘她的出身，每逢郡上搬来新客，定要说说这位达西太太如何跌破众人眼镜，好让听者大饱耳福。达西先生素来骄傲，凡事以家族传统和名誉为重，当年老爷娶了伯爵之女，家族显赫一时，如今达西先生当家，众人看来看去，都说没人配得上，偏偏他却娶了个乡绅的二女儿；且说这乡绅的家产，恐怕还没有庞百利的花园大，况且又没子嗣，只能让外人继承；再说这位小姐，据传嫁妆不过五百镑，家里还有两个妹妹未嫁，更有个言语粗俗的母亲，嗓门大得不得了，压根上不了台面。而且最惨的是，她竟有个妹妹嫁给乔治·韦翰做妻子！你可知道这韦翰是谁？他父亲以前是达西老爷的管家，但他却败坏家门，丢光父亲的面子。他这婚结得极不光彩，众人碍于礼数，只能在背地里议论。达西先生向来鄙弃韦翰，庞百利上下都不敢提这个名字，也不准此人踏进庄园一步，然而如今这桩婚事，却让达西先生和韦翰结为连襟。不过，凭良心讲，伊丽莎白确实叫人敬重，就是那帮心存偏见的，最后也承认她的眼睛的确迷人，脸蛋也实在漂亮，不过达西先生竟然看上她，依然令人惊诧，更让几位老小姐愤恨不平；当年她们听了母亲的劝，回绝了好几桩门当户对的婚事，就为了有朝一日当上庞百利的女主人，如今落得独守空闺的下场，年近三十仍然没有人家。伊丽莎白这婚结得虽然辛苦，但每每思及当年怎么跟狄堡夫人顶嘴，也就足以宽慰了。狄堡夫人和安妮夫人是姐妹，曾经气急败坏地告诉伊丽莎白，倘若她胆敢放肆，嫁给达西做妻子，后果如何将不堪设想。伊丽莎白回嘴道："这下场确实凄惨，但做了达西先生的太太，尚且有享不尽的幸福美满，终究无须为这点小事追悔。"

婚后伊丽莎白首次举办安妮夫人舞会，跟丈夫并肩站在楼梯顶端，欢迎客人一一上楼，原本以为当女主人很难熬，但是她不仅熬了过来，而且当得相当出色。她向来爱跳舞，如今举办舞会对她而言，是桩宾主尽欢的差事。当年安妮夫人以娟秀的字体，将筹备舞会的细节一丝不苟记下来，方才摊在伊丽莎白和雷诺太太面前的，便是安妮夫人的笔记，只见皮革封面上印着达西家族的家徽，内页的宾客名单也与当年并无二致，只添上达西和伊丽莎白友人的名字，葛汀纳夫妇也在上头，宾利和珍自然是年年都来，今年还带了房客亨利·艾韦顿一道前往。艾韦顿是律师，聪明活泼，年轻潇洒，不仅是海马腾庄园的好房客，也是庞百利庄园的好客人。

伊丽莎白一点也不担心舞会的事。一切均已准备妥当。木柴一捆一捆都劈好了，以防舞会上炉火不够旺。糕饼师傅明早就到，准备各色咸甜点心让女客享用；家禽家畜已宰杀倒吊，等着明晚让男客大快朵颐。红酒一瓶瓶从地窖搬上来。杏仁也一颗颗磨成粉，准备煮客人最爱的杏仁奶油汤；提味的尼格斯酒也备妥了，届时跟汤一起上桌，喝之前洒一点，全场酒酣耳热，最能炒热气氛。盆栽已从外头的花房移进来，一盆一盆摆在温室里，就等明天下午伊丽莎白和达西的妹妹乔安娜安排；此时原本住在森林小屋的汤姆·毕威，应该已经在餐具室里擦亮烛台，烛台共有数十座，舞厅、温室、女客休息室都要摆。毕威祖上代代都是达西家的首席马夫，汤姆·毕威原本也是替达西老爷驾车的，只是如今得了风湿，脚上、背上都不好，没法驾车，所幸双手还有力，是以每年舞会前夕，夜夜都来擦银器，还把女客要坐的椅子拂得一尘不染，仿佛这园子缺他不可。一切就看明天了，届时一辆辆载着庄主的私家马车，一台台载着平民的出租马车，都要沿着车道滚滚驶来，迫不及待地参加安妮夫人舞会；宾客"叽叽喳喳"下车，只觉秋意寒浸浸，赶紧把身上的薄纱礼服裹紧一点，头上灿烂的装饰也拢紧一些，准备重温旧日的欢乐。

　　说到这舞会，所幸有女管家帮着，否则伊丽莎白哪能这么顺利？女管家姓雷诺，当年伊丽莎白和舅父母去庞百利庄园参观，便是由她亲自接待。雷诺太太从达西先生四岁看他到大，直夸他是个好主人，又赞他是个好男人，听得伊丽莎白不禁怀疑，以往对他心怀成见，只怕是冤枉了？尽管伊丽莎白从未向雷诺太太提及自己的过去，可是两人渐渐就处熟了，雷诺太太行事圆滑周到，成为女主人不可或缺的左右手，早在伊丽莎白过门之前，便知要管理这一大家子，并顾及每位仆从的福祉，这里头琐事浩繁，跟打理朗堡相比肯定天差地别。不过伊丽莎白心地善良又体恤下人，仆从都相信这位新主人是个会替人着想的，因此伊丽莎白打理起来倒不如料想中困难，真要说起来，照管朗堡恐怕还吃重些，庞百利的家仆多半是雇工，早就让雷诺太太和史陶总管训练得妥妥帖帖，一个个都把主人服侍得无微不至，哪有给人添麻烦的道理？

伊丽莎白甚少想起婚前的生活，倒是常常思及朗堡那些家仆，譬如女管家希尔太太，家里大小事都逃不过她的法眼，连丽迪亚私奔她都晓得；还有莱特大厨，不管班奈特太太的要求有多离谱，他也从不抱怨；另有两位女仆，除了家务之外，又兼她和珍的贴身女仆，舞会前还得替姐妹俩梳头。在朗堡，主仆如家人；在庞百利，主子是主子，仆人是仆人，不过伊丽莎白明白，这座园子让庞百利上下同心，许多雇工和家仆都从父祖辈开始替达西家效力，他们血液里流的是达西家的血，他们口里传颂的是达西家的故事。她明白自己之所以坐稳女主人的位子，全赖她替达西家添了两位小少爷，大的五岁了，叫费兹威廉，小的才两岁，叫查尔斯。两个孩子都还在楼上的幼儿房玩着呢，却俨然已是达西家的命根子，确保达西家族不会绝后，这些仆从和雇工的役嗣都能继续待在这个庄园里。

约莫六年前，伊丽莎白过门后首次设宴治席，雷诺太太过来同她计议宾客、菜色、盆花等事，忽而听她说道："太太，您进门那天，咱们多高兴哪。老夫人生前常说，定要亲眼看儿子成婚。唉，可惜事与愿违。她那份着急，我还不明白吗？她一心希望达西先生早日成家，一来是为了他自己，二来也是为了庞百利。"

伊丽莎白按捺不住好奇，也顾不得矜持，只把头一低，整理起桌上的文书，淡淡地问了一句："但也许不是我这种妻子吧。安妮夫人当年不是和她妹妹说好，要让达西先生和狄堡小姐结亲吗？"

"太太，这……我也不能说狄堡夫人没这个心，只要知道达西先生在庄上，她便常常带着狄堡小姐来我们这儿走动，但也只是徒劳。狄堡小姐体弱多病，咱们老夫人要讨的是健旺的姑娘。听说狄堡夫人把脑筋动到小姐另一位表哥身上，希望这位费兹威廉上校向狄堡小姐求婚，但却没有下文。"

思及此，伊丽莎白回过神来，将安妮夫人的笔记放回抽屉里，虽是不舍眼前的孤独静谧，可是她心里明白，在舞会结束前，她不敢奢望片刻的宁静。她起身走到窗前，望着那绵延的车道、蜿蜒的清溪，还有那夹岸的庞百利山林，是数十年前请了园林师傅来命人栽种的。外围那一排树，一棵棵修剪得整整齐齐，枝头挂着金色秋叶，两树间隔稍远，以便彰显各自的姿态；目光愈往林深处走，树木益发蓊郁，泥土兀自芬芳。庄园的西北角上还有片树林，那儿占地更广，林木恣意生长，达西儿时在幼儿房待不住，成天就往那树林里跑，又是躲，又是玩。当年达西的曾祖父继承了庄园，便在这片树林里盖了间木屋，从此隐居在此，最后饮弹自尽。庄上的家仆和雇工有些迷信，都管这片树林叫林地，另一片称园林，或许是怕鬼吧，鲜少有人到林地这儿来。林地里有条小径，通到庞百利大宅的侧门，方便工匠出入，舞会的宾客则从正门的车道进出，连车带马停放在马厩，宅子里歌舞作乐时，马夫可在厨房休憩。

伊丽莎白徘徊窗前，抛开烦忧，望着那变化万千的苍穹，只见阳光匝地，天空蓝得清澈，只浮着几抹薄如轻烟的云絮。今早她和丈夫例行散步，方知阳光欺人，她身上衣衫轻薄，哪禁得起寒风浸骨，连忙和丈夫回到宅子里来。此时临窗眺望，只见风头更强，吹得那溪水粼粼，皱碧铺纹，碎波拍打衰草，碎影水面浮摇。

风中有两个不畏严寒的人影，一是乔安娜，一是费兹威廉上校，两人本在溪边散步，忽而掉头，往屋前的草坡和石阶上走。费兹威廉上校身着军装，那猩红色竟如泼墨一般，洒在乔安娜蓝色的毛皮大氅上。两人虽然一前一后地走，却是互相照应，偶尔风刮得紧，乔安娜驻足按着帽子，上校便停下脚步。眼看两人就要走到屋前，伊丽莎白赶紧离开窗边，免得他们撞见，以为遭人窥探。她匆忙回到书桌前，手边还有好些信要写，又有好些柬帖要回，还得想想哪些雇工穷了、苦了，哪些该去探访救济了。

正要提笔，耳边却传来叩门声，只见雷诺太太进来禀报："太太，抱歉打扰。上校方才从外边散步回来，正在门外求见，不知太太方不方便？"

伊丽莎白说："我正好得了空，请他进来吧。"

他这趟所为何来，伊丽莎白自认心里有数，眼下正为此事烦心，怎知说谁谁到。达西没几个要好的兄弟，费兹威廉上校是他表哥，自幼便常上庞百利庄园走动，投身军旅后，走动得没那么勤了，不过这一年半倒又常来，只是待得不如以往久。这几趟来，伊丽莎白发现他对乔安娜不同以往，其差别虽然微妙，但是绝对错不了；只要乔安娜在场，他就乐得眉开眼笑，挨在她旁边陪她说笑。自从去年舞会后，他像变了个人似的。原本要继承伯爵的兄长客死异乡，他顿时成了哈勒子爵，将来爵位便由他来继承。他不愿旁人称他为爵爷，要等到担待得起这一头衔，肩负得起此番责任，他才肯受此尊称，因此大家仍唤他费兹威廉上校。

　　如今他想娶妻生子，倒也是天经地义，此时正逢英法交战，随时可能战死沙场，落得断绝后嗣。即使伊丽莎白罕在家谱上留心，也晓得倘若上校无后，届时爵位将无人继承。她不止一次在心里纳闷：上校该不会是想在庞百利觅妻子？假使如此，达西作何感想？想来他必定乐见妹妹当上伯爵夫人，喜闻妹夫进入上议院制定国法。这桩亲事虽然定能光耀门楣，可是乔安娜真能因此享福吗？如今她也大了，不必凡事听任兄长定夺，但伊丽莎白明白，乔安娜不忍拂逆哥哥，哥哥不认可的婚事，她是决计不结的。而今麻烦就麻烦在亨利·艾韦顿。伊丽莎白从旁瞧了好一阵子，看出他属意乔安娜，乃至一往情深。可是乔安娜呢？她了解乔安娜，没有爱她是决计不嫁的，两人若不能相吸相亲、互敬互爱，谈何男女之情？假若时光倒流回费兹威廉上校赴若馨庄园拜望狄堡夫人之时，伊丽莎白会答应他的求婚吗？想到自己可能就此错过达西，无缘享受眼前的幸福，反而投入其表兄的怀抱，伊丽莎白顿觉面如火烧，简直比曾经爱过韦翰更加羞愧，忙忙把这念头丢开了。

费兹威廉上校昨晚安然抵达庞百利，正好赶上晚饭，不过除了接风洗尘，两人私下无话。眼前见他叩门进来，忙请他偎着火和她面对面坐下，这才有闲暇细细瞧他。他虽然比达西年长五岁，可是当年在若馨庄园初识，只见他谈吐幽默、风趣活泼，倒显得达西沉默老成。然而时过境迁。眼前的他老成持重，不苟言笑，看上去倒比实际岁数大些。伊丽莎白心想，或许是他从戎后肩负指挥大任的缘故，此外，自从他晋升子爵以来，便添了几分严肃，更自负出身不凡，人也傲慢起来，反不若先时潇洒。

他坐下后并未立即开口，她也不急于打破沉默，既然是他要见她，自然得由他先启齿。他似乎在盘算该从何说起，却未见其流露半分尴尬。磨蹭了半天，才见他倾身向前道："我的好弟妹，你既然眼睛雪亮，平常又体贴众人，必已料到我所来何事。你晓得，自从我姑母安妮夫人过世，我便帮着达西照顾妹妹，多年来自认尽忠职守，疼爱她一如兄长，而今这份手足之情，不觉已成为男女之爱，我想娶乔安娜为妻，只盼她能点头。此事我尚未征求达西首肯，但他定已瞧出端倪，想来也不至于大力阻挠。"

伊丽莎白心想，乔安娜既已成年，何须达西首肯？但想了想，倒是别戳破才好，只听她说道："那乔安娜的意思呢？"

"达西不点头，我也没理由多说。目前听乔安娜的口气，确实没多大指望。她待我如同朋友，既信任我，也体贴我。我相信只要耐着性子，便能从体贴和信任中生出爱苗。女人家嘛，不总是先婚后爱？此乃人之常情。我可是从她出生看到大的。我这把年纪娶她的确是老了点，不过我也才长达西五岁，应无大碍才是。"

伊丽莎白心里为难，口中说道："年纪大倒无妨，只怕是另有所属。"

"你是指亨利·艾韦顿吗？我知道乔安娜喜欢他，不过感情还不很深。艾韦顿聪明随和，是个不可多得的年轻人。我从没听人说过他半句坏话。他只管怀抱希望吧，自然是为着钱来的。"

伊丽莎白别过脸，他急忙往下说："我不是怪他财迷心窍、虚情假意，只是他肩负重任、胸怀大志，一心想重振家业、复兴家道，还想整饬故宅，他家那宅子可是全国拔尖的，自然娶不起家道消乏的小姐。有道是贫贱夫妻百事哀啊。"

伊丽莎白没作声，不禁想起当年在若馨庄园初识，两人吃过饭后照例要弹琴说笑，时不时就见他来牧师公馆拜望，对她殷勤得无人不晓。两人相识的那一晚，正好是凯瑟琳夫人做东道主，夫人看他们聊得甚是投缘，不由得忧心忡忡。夫人的眼睛可尖了，什么事逃得过她的法眼？还记得她朗声说道："你们在聊什么啊？你们聊天，可得算我一份。"伊丽莎白记得当时还暗忖：不知这人是否可以托付终身？但是这微薄的希望旋生旋灭，那时她正在若馨庄园里散步，也不知是有意无意，竟在林子里撞见他，他送她回牧师公馆，一路上感叹没钱，她还打趣他，说堂堂伯爵的小儿子，就算没钱又能惨到哪里去？他回说"小儿子总不好随便论及婚嫁"。她一听，只当他是有心告诫，臊得把话转开，只管说笑去。如今回想起来，真是怪没意思。当时她既没嫁妆，又有四个尚未出阁的姐妹，岂会妄想攀龙附凤？哪儿就需要他出言提醒了？难道他的意思是说，他有福气得她做伴，与她打情骂俏，但为慎重起见，她不该心存奢望？纵使真有必要出言告诫，也无须做得这般教人难堪。倘使他从未把她放在心上，当初何必露骨示好？

费兹威廉上校见她不接腔，便说道："我能指望你成全吗？"

她转头看着他，斩钉截铁地说道："上校，这件事由不得我做主，一切都要看乔安娜的意思。如果她答应嫁给你，我和丈夫定会替两位高兴，但是我不能左右这件事，必须让乔安娜自己抉择。"

"我以为她跟你谈过了？"

"她什么都没说。除非她自个儿来找我谈，否则我也不方便问。"

他一听，似乎称意了，一会儿却又按捺不住，话锋一转，又转到他引为情敌的那位身上。"艾韦顿年轻英俊，待人和气，又会说话。等他再成熟一些，肯定就不会这么自负，也不会这样目

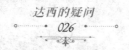

无尊长，平白糟蹋了一位青年才俊。我相信他在海马腾庄园肯定颇得人缘，只是诧异他怎能三天两头便上那儿去？有为的律师像这样挥霍时间的并不多见。"

伊丽莎白没理他，或许他也明白，自个儿这番批评，不管是开门见山说的，还是拐着弯骂人的，都未免说得造次了。只听他又说："不过周末或没开庭的时候，倒经常看他到德贝郡来。我想他闲暇时也是手不释卷的！"

伊丽莎白回答道："我姐姐说，再没看过哪个客人像他这样，成天在书房埋首工作的。"

两人暂且无话，待上校再度开口，却让伊丽莎白又惊又恼："庞百利庄园仍然不接待乔治·韦翰是吧？"

"千真万确。他婚后同丽迪亚回朗堡，我们还见过一次，尔后我和丈夫再也没见过他，两边完全断了音信。

两人又默默无语，沉默了好一阵子，才听费兹威廉上校说："坏就坏在韦翰儿时太得宠了。他从小跟达西一块儿长大，就如同亲兄弟似的。小时候这样或许对两个人都好。达西老爷生前对他那总管有情有义，总管过世后，老爷那好心好意便转到总管的儿子身上，可是韦翰那个性——唯利是图，野心勃勃，见不得人家好，这样的孩子，小时候你视他如己出，成年后却无法让他享受亲生儿子才有的一切，这不是害了他吗？他后来和达西上不同的大学，达西壮游欧洲他也没得跟。这失宠来得太快，前程黯淡得太突然。安妮夫人当时想必也瞧出端倪，以为再宠下去要坏事。"

伊丽莎白说："韦翰怎么可能也想跟着去壮游？"

"他怎么想的我是不晓得，只知道他总是不自量力。"

伊丽莎白说："小时宠他或许是轻率了点，不过这种外人一知半解的事，总是容易招来议论。"

上校仿佛不大自在，换了个坐姿，道："不过韦翰背信忘义，勾引达西小姐，这可没话讲了吧？做出这等鲜廉寡耻之事，什么出身高低、教养好坏，全都不是借口。身为达西小姐的监护人，达西自然把这家丑说与我听，但我从未把这桩事放在心上，也不曾在达西面前重提旧事，而今跟你说起，少不了要向你道歉。韦翰在爱尔兰一役战功彪炳，堪称国家英雄，但也不能因此将他的过去一笔勾销，不过日后若想飞黄腾达，他跟达西家族的关系倒是挺有用的。抱歉，我不该在你面前提起他。"

伊丽莎白没接话，隔了一会儿，他起身鞠躬告辞。伊丽莎白心里明白：这番谈话闹得两人都不愉快。上校原本想找伊丽莎白当靠山，替他在乔安娜面前做个人情，可是伊丽莎白不敢揽下来，只怕届时乔安娜不依，上校面子挂不住，和达西撕破脸就不好了，达西很珍视这位总角之交（幼年时结交的朋友）的。她相信达西不会反对上校娶乔安娜为妻。他就这么一个宝贝妹妹，当然希望她安全无虞，而费兹威廉上校稳健可靠，男大女小又何尝不是件好事。再说乔安娜生来就是伯爵夫人的命，一生吃穿不愁，谁娶到谁走运。伊丽莎白只希望趁早了结这桩公案，明日舞会也许就能理出眉目，或者一边跳舞一边咬耳朵，

　　或者坐在一旁倾诉衷肠，事不分好歹，总能在舞会上收场，只盼结局能皆大欢喜，接着转念一想，不免笑自个儿痴心妄想。

　　自从嫁入达西家以后，乔安娜转变不小，让伊丽莎白颇为欣慰。起初乔安娜听见嫂嫂调侃哥哥，哥哥也回敬几句，最后兄嫂笑成一团，教她何止是惊奇，简直是震惊。伊丽莎白嫁进来之前，庞百利庄园几无欢笑，后来伊丽莎白巧计怂恿，乔安娜才稍稍丢开矜持，而今兄嫂取笑作乐，她也能凑个趣，肚子里有哪些话，也敢在饭桌上讲。伊丽莎白愈了解这小姑，愈疑心她尽管含蓄腼腆，骨子里却执拗得很，无疑是达西家的人，只不晓得丈夫了解几分？在他心里，乔安娜是否一如当年，仍是那娇滴滴的十五岁小姑娘，需要他这做哥哥的小心看护，否则要出乱子？他不是不信妹妹贞洁——他若有此想头，就是亵渎妹妹，但他确实怀疑妹妹是否懂得判别曲直。此外，在乔安娜的眼里，自从父亲过世后，哥哥就成了一家之主，既是英明可靠的兄长，也是威重令行的父亲，她对哥哥是又敬又爱，但是并不畏惧，因为既有爱，何来畏惧？倘若没有爱情，乔安娜决计不嫁，但是哥哥不点头，她也决计不嫁。假使最后要在上校和艾韦顿之间择一，达西会怎么选择？上校是达西的表兄、儿时的玩伴，同时也是英勇的军官、伯爵的继承人，从小看乔安娜长大；艾韦顿是年轻的律师，英俊和气，虽然在律师界小有名气，却不知其家世如何，只知历代都是男爵，将来艾韦顿也会继承爵位，等到发财之后，还要整饬故宅，论漂亮，这宅子当年在英国可是数一数二的。达西是个看重家族名声的，两位爱慕者比较起来，哪一位前途无量，嫁过去衣食无虞？想来一看便知，无需赘言。

上校这一趟来，扰得她心绪纷乱，心里直害愁。他确实不该提起韦翰的名字。达西最后一次跟韦翰碰面，就是丽迪亚在教堂完婚当天，这婚事若非达西慷慨解囊，只怕是办不成。这秘密虽然没让费兹威廉上校知晓，但他既耳闻这桩婚事，想来也猜着了七八分。方才他问起韦翰，是否想确认庞百利和他已无瓜葛，并确信达西已用钱堵住韦翰的嘴，不让外人知晓达西小姐曾名誉扫地？这次上校来访，真让伊丽莎白忐忑不安，在屋里来回踱步，希望这一切只是庸人自扰，还得赶紧平下心来，处之泰然才好。

午饭只有主客四人吃，一会儿就吃完了。达西约了总管谈事情，饭后便回书房候着。伊丽莎白跟乔安娜到温室去，园丁早已把花花草草从花房移进来，听候女主人发落。从前安妮夫人用色缤纷，摆设繁复，但伊丽莎白好素雅，单用双色，以绿叶点缀，拿形形色色的花瓶插上，摆到各个厅室，满室馨香。明日舞会只挑那粉红和素白的，温室里预备了天竺葵和长柄玫瑰，花香馥郁，溽热难耐，伊丽莎白和乔安娜在里头指挥，闷得直想透透气，让风吹吹脸颊。她心里颇不自在，不知是不是乔安娜的缘故，还是因为上校那番剖白？怎么心头倒像有千斤锤似的。

说时迟那时快，雷诺太太忙进来道："太太，宾利先生家的马车来啦，您快点出来，到门口迎接他们吧。"

伊丽莎白乐得直嚷嚷，径直往正门奔去，乔安娜跟在后头，只见史陶总管门一开，马车便在大门前停下来。伊丽莎白也顾不得冷，急急迎了出去。珍来了！伊丽莎白心头的不安，全都淹没在姐妹团聚的喜悦中。

2

宾利夫妇婚后只在尼德斐庄园小住了一阵。虽然宾利温文尔雅、心胸宽大，可是珍晓得，跟娘家住得那么近，一来丈夫不快，二来自个儿也不得安宁。她虽然天生温柔恋家，可是婚后一切以丈夫为重，加上小两口都想住得离庞百利近些，因此尼德斐庄园的租约一到期，夫妻俩便往伦敦小住，在宾利的姐姐贺世特太太那儿叨扰了一阵子，最后才借宿在庞百利庄园，并在附近打听合适的宅子。这事儿达西也出了不少力。达西和宾利不同年，尽管念同样的学校，却不常打照面，直到大学才熟稔起来。达西体贵心骄，沉默寡言，不善应酬，宾利和气大方，开朗善良，达西喜欢宾利随和，宾利敬重达西睿智，凡遇大事，必得达西首肯，宾利才敢放心行事。

达西建议宾利，与其自己盖，不如买现成的，当时珍怀着头胎，需得赶紧找间宅子，愈快搬进去愈好，因此达西替他们找了海马腾庄园，夫妇俩一看就喜欢。主宅是一间气派时髦的府邸，盖在一座高地上，临窗即可眺望美景，屋内空间宽敞，屋外花木扶疏，又有个偌大的园林，可以邀三五好友前来游猎，绝不会让庞百利庄园比下去。此外，庞百利庄园的麦菲医生也来看过，说这地点好，水也干净，于是一切便照章程办妥，只欠装潢和家具。伊丽莎白帮着珍，高高兴兴地挑选壁纸和窗帘。不出两个月的光景，宾利夫妇便入住海马腾庄园，姐妹俩从此过着幸福美满的婚姻生活。

这两家人时常相互往来，不是你去海马腾去，就是我到庞百利来。珍婚后生了三个孩子，伊丽莎白和玛利亚是双胞胎，今年四岁，老小爱德华刚满两岁，无论珍上哪儿，都把孩子带在身边，不过她信得过梅卡芙太太，她是个经验老到的称职保姆，宾利从小就是她带大的，这回参加舞会，要在庞百利庄园住上两晚，珍便把保姆和孩子一起带着，所幸两家住得近，搭马车也不麻烦。珍这趟来跟往常一样，并未把女仆带在身边，不过伊丽莎白的贴身女仆贝登年轻能干，很乐意服侍两姐妹几天。宾利家的马车和车夫，则交由达西的马车夫威金森安顿，两家人照例在门口热闹了一回，伊丽莎白便和珍挽着手，来到楼上留给珍的客房，隔壁就是宾利的更衣间。贝登早已接过珍的行李，将舞会要穿的礼服挂起来后，便先行退下，一个钟头后再来替两姐妹梳头着装。伊丽莎白和珍从小同睡一间房，自幼亲密无间，伊丽莎白有事从不隐瞒她，相信她一定会守口如瓶，好心好意帮忙出主意。

姐妹俩和贝登说过话，便照例到幼儿房来，查尔斯要人家抱、要讨糖吃，费兹威廉要人家陪着玩、听他念书，过不久他就要上学了，家里也替他延请了教习。姐妹俩陪了两个小的一阵子，便和奶妈唐纳文太太闲话家常。唐纳文太太和梅卡芙太太有五十年的交情，两位慈悲的女暴君攻守同盟，在自家的幼儿房指挥若定，博得主人的信任和小少爷的喜爱；不过，伊丽莎白不免疑心，唐纳文太太以为：小少爷已戴不下婴儿帽，女主人就该再添个子嗣，这才是为母之道。珍跟唐纳文太太谈起自家孩子的近况，说说在海马腾庄园的膳食，唐纳文太太边听边点头，果然和自家如出一辙。眼看一个钟头后就要梳头更衣，姐妹俩便往伊丽莎白房间叙叙家常，发发牢骚，以利家庭和谐。

若能将上校意欲求婚一事说与珍听，伊丽莎白便能如释重负。然而，上校虽未吩咐不可走漏风声，但必定料想伊丽莎白会先与丈夫商量；倘若娘家姐妹率先得知夫家尚未知晓之事，别说珍了，就是伊丽莎白也以为有违妇人之道。但伊丽莎白巴不得谈一谈亨利·艾韦顿，可巧珍称了她的愿，且听她说："难为你想得周到，连艾韦顿先生也邀了。能来庞百利庄园一趟，对他而言意义重大呢。"

伊丽莎白说："他来了才乐呢，看到他谁不高兴！既有礼貌，人又聪明，一表人才，个性开朗，堪称青年表率。你说你们怎么熟起来的？是宾利先生去伦敦找你们家律师时认识的？"

"是啊。一年半前，查尔斯去找裴葛先生谈几桩投资生意。

艾韦顿先生因为是裴葛先生旗下客户的律师，所以也给找来了。当天查尔斯和艾韦顿先生早到，先在会客室候着，再由裴葛先生引荐。查尔斯很喜欢这个年轻人，事后约了一块儿吃饭；在饭局上，艾韦顿先生透露想重振家业、整饬故宅，他那宅子就在萨里郡，一六○○年起为其家族所有，他是家中独子，对这宅子有很深的感情。某次查尔斯做东，两人重逢，见他满脸倦容，便邀他来家里小住。从此他便成了海马腾庄园的常客，只要不出庭，随时欢迎他来。艾韦顿先生的父亲年届八十，身体欠安，无力掌管家业，然其家族爵位悠久，颇受敬重。听裴葛先生等人说，艾韦顿先生在律师学院颇受景仰，我们夫妻俩也很欣赏，小爱德华当他是英雄，两个小姐姐也喜欢得什么似的，见他来了，蹦蹦跳跳，高兴得不得了。"

只要讨她几个孩子欢喜，便是打进珍心坎里了，伊丽莎白不难想见，艾韦顿为何三天两头到宾利家去。他只身在伦敦打拼，历经艰辛；宾利太太软语温言、善良美丽，将家里打点得和乐融融，与伦敦车马喧嚣、人事扰攘恰成对比；艾韦顿跟达西一样，自幼便肩负重任、背负众望。他决意复兴家业，确实了不起，若想在法院那是非之地出人头地，势必要历经一番奋斗不可。

两人沉默一阵，只听珍说："我的好妹妹，这趟带他来做客，只怕你和达西心里不自在。坦白讲，看他和乔安娜相处融洽，不免疑心他动了真情，倘若达西和乔安娜因此困扰，往后不叫他到这儿来便是了。艾韦顿年纪轻轻、前途无量，倘使我果真料中，乔安娜也有意于他，两人必能成为神仙眷侣，只不知达西是否另有盘算？果然如此，倒是别再让艾韦顿来庞百利才好。这几趟来，只觉费兹威廉上校待乔安娜不同以往，常见他围着她打转，找她攀谈。他俩倒也是一对，她嫁过去，定能让他那座邻近北海的古堡熠熠生辉，只不知她住不住得习惯。我前些日子才在书房里翻到一本书，书上画着他家那座古堡，仿佛矗立在岸边的花岗岩堡垒似的，浪头险些要拍到外墙上。那儿离庞百利又远，乔安娜向来喜欢这庄园，可又舍不得和哥哥分隔两地。"

伊丽莎白说："达西也好，乔安娜也好，向来都把庞百利摆第一。记得当年跟舅父母来参观这宅子，他看我喜欢，真是高兴得紧。倘若我当时少喜欢这宅子一分，恐怕他就不娶我了。"

珍说道："哎呀，傻妹妹，他还是会娶你的。不过别说这个了。我们既然是雾里看花，人家也还不明就里，这样道人长短，不免徒增烦恼。或许是我不好，不该提起上校的名字。我知道你疼乔安娜，她和你情同姐妹，两人同住一个屋檐下，这些年见她减了几分羞怯，出落得更加漂亮。倘若真有两个人在追她吧，最后还是得由她来做主，不过我想，她不至于会拂逆兄长的意思。"

伊丽莎白说："舞会过后或许便能理出眉目，我也正为此事心烦呢。这几年和乔安娜处久了，两人感情愈发好了。眼下先别谈这个吧，过一会儿就要开饭，还是别杞人忧天了，扫了大家的兴致就不好了。"

姐妹俩暂且无话，伊丽莎白晓得姐姐已经释然。两个年轻人都这么漂亮，又合得来，恋爱生子是天经地义，乔安娜家道殷实，艾韦顿事业得意，婚后不愁没钱可用。不过珍原本就不大在乎钱，只要过得舒服，谁出钱无所谓。上校如今是子爵，嫁给他迟早当上伯爵夫人，艾韦顿左右不过是个男爵，这差异别人看着要紧，珍却丝毫没放在心上。不过目前情势尚未明朗，伊丽莎白决心不跟自己为难，只是舞会后需得赶紧找丈夫谈谈。今日两人从早忙到现在，简直没时间碰面。话说回来，除非艾韦顿或乔安娜亲口承认，否则她没理由揣测艾韦顿的情感，不过上校意欲向乔安娜求婚一事，理应早日让丈夫知晓。说也奇怪，这两人分明是佳偶天成，怎么每每思及，都令她莫名忐忑，总要费一番工夫才能平下心。正想着，贝登进来替两姐妹着装，准备赴今晚的宴席。

3

舞会前夕，晚宴依当时上流人家的习俗，六点半准时开席。由于宾客不多，遂不在正厅设宴，仅在隔壁小厅的八人圆桌设席。几年前都是在正厅吃的，其中必定可见伊丽莎白的舅父母葛汀纳夫妇，偶尔也可见宾利姐妹。但葛汀纳先生公事繁忙，难得抽暇，葛汀纳太太爱子心切，不忍别离，都说还是夏天再来吧，一则葛汀纳先生可以钓鱼，二则葛汀纳太太可以和伊丽莎白驾着敞篷马车，把园子逛过一遍；伊丽莎白和舅母很亲，也很看重舅母的谏言，如今心上这几件事，巴不得立刻向她讨教去。

今晚的宴席虽不拘束，但宾客守礼惯了，依旧成对入席。上校弓起手肘，让伊丽莎白挽着，达西走到珍旁边，两人并肩而行，宾利有些逞殷勤，弓起手肘让乔安娜挽，独独艾韦顿落了单，走在队伍后头，伊丽莎白见状，只恨自个儿没安排好，但这节骨眼上哪儿去找没伴的女客？何况这宴席向来也不讲究这个。众人鱼贯入席后，乔安娜和宾利中间空了个座位，艾韦顿坐了下来，满脸笑意，全让伊丽莎白看在眼里。

宾客一面就座，上校一面说："今年怎么不见霍金太太？她是不是两年没来了？你三妹不喜欢跳舞吗，还是霍金牧师不准？"

伊丽莎白说："我三妹从来不爱跳舞，还要我饶了她这回，我妹夫倒是不反对。上回他们两口子来吃饭，我妹夫还说，庞百利开舞会只邀亲友，于德于礼俱无妨。"

宾利低声向乔安娜说："看来他没尝过你们庞百利的杏仁奶油汤。"

这话大家都听见了，有人扑哧而笑，有人失声大笑，可惜欢乐苦短，今晚众人都懒怠说话，宾利好心搬话来讲，却没半个人凑他的趣。伊丽莎白虽然尽量不去看上校，可是每每转头，见他差不多都盯着对面的青年男女。乔安娜身着朴素的白色洋装，深色的秀发簪着珍珠发冠，看在伊丽莎白眼里，真是再可人也没有，但上校看她的眼神不是爱慕，却像在打什么主意。两位年轻人的行止倒是无可挑剔。艾韦顿发乎情而止乎礼，乔安娜谨守分际，宛若初入社交界的名媛淑女，先和艾韦顿聊了一会儿，又去找宾利搭话。不过有那么一瞬间，只盼上校没瞧见才好：当时艾韦顿要帮乔安娜在酒里掺点水，两人的手不知怎地碰在一起，羞得乔安娜两颊绯红，过了几秒才褪去。

今晚艾韦顿身着正式晚礼服，英挺得让伊丽莎白惊艳。他自个儿也明白，不论身在何处，女人家难免都会多看他几眼。他那头浓密的棕发扎成一束马尾，两道剑眉底下是一对深褐色眸子，幸而面容刚毅率直，否则俊美太过，要招人责备。他行止大方，为人活泼，最会凑趣儿，今晚见众人如此，他也懒懒的。伊丽莎白暗忖，或许大家累了吧。宾利和珍这一趟来虽然不过十八里路，可是路上风大，把行程都耽搁了；对达西和伊丽莎白而言，舞会前夕总是忙到不可开交。

窗外的骚动，未能给屋内助兴，不时耳闻冷风在烟囱里呼啸，烧得炉火劈啪作响，哪根木柴烧得旺了，忽而窜出火苗，照得宾客面如火烧。家仆悄悄上菜，好不容易吃到了尾声，伊丽莎白朝珍使了个眼色，姐妹俩便同乔安娜先退席，直往音乐厅去了。

4

正在小厅出菜的当儿，毕威在餐具室里擦银器，这活儿他干了四年多了，虽然他背痛膝疼无法驾马，但是擦银器倒还使得，瞧他得意的，尤其今晚正值安妮夫人舞会前夕，明日晚宴桌上的七支大烛台，五支已擦毕，余下两支正在擦拭，这差事枯燥费时，而且吃力得紧，等他擦完，手上背上都要嚷疼，偏偏那些女仆和小厮又做不来。这苦差本来该落在史陶总管手里，但他忙着挑酒监工，哪有工夫弄这些银器，不过打发人来擦一擦，他在一旁看着就是，如今纵使贵重如烛台，也不由他经手，而是交由毕威处置。舞会前一个礼拜，毕威便没日没夜坐在餐具室，身上穿着围裙，面前陈列着烛台、汤匙、刀叉、果碟、菜盘，清一色都是达西家代代相传的银器。他边擦边想：明日烛台燃起高烛，光芒满室，照得宾客的脸面愈炽，发上珠宝愈烁，更令那瓶花摇曳生姿。

毕威从不担心独留妻小在林地看家，妻小也从不害怕。他们一家居住的木屋，一度荒废数十寒暑，直到达西老爷命人重整，尔后才派家仆长住。这木屋虽然幽静宽敞，却无人敢住。达西的曾祖父乔治·达西当年曾隐居于此，终日与狗儿小兵为伴。他和小兵以灌木为堡垒，三餐在木屋里自炊，平时或看点闲书，或靠着树干出神。乔治·达西六十岁时，小兵病了，他束手无策，只能看着狗儿痛苦万状。当时毕威的祖父还小，在马厩里帮忙，某天派去林子里送牛奶，却发现老庄主死在木屋里。他先举枪杀了小兵，而后饮弹自尽。

毕威一家已经在这木屋里住了两代，对于这屋子的过去毫不忌讳。至于林地闹鬼的传闻，则是达西祖父继承园子之后才有的事。当时有个青年在庞百利庄园当花匠，他是家里的独子，偏偏不知好歹，跑到地方法官赛尔文爵士的庄上猎鹿，结果给逮个正着。虽然偷猎罪不至死，尤其饥馑之年，民生凋敝，法官多半从轻发落，可是擅闯鹿苑猎捕却是死罪，赛尔文爵士执意行刑，达西老爷恳求开恩，爵士坚决不肯。花匠死后，其母自缢。达西老爷虽曾出面替花匠求饶，然其母坚持归咎老爷，诅咒老爷全家，传说入夜后若擅闯林地，便会撞见她的阴魂在林间嚎啕，也有人说，她的冤魂是来复仇的，倘若撞见她，就表示园子里要死人了。

毕威不耐烦听这些蠢话，但前几日有件事传入他耳里，据说蓓西和乔安妮两个女仆跑去林地试胆，回来在仆役厅里窃窃私语，说是撞鬼了。他叫她们不要胡说，给雷诺太太听见不是闹着玩的。但不知怎的，这事似乎吹到了毕威女儿的耳里。毕威这女儿名唤路易莎，自从哥哥生病后，她便把主人家的工作辞了，回家帮母亲照顾哥哥。近来母女俩在锁门一事上比往常更留心，倘若他从主人家回来晚了，必须先在门上用力敲三下，再轻轻敲四下，方能用锁匙开门。

尽管传言说这木屋不吉利，毕威一家却是近几年才走霉运。四年前，毕威垂头丧气，脱去首席马夫的制服，告别心爱的马群，今日回首，只觉恍如昨日。接着，唯一的儿子去年又病了，本来一心想望子成龙，孰知儿子缠绵病榻，竟然一病不起。

有道是屋漏偏逢连夜雨，他那大丫头从不惹是生非，近来却也教人挂心。这丫头名唤莎拉，向来际遇平顺，嫁给兰姆墩王章旅店的小老板，丈夫是个野心勃勃的年轻人，前阵子继承祖父的遗产，举家迁至伯明翰，在当地做起蜡烛买卖，生意蒸蒸日上，莎拉却不堪负荷，日渐消沉。莎拉结婚四年，怀了四胎，家庭事业两头烧，眼看第四胎就要出世，赶紧写信回家，请妹妹路易莎过来帮忙。太太看完把信递给他，嘴里虽然没说什么，但向来夫妻同心，都担心莎拉开朗懂事，身强力壮，怎么就不支了呢？他看完把信递给太太，淡淡地说："威尔一定会想念路易莎。他俩感情向来好。只是少了路易莎，你一个人行吗？"

"不行也得行。莎拉要不是情急，断不会写这种信，我们家莎拉不是这样的。"

于是，莎拉产前五个月，路易莎到伯明翰帮忙照顾三个孩子；姐姐生产后，路易莎又住了三个月，直到姐姐康复，才带着小外甥乔治一起回到家里来，一则替姐姐解劳，二则让母亲抱抱孙子，三则让哥哥在阖眼前多看小外甥几眼。但毕威对此安排不甚满意。他跟太太一样，都很想见见小孙子，可是家里躺着个病人，究竟不是养孩子的地方。何况威尔病重，不过一时兴头看看外甥，夜里孩子啼哭，却扰得他心烦意乱。此外，路易莎也闷闷不乐，时常焦躁不安，入秋后，天凉了，她不在家跟母亲和威尔做伴，反倒抱着乔治到林地散步。而且，她仿佛躲着欧立凡牧师似的，每每这位博学的老牧师来家里探视威尔的病，她就跑到外边去。这可奇怪了！路易莎向来喜欢欧立凡牧师，自幼便受他照

顾，人家不仅借她书看，还让她跟他收的几个学生一起学拉丁
文。起初毕威以为，像他们这样的人家，读书识字并非女儿本
分，便婉拒欧立凡牧师的好意，但后来还是随路易莎去了。照理
说，女儿家婚期近了，焦躁不安是难免的事，可是自从路易莎回
家后，乔瑟夫·毕凌倒不似以往走动得那样勤，好半天没见到他
的影儿，这是什么缘故？该不会是这阵子照顾孩子，小两口惊觉
结婚不是儿戏，包袱重得很，吓得想打退堂鼓了？但愿并非如
此。毕凌向来胸怀大志，做起事来一板一眼，有人以为，三十四
岁的他配路易莎未免老了一点，可是路易莎似乎很喜欢他。小两
口婚后要到海马腾庄园帮忙，那儿住得也舒服，离娘家不过十七
里，女主人是个宽容下人的，又有个慷慨大方的主人，往后的生
活既安稳又体面，有过不完的好日子，还要读书识字干吗呢？

　　或许只要把小孙子送回去，一切就能回归正轨。明天路易莎
就要带乔治回女婿那儿，万事均已安排妥当，两人先搭主人家的
马车到兰姆墩的王章旅店，再换出租马车到伯明翰，女婿麦可·辛
普金会驾轻便马车来把乔治载回去，路易莎则自个儿搭出租马车
回庞百利来。只要女婿把小孙子接回去，太太和威尔的日子就轻
松了。不过一想到礼拜天舞会后回家，却不见小孙子伸出胖胖的
小手来迎接，心里不免有些异样。

　　尽管他心里烦恼，但并未停下手边的工作，只是手脚不觉
慢了下来，头一遭在心里纳闷：自个儿年纪也大了，擦银器这
活那么吃重，一个人是不是做不来？若果真如此，他也没脸见

人啦。想到这里，他索性把心一横，把最后一座烛台拉至面前，换了条抹布，舒展舒展发疼的四肢，拱起背擦了起来。

5

话说伊丽莎白、珍、乔安娜在音乐厅坐了一会儿，小厅也散了席，达西带着三位男客走了过来，散坐在沙发和椅子上，众人一时轻松起来。达西走去打开琴盖，点起蜡烛，眼看众人坐定，便转向乔安娜，仿佛当她是客，拘谨地请她赏脸，为众人弹唱几曲。乔安娜瞥了亨利·艾韦顿一眼，两人起身走到琴边，她转身面对众人，说："今日既有男高音在场，不如来个二重唱吧。"

"好啊！"宾利高声嚷道，"这主意好！我们就洗耳恭听吧！我和珍上礼拜也学人家二重唱，但今晚还是别献丑的好，我唱得五音不全的，你说是不是，亲爱的？"

珍笑着说："哪儿的话，你唱得可好了，只怕是我生了小孩，久没练琴，指法都生疏了。人家乔安娜小姐天生是个会弹会唱的，我们怎么也比不过，何苦班门弄斧呢。"

伊丽莎白想凝神细听这二重唱去，无奈一颗心和两只眼睛都在那一对身上。两曲过后，众人要求再唱一首，乔安娜翻着乐谱，拣了一支要艾韦顿看，他翻了翻，不知是有几段不大好唱，还是有意大利文不会念，便在乐谱上比画起来。她抬起头，望着他，用右手弹了几小节，他笑一笑，应承下来，一时间，仿佛忘了一旁众人还等着，就这么卿卿我我，复又忘我地沉入音乐中，只见烛光照着两张欣喜的脸，难题迎刃而解，乔安娜弹琴照旧。伊丽莎白以为，这两人绝非近水楼台、日久生情，也非同好音乐、电光石火，而是真心相爱，暧昧正浓，你猜我、我猜你，你盼我、我盼你，这正是爱情最美的时候。

说到暧昧，伊丽莎白却是从未经历过。想当年达西第一次求婚，那哪里是求婚？根本是侮辱人；第二次她虽然点头了，但与其说是求婚，毋宁更像忏悔。两次求婚之间，两人私下相处不过半个钟头，如今回首，简直不可思议。她和舅父母去庞百利参观那次，他意外提早回来，陪他们在园子里逛，两人独处了一会儿；隔几天他到她下榻的旅店去，见她哭得泪人儿似的，手里拿着珍的信，将丽迪亚私奔一事说与他，两人独处了几分钟，他便匆匆忙忙走了，她还以为两人就此永别。假使是在小说里，那么短的时间，是该如何挫其骄傲、去其偏见？只怕再怎样才思敏捷，也诌不出个像样的故事吧？后来达西和宾利回到尼德斐庄园，伊丽莎白首肯了他的追求，但过程非但毫不欢欣，反而教她好生狼狈，瞧母亲贺喜贺得心花怒放，简直像在感谢达西纡尊降贵，竟然愿意把她这丫头娶回家，真是窘得伊丽莎白没处躲，成天烦恼如何别让达西听母亲瞎说。珍和宾利倒没尝到这种苦头。宾利为人厚道，又让爱情冲昏了头，哪有心思搭理丈母娘粗俗可鄙？可话说回来，倘若达西是个身无分文的牧师，或是汲汲营营的律师，她还愿意嫁给他吗？无奈达西是堂堂的庞百利庄园主人，着实无法想象他落魄到那种地步，不过凭良心讲，伊丽莎白明白自个儿是过不惯苦日子的。

风愈刮愈起劲，伴随着那两位的歌声，烟囱时而咆哮时而呜咽，不时可见壁炉里蹿出火舌，伊丽莎白顿觉窗外的喧嚣既衬两人天籁的美声，也衬她骚动的心境。她向来不畏狂风，任凭它在庞百利的林地肆虐，她只管安稳待在宅子里享福。然而今夜的风来势汹汹，一见烟囱和罅隙就钻，仿佛要闯进宅子里来。伊丽莎白忙将这念头赶出去，明明平时甚少胡思乱想，怎知恐惧一来，便这般纠缠不休，一心想着：生在这崭新的世纪，身处欧洲文明大国，享受精湛的工艺，阅读一流的文学，以财富和学识为堡垒，将野蛮隔绝在外，但是外头的世界何其凶残，无论多有福分，只怕也无法永享太平。

她本想从音乐中找回平静，可是琴声一断，她反而高兴，赶紧摇铃命人端上茶来。

乔瑟夫·毕凌端着茶盘进来。她认得这位男仆，如果一切顺利，他明年春天就会离开庞百利，到宾利家接现任老总管的位置，从男仆升格为总管，这对他而言再好也没有，今年复活节他才和毕威的女儿路易莎订婚，小两口明年要一同去海马腾庄园，他当男总管，她做女管家。刚来庞百利那个月，这儿的主仆之亲密，让伊丽莎白好生讶异。偶尔她和达西上伦敦小住，借宿在宾利的姐姐贺世特太太家，她那宅子也挺气派的，可是主仆之间生疏得很，贺世特太太根本叫不出下人的名字。相较之下，达西家的仆人虽然从不给主人添麻烦，可是遇上嫁娶、害病、换雇、退休，就不免要劳烦雇主，往后照管起这庄园才顺利。因此，凡遇以上情形，做主人的该留心就留心，该庆祝就庆祝，方是持家之道。

毕凌将茶盘摆在伊丽莎白面前，行止格外优雅，仿佛想让未来的女主人珍瞧瞧自个儿的能耐。伊丽莎白心想，毕凌和路易莎往后可好过了。就如她父亲说的，宾利夫妇慷慨随和，待人宽厚，眼里除了彼此和三个孩子，再没别的。

毕凌才刚退下，费兹威廉上校便走到伊丽莎白身边，说："达西太太，可否容我到外头伸伸腿？我想骑塔博到溪边绕几圈。难得大家团聚，我却不能奉陪，实在失礼得紧。但不到外头透透气，只怕夜里睡不安稳。"

伊丽莎白要他快别道歉，他牵起她的手，难得吻了一下，便往门边走去。

艾韦顿同乔安娜坐在沙发上，抬头看着他，说："上校，水边月色醉人，共赏尤佳。不过今晚风大，不好骑马，我可不钦羡你这时夜骑。"

上校在门边回过身来看他，冷冷地说："幸好你我不必相伴。"说着他鞠了个躬，便走开了。

众人顿时鸦雀无声，都在想上校方才那席话，纳闷他这节骨眼还出门骑马，不过没人敢讲，怕讲了尴尬，只有艾韦顿如

没事人一般，不过伊丽莎白瞥了一眼，便知上校刚刚虽是拐着弯骂人，他听得可真切了。

最后宾利出声道："乔安娜小姐，若你还不大累，劳烦你再弹几首曲子。不过还是请你先喝杯茶，你既肯赏脸，怎敢得寸进尺，等一会儿弹弹那几支爱尔兰小调吧！今年夏天来贵府吃饭，当时弹的那几支就很好。不用唱，只管弹，保养嗓子要紧。记得我们还跳舞呢，是不是？当时有葛汀纳夫妇，又有我姐姐和我姐夫，足足凑了五对，梅蕊还帮忙伴奏哩。"

不一会儿工夫，乔安娜弹琴，艾韦顿翻谱，气氛随着音乐轻快起来。琴音甫落，众人又开始闲聊，什么陈谷子烂芝麻都搬出来讲。半个钟头后，乔安娜摇铃唤来贴身女仆，向众人道过晚安，艾韦顿点了根蜡烛，送她回寝室安歇。乔安娜就寝后，伊丽莎白看众人也无精打采，连离席道晚安都懒得做。珍接着起身，跟丈夫使了个眼色，只说该睡了。伊丽莎白内心感激，赶紧学姐姐的样，并打发男仆来把琴上的烛火煽熄，另外点上守夜的短烛，宾客正要往门口走，却听站在窗边的达西惊呼："天啊！那马夫脑袋糊涂啦！驾的是什么车？车都要翻了！只不知车上是谁！伊丽莎白，今晚还有客人要来？"

"没有哩。"

伊丽莎白等人挨肩擦背挤在窗前，远处一辆马车沿着林间的车道摇晃颠簸而来，两侧的油灯烧得如两团火焰，余者太远看不清楚，便用想象补上。只见马鬃在狂风中乱舞，马眼失魂狂乱，马肩隆起，马夫勒紧缰绳。由于距离尚远，听不见行车辕辘，看在伊丽莎白眼里，宛若幽灵马车踏月而来，正是死神降临的前兆。

达西说："宾利，你留在这儿陪着太太小姐，我下去看看怎么回事。"

正说着，只听烟囱里一阵呼啸，他说了这一串话，众人却一个字也没听见，反倒跟着他出了音乐厅，下楼往大厅去。史陶总管和雷诺太太已候在门口，达西手势一下，正门大开，冷风灌了进来，冷彻整幢宅子，蜡烛瞬间熄灭，只剩吊灯上的高烛还亮着。

马车依旧狂奔，如今已驶出林间车道，拐了弯朝大宅驶来；伊丽莎白见这态势，眼看就要驶过门口，耳边忽然传来马夫怒吼，只见他死命拉扯缰绳，马儿扬蹄，"嘶嘶"长鸣。马夫还来不及下马，车门倒已先开，从屋内透出的光线中，只见一名女子跌落马车，迎风尖叫，帽子塌在后脑勺，缎带缠在脖子上，满面乱发，宛如夜里的兽，又如挣脱禁锢的疯妇。伊丽莎白的脚底像生了根似的，连脑子也转不动。忽然间，她认出这尖叫的幽魂正是丽迪亚，赶紧上前帮忙，但丽迪亚却把她推开，一面尖叫一面往珍身上撞去，差点没把珍撞倒。宾利见状立刻上前帮助太太，把丽迪亚半抬半拖到门口。她一边吼一边挣扎，仿佛浑然不知是谁搀着她。进到屋内，风声小了，这才听见她粗哑地叫着：

"韦翰死了！让丹尼枪杀了！你们还不去找他？就在林地那

里。还不快点？我的天啊！韦翰死了！我知道他死了！"

她呜呜咽咽说完，便抽抽搭搭瘫在珍和宾利怀里，两人轻轻搀着她，让她就近在椅子上坐下。

卷二　横尸林地

1

伊丽莎白不作多想，立刻上前帮忙，不料丽迪亚一把将她推开，力道出乎意料地大，嘴里嚷着："你走开，你走开！"珍见状，便替了伊丽莎白，在丽迪亚身边跪下来，揣着妹妹的手低声抚慰，宾利插不上手，忧心忡忡地站在一旁。本来丽迪亚还只是抹眼泪，这会子却嚎啕大哭，哭得上气不接下气，那哭声听上去简直不似人声。

史陶总管将大门半掩，门外那马夫吓傻了，两脚生根，呆立在马儿旁边，艾韦顿和史陶总管把丽迪亚的行李抬下马车，从外头搬进来。史陶总管转向达西道："另外两件行李怎么办？"

"不如搁在马车上吧。我们找到韦翰先生和丹尼上尉之后，人家或许还要赶路，把行李搬进门岂不是多此一举？你先去叫威金森过来，如果他睡了，叫他起来，去接麦菲医生，能驾马车去最好，外头风大，别让医生骑马。要他代我问候麦菲医生，告诉他韦翰太太人在庞百利，麻烦他过来看一下。"

达西说完，便将丽迪亚留给伊丽莎白和珍照顾，自个儿快步走到门外找马夫问话。那马夫一直立在马头旁边，眼睛盯着大门，神情焦躁，一见达西走来，便挺直腰杆，立正站好，显然松了一口气。方才他使出浑身解数化危为安，如今回归常轨，便安守本分，立于马旁听候指示。

达西道："你是谁？我可曾见过？"

"先生，小的叫乔治·普雷特，打叶面旅舍来的。"

"是了。你是毕葛得先生的马夫。方才在林地出了什么事？你把事情原委简洁明了地快快说与我听。"

普雷特巴不得能开口，急急忙忙说了："韦翰先生跟他夫人，今天下午同丹尼上尉到咱们叶面旅舍来，不过小的当时不在。晚上八点钟左右，咱们毕葛得先生要小的驾马，送韦翰夫妇和丹尼上尉到庞百利来，还交代小的别走大路，拣那小路从林地穿过来才好。本来我是要送韦翰太太来参加舞会，至少她当初是这么交代咱们老板娘的。等她下车，我还得送两位先生到兰姆墩的王章旅店，然后再驾马回叶面旅舍。小的听韦翰太太跟咱们老板娘说，两位先生隔天要上伦敦去，说是韦翰先生要在城里找事做。"

"眼下韦翰先生和丹尼先生在哪？"

"先生，小的并不知情。方才在半路，丹尼先生突然敲响隔板，要小的停车，丹尼先生一面下车一面嚷什么：'得了得了，受不了你！我可不揽这事儿！'说着便跑进林子里，韦翰先生赶紧追上去，叫丹尼先生别傻了，先回车上再说，韦翰太太要先生别丢下她，眼看也要赶上去，可是她一下车，便以为还是别去的好，便又回到车上来，嘴里不知嚷着什么，叫得马儿紧张起来，简直要拉不住，就在这节骨眼，枪声便响了。"

"响了几声？"

"小的不清楚。丹尼先生走了，韦翰先生跑了，韦翰太太又只管乱叫，一切都乱了套，听得真的只有一声，后来或许又响了一两声吧。"

"两位先生走了多久才响起枪声？"

"十五分钟吧，或许还长些。小的记得和她在原地等了好久，却不见两位先生回来，韦翰太太便嚷起来了，说是死人啦，赶紧去庞百利吧。当时两位先生不在，小的不知该听谁的才好，只好照她的意思驾车过来。依小的看，两位先生或许是在林子里迷了路，可是韦翰太太'杀人啦！杀人啦！'地嚷，马儿又不听使唤，所以才没去找他们。"

"不打紧，不打紧。枪声近吗？"

"够近啦，先生。差不多一百码。"

"好。我命你带我跟几位先生到丹尼上尉下车处，我们自个儿进林子里找去。"

这算盘打得不合普雷特的心意，只听他大着胆子回绝道："小的还要往兰姆墩的王章旅店去，去完便要打道回叶面旅舍，小的

不敢违背咱们老板的命令。这几匹马又都吓愣了，哪儿还肯回林子里。"

"少了韦翰先生和丹尼上尉，兰姆墩我看也用不着去了。你从此刻起听命于我。我命你拉马在这儿等着，别让马儿起噪。毕葛得先生那里你不用担心，有我呢。你只管照我的话做，保管没事。"

达西在屋外吩咐马夫，伊丽莎白在屋内轻声交代雷诺太太："我们要让韦翰太太睡下。楼上南面那几间客房收拾了吗？"

"收拾好了，太太，还生了一盆火。每年安妮夫人舞会，我都会把南面那三间客房收拾好，倘使又像一七九七年那样大雪下了十公分深，远来的客人回不了家，便不愁没地方住啦。咱们就让韦翰太太睡那儿吧。"

伊丽莎白说："那敢情好，只是她这个模样，不好让她一个人睡，须得找个人来服侍才好。"

雷诺太太说："隔壁更衣室就有一张床，还有一张好沙发，我叫人把那张沙发连毯子和枕头搬过去。贝登料想还醒着，正在等您哩。出了这等事，她不会没有察觉，这丫头心思可细了。不如让我和她轮流守夜，好生看着韦翰太太吧。"

伊丽莎白说："你和贝登先好好歇下吧，韦翰太太那里还有我和宾利太太呢。"

达西进门，只见雷诺太太领头，宾利和珍殿后，齐力把丽迪亚搀上楼。丽迪亚不再嚎啕，只是呜咽，听见达西进来，便挣脱珍的手，扭头怒视达西道："你还杵在这里？怎么还不去找他？不是都跟你说我听到枪声了！天啊天啊，他就算不死也是重伤！韦翰命在旦夕，你还只是站在这里！快去啊！"

达西口吻冷静地说道："这不就准备去了？一有消息随即告诉你。你大可不必杞人忧天。韦翰先生和丹尼上尉说不定正往这儿走来。尽管去休息吧。"

珍和宾利喃喃安抚丽迪亚，好不容易把她搀到楼梯顶，便尾随雷诺太太，拐进走廊不见踪影。

伊丽莎白说："只怕丽迪亚要闹出病来。我们还是请麦菲医生来一趟，开点什么药给她，好让她镇定下来。"

"我已经打发马车去接人了，眼下先往林子里找韦翰和丹尼要紧。丽迪亚告诉你发生了什么事没有？"

"她好不容易才收住泪水，拣几件要紧的说了，还要人把她的行李拿进来，恐怕还想参加舞会吧。"

达西看着庞百利气派的门厅，那优雅的摆设，家族的画像，弧形的阶梯，看在他眼里竟如此陌生，倒像是第一次来这儿做客。打儿时起，他的日子便过得井然有序，但今夜却闹得鸡犬不宁，顿觉失势，自个儿仿佛不再是一家之主，这感觉实在荒唐，只好往鸡蛋里挑骨头撒撒气。抬行李不是史陶分内的事儿，也不该艾韦顿来做。还有威金森，这家里唯一直接听命于主人的，除了史陶之外就是他了。不过，他至少还是做了几桩事。丽迪亚的行李抬进来了，打发去接麦菲医生的马车也出去了。他情不自禁走到妻子身边，轻轻牵起她的手，虽然手心一片冰凉，却能感觉到她的回应和安慰，顿时安下心来。

宾利下楼了，艾韦顿和史陶也来了。达西把普雷特的话简短说与众人，不过看这情景，显然丽迪亚哀痛归哀痛，还是呜呜咽咽将其所见所闻说了出来。

达西说："我们需要普雷特载我们到丹尼和韦翰下车处，不如就坐毕葛得家的马车去吧。宾利，你留在这儿陪太太小姐，史陶负责守门。艾韦顿，你如果要来，不愁没事让你做。"

艾韦顿说："尽管派事给我，什么忙我都肯帮。"

达西转向史陶道："我们或许用得到担架。猎枪室隔壁那屋里有没有？"

"有的，老爷。前头殷史东勋爵来打猎，跌断了腿，用的就是那担架。"

"快去取来。此外还要毯子、灯笼、水和白兰地。"

艾韦顿说："交给我去取吧。"说着便和史陶管家走了。

照达西看来，交代事情和安排事宜实在耗去太多时间，不过一看表，才晓得从丽迪亚下马车到现在，不过十五分钟而已。正想着，耳边又响起马蹄声，转过身，只见一名骑士沿着溪畔的草坡骑着马奔驰而来。费兹威廉上校回来了。他还来不及下马，史陶便抬着担架，从角落里拐出来，身后跟着艾韦顿和一名男仆，两人手上抱着两条毯子、三盏灯笼，还有几瓶水和白兰地。达西上前迎接费兹威廉，赶紧将今晚的事简略交代一番，并把计划一并说了。

费兹威廉静静听完，方才开口说道："不过是要安抚个歇斯底里的女子，你这样召集人马，着实太大费周章。依我看，那两个呆子定是在林子里迷路了，要不就是哪个给树根绊了，扭伤了脚踝，也许正跛着脚，或往王章旅店去，或朝庞百利庄园来。不过，既然马夫听见了枪响，我们还是武装完再动身。我去拿枪，回头马车上见。倘若真要用到担架，多一个人手无妨，但骑马要碍事，我们这趟不免要往树林深处走，马儿可进不去。我把我那小罗盘带着。两个大男人在林子里迷路已经够蠢了，五个大男人迷路可要笑掉人家大牙。"

他翻上马背，赶忙往马厩骑去，也没交代方才去了哪里。达西惊魂未定，倒也不作多想，只认为倘若表哥打破砂锅问到底，众人答不上来，反而耽误了启程的时机，倒不如晚些回来得好。不过表哥所言极是，这一趟去确实需要人手，他托了宾利留下来陪太太小姐，又吩咐史陶总管和雷诺太太将门窗关得严严密密，遇着下人问话，只管混说应付过去。正想着，表哥便来了，一时半刻也没耽搁，连忙和艾韦顿联手将担架捆上马车，三人坐妥，普雷特上马，准备出发。

说时迟那时快，伊丽莎白从屋里奔至车前，道："怎么就忘了毕威了？林子里出了事，他该回去陪着家人才是。或许他已经回家去了？这事儿你晓得吗，史陶？"

"启禀太太，毕威尚未回家，还在擦银器，要等礼拜日舞会完了才回去。几个下人都还在忙哩。"

伊丽莎白还来不及开口，上校便匆匆跳下马车，道："我去叫他。我知道他人在哪儿，必定是在餐具室擦银器。"说完便不见人影。

伊丽莎白瞥了丈夫一眼，便知其诧异不在自己之下。上校这趟回来，显然决意要掌控大局，但这或许无须大惊小怪，毕竟他身为上校，早已练就处变不惊的功夫，习于指挥大局的。

一会儿他回来，却不见毕威在身后，只听他说："毕威不肯撂下工作，我也不便勉强。每年舞会前夕，史陶都会安排他留宿，明天还要忙一整天，直到礼拜日才回去呢。我告诉他我们会去他家里看看。但愿我没有逾越职分才好？"

上校在庞百利既无职分，便无所谓逾越，伊丽莎白也不好说他什么。

马车开驶，伊丽莎白、珍、宾利和两名仆人，在门口目送达西等一行人远去，一时间，众人皆沉默。几分钟后，达西回头，只见庞百利大门深锁，孑然独立在月色中，宁静而美丽！

2

达西府上家大业大，无处不是悉心照料，唯有西北角上那片林地，比不得园林里花木扶疏，偶尔冬天柴火短了，或是那木屋该修葺了，才砍几棵树下来劈柴；或是路旁的树丛蔓延到路上，挡住了行人的去路，故而修剪修剪；再者就是树木枯朽，不得不砍下，将树干拖到外边去。这林地里有条窄径，通往下人出入的侧门，全因平日运送食粮，才辗出这么一条小径来，从大门的门房一路通到宅邸的后院，这院子极为宽阔，容得下一排马厩，院子正对着宅邸的后门，后门进去是一条走廊，通到猎枪室和总管的工作间。

　　这马车载着三名乘客、两件行李、一副担架，走得极为缓慢。这行李一件是韦翰的，一件是丹尼上尉的，三名乘客跟这两件行李挤在一起，默不作声，听在达西耳里，简直是昏沉。突然，马车一晃，停了下来。达西直起腰杆，往外头张望，一阵骤雨打在他脸上。只见眼前一座峭壁挡道，山壁光秃，裂着一条大缝，峭壁抖颤，大有倾颓之势。再凝神细看一会儿，那哪里是大缝？分明是树林夹道，忽听耳畔传来普雷特的吆喝，要马儿往林地窄径前行。

　　马车缓缓朝林深处走去，泥味扑面，触目尽黑。今夕是满月，诡谲的月光在前引路，忽隐忽现，犹如鬼魅。驶不过几步距离，费兹威廉便对达西说道："我们下马步行吧，一则普雷特或许记不真切，二则我们需严守韦翰和丹尼出入林地的小径，坐在马车上，既听不见、也看不真，倒不如下车的好。"

　　三人提着灯笼，下了马车，果不出达西所料，由上校做开路先锋。一提脚，只觉脚下松软，落叶满地，闷住跫音，只闻马车

"吱嘎"，马儿呼嘘，马鞭啾啾，此外全无声息。小径两侧，林木参天，几处枝丫交错，宛若绿色隧道，偶见月亮一隅，此外漆黑一片。树林密处，风声几不得闻，偶尔听得细枝飒飒，仿佛树梢仍有春鸟啁啾。

每每走进林地，达西不免想起过世多年的曾祖，心想：这林地气象万千，胜景处处，小径幽静，曾祖隐居于此，为的恐怕就是这些。此片林荫地处偏远，曾祖在此以树木为堡垒，以鸟兽为嬉友，天人合一，同呼同吸，同以道尊。达西儿时来此嬉耍，便对曾祖深感同情，他自幼即明白，这位罕为人知的曾祖不顾家业，沦为家族之耻。在其与爱犬同归于尽之前，曾修书一封，要求与爱犬合葬，由于此请大逆不道，家人不得不违其心志，将之下葬于家族墓地，与先祖同眠于地底，爱犬小兵则另葬于林中，立花岗岩为碑，上书其名及卒期。打儿时起，达西便知其父恐怕后代染上曾祖遗风，故而从小灌输他家族之责任义务，继承家业后，凡事需以家业为重，决定事务必顾及赖其维生的下人，长子自当负此重任，不容拒绝。

费兹威廉上校放慢脚步，摇晃灯笼，不时出声命人驻足，他要看看小径上蔓生的草叶，是否留有前人闯过的痕迹。达西明知这样想小家子气，却不免以为，上校自恃沙场老将，对众人发号施令，似乎乐在其中。他满心怨怼，步履沉重，拖着脚步走在艾韦顿前头，胸中的愤怒如潮汐，一波未平，一波又起。为什么？为什么总是摆脱不了韦翰的纠缠？他俩儿时经常来此玩耍，记忆中，那是他唯一无忧无虑的时光，但却不免怀疑那段友谊是否纯真。韦翰当时是否已心怀妒忌，对他不怀好意？两人当年打打闹闹，偶尔淘气过头，难保瘀伤满身，而今回首，不禁疑心韦翰有意为之。往年那些不以为意的刻薄话，一时涌上心头，不知韦翰那复仇大计酝酿了多久？当年韦翰之所以勾引他小妹，定是暗算他财力雄厚，料定他会砸钱力保妹妹清白，思及此，一时怒火攻心，险些出声咆哮。六年来，为求婚姻幸福，他一心将此奇耻大辱抛诸脑后，此刻却再也无法遏止。想当年韦翰之所以娶丽迪亚，看上的不就是他的钱？想起这一节，不免恼羞成怒。当年他爱屋及乌，慷慨解囊；然而，正因娶伊丽莎白为妻，害他自个儿和韦翰结为连襟，两个儿子还得称韦翰一声姨丈，纵使韦翰终生不得踏进庞百利，却是达西一生的阴影。

五分钟后，一行人来到通往木屋的小径。小径虽窄，但人迹经年不断，路径清晰可循。达西还来不及开口，上校便抢步上前，将枪支交与达西，手里揣着灯笼，说道："枪最好交与你。前方的路用不着，配枪反让毕威母女受惊。我此行只为确保她们母女平安，谆告毕威太太将门窗上锁，切莫随便开门。那两位在林中走失一事，不妨也一并说了，让毕威太太知道我们来寻人，其余则无须赘言。"

说完，上校便与夜色消融，远行的脚步声渐隐于林中。达西和艾韦顿一言不发，立在原地，时间一分一秒过去，达西低头看表，知道上校这一去便是二十分钟，方听得枝叶沙沙，上校拨开树丛而来。

他从达西手中接回枪支，缓缓说道："一切都好。毕威母女都听见了枪响，听起来很近，却不在木屋外头。两人赶紧锁门，接着便没听见了。那位姑娘——是叫路易莎吧？我看她几乎歇斯底里，但毕威太太倒还镇得住，可惜毕威今晚不在。"说着他转向马夫道："看仔细。走到丹尼上尉和韦翰先生下车处，记得说一声。"

他再次走到队伍前端，领着寥寥数人缓缓前行。达西和艾韦顿不时举起灯笼照照树丛，看看有无动静，听听有无声响。约莫五分钟后，马车"霍啦啦"停了。

普雷特说："差不多就是这儿了。小的记得左手边是棵橡树，底下红莓数丛。"

费兹威廉来不及接腔，达西便问道："丹尼上尉往哪儿走？"

"小的记得是往左。那儿分明是死路，上尉却冲上前，仿佛那儿没树丛似的。"

"韦翰先生隔了多久才追上去？"

"不过一两秒的光景。就像小的之前说的，韦翰太太抓着先生大喊，不让先生跟去。后来她见先生没回来，又听见枪响，反倒又要小的快走，驾车到庞百利去。她一路上尖叫不休，'杀人啦！杀人啦'地乱嚷。"

达西说："在这儿等着，看好马车。"说着转向艾韦顿道："担架还是带上吧。他们若只是迷路，抬着担架虽然傻，但那几声枪响着实令人忧心。"

艾韦顿解下担架，面向达西道："倘使我们也迷了路，可就蠢上加蠢啦。想必你对这片林地很熟吧？"

达西说："算熟了，至少进去之后出得来。"

扛着担架在林子里走可不容易，经过一番讨论后，艾韦顿将担架卷成一捆，往肩上一挑，一行人便出发了。

方才达西要普雷特看好马车，普雷特没作声，显然他压根不想脱队，心里害怕得紧，连马儿也跟着害怕起来，又是昂头，又是嘶鸣，达西一听，正碰在心坎上，眼前蹚这浑水，就是要伴这配乐。这林子枝叶茂盛，简直无法通行，三人成一纵队，一路披荆斩棘，上校在前引路，打着灯笼左照右照，一见前人走过的痕迹，便连忙停下脚步，艾韦顿千辛万苦扛着那长长的担架，想方设法从低低的枝头下走过。每走几步，三人便驻足呐喊，屏气细听，却无人回应。原本细不可闻的风声，突然沉寂下来，四周死寂一片，仿佛他们这群不速之客，唬得林中万物噤若寒蝉。

起初，沿途不时可见断枝泥迹，一行人自谓找对了路；五分钟后，枝叶稀疏，呼喊却仍无人应，只得驻足从头想过。三人怕彼此走失，没得照应，故而相隔不过数步，齐向西行。而今三人计议，决定转往东边，朝庞百利的方向走，先回到马车上要紧。这林地如此辽阔，即便是三个大男人也无法寻遍。倘若往东行仍无所获，便先打道回府；天亮后若不见韦翰和丹尼回来，再打发

下人、动用警力，彻底搜查整片树林。

一行人向东跋涉，忽见枝叶萧疏，露出林间空地，月光照得整片桦树林一片银白。众人见了，立刻精神百倍，勇往直前，冲破树丛纠缠，摆脱枝干桎梏，奔向光明自由。少了树冠蔽天，只见月光匝地，竟将那纤纤桦树镀上一层银，看上去宛若人间仙境。

如今林地近在眼前，一行人放缓脚步，立在两棵桦树细瘦的树干间，神情敬畏，脚下生根，吓得不敢作声，只见月色皎洁，更衬得那血红分明，正是一幅死亡景象。三人默默上前，脚步齐一，灯笼高举，竟将月光比了下去，照红了红色的军装、满面的鲜血，只见那死不瞑目的眼睛，直勾勾地望着达西等人。

丹尼上尉横尸在地，右眼血迹斑斑，左眼无神望月，韦翰跪在一旁，双手染血，血痕满面，嗓子虽粗哑，咬字倒清晰，只听他说："他死了！天啊，丹尼死了！我的朋友，我唯一的朋友，就这么给我害死了！是我杀了他！全是我的错。"

众人尚未开口，却见他往前瘫倒，伏在丹尼的尸体上，扯破了喉咙，哭得呼天抢地，两张血迹斑斑的脸简直要碰在一起。

上校站在韦翰身边，弯腰看了看，说："他醉了。"

达西说："丹尼呢？"

"死了。不，别动他。死人我见多了，看一眼便晓得。我们把尸体抬到担架上，一同扛回去吧。艾韦顿，我们之中就数你最壮，能否麻烦你扶韦翰回马车上？"

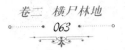

"这我还行。他能重到哪儿去。"

上校与达西合力，默默将丹尼的尸体抬上担架，接着又上前帮忙艾韦顿，将韦翰从地上扶起来。韦翰虽然晃得厉害，但是没有抵抗，只是抽抽噎噎，熏得整个林子酒气冲天，都是他那威士忌的味。艾韦顿身材高大，扶起韦翰后，他抬起韦翰的右手，绕过颈子，搭在自个儿的肩头，半扛起这死气沉沉的身躯，半拖着向前走了几步。

上校又弯下腰去，待他直起身，手中却多了一把手枪。他闻了闻枪管，说："或许就是用这玩意儿开的枪。"说着他和达西握住担架杆，奋力一抬，一行人再度上路，神情哀凄，脚步吃力，领头的是上校和达西，艾韦顿攘着韦翰，落在数步之后。他们一路走来留下许多痕迹，回程的路极容易寻，但偏偏走不快，竟像走不完似的。达西拖着脚步走在上校身后，只觉孤立无援，恐惧和烦忧在他心里推推搡搡，扰得他益发没了头绪。他从不肯怀疑伊丽莎白当年和韦翰究竟走得有多近，而今却吃起飞醋来，明知这样疑心枕边人未免卑鄙，心头却依旧疑云难除。有这么一刻，他巴不得自个儿肩上扛的正是韦翰的尸首，瞬间他回过神来，惊觉自己正在咒情敌不得好死，不禁毛骨悚然。

普雷特见他们一行人回来，显然松了口气，可是一瞥见担架，便吓得直打哆嗦，上校厉声命他拉住马，他才回过神，原来那牲畜闻到血腥味，便都不安分起来。达西和上校将担架放到地上后，便从马车上拿了条毯子，盖住丹尼的尸首。至于韦

翰，开头虽然安分，末了却暴躁起来，上校帮着艾韦顿将韦翰
扶上马车，艾韦顿显然松了口气，在韦翰对面坐了下来。上校
和达西再度握住担架杆，虽是肩头酸痛，仍勉强扛起尸首，待
普雷特驾驭住马儿，两人便跟随马车，拖着沉重的身躯和心情，
长途跋涉回庞百利去。

3

　　丽迪亚总算冷静下来，珍哄她上了床，便让贝登接手，自
个儿下楼跟伊丽莎白会合，两人急忙赶到正门口，目送达西一
行人远去。她俩到的时候，宾利、雷诺太太、史陶总管已经立
在门口，看着马车隐没在夜色里，远到只剩两点微光，史陶这
才关了门，将门栓带上。

　　雷诺太太面向伊丽莎白说道："我这就去陪韦翰太太坐坐，
等麦菲医生来。医生定会开些药，教韦翰太太好睡。您不妨同宾
利太太到音乐厅等着，我已经打发人去生了火，待在那儿恐怕还
舒适些。大门这儿有史陶守着呢，他一看见马车的影，立刻请您
和宾利太太过来。倘若找着了韦翰先生和丹尼上尉，咱们家的马
车那么宽，够五个大男人坐的了，只不免舟车劳顿些。他们回来
以后，也许会要点吃的，只不知韦翰先生和丹尼上尉用不用点心？
恐怕韦翰先生知道太太平安，便要同他朋友赶路去了。我听普雷

特说，两位先生要到兰姆墩的王章旅店哩。"

这话说得正合伊丽莎白的心意，也许雷诺太太是来安慰人的？韦翰也好，丹尼上尉也罢，任凭哪个在林子里扭了脚，断了腿，不得不暂住一宿，都要让伊丽莎白心烦意乱。虽然丈夫从不拒绝收留伤员，但是决计不肯留韦翰在家里过夜，他对此事恨之入骨，倘若韦翰真的留下来，后果恐怕不堪设想。

雷诺太太说："我去瞧瞧那几个上夜的歇下没有。贝登那孩子倒愿意守夜，只怕还用得着她。毕威只怕还没忙完，但做人倒是蛮谨慎的。今夜的事不必说与他人，明早拣那要紧的，一并说开便是了。"

女眷们正上楼去，忽听史陶说，打发去接医生的马车回来了，伊丽莎白忙下楼迎接，略略将事情交代过。麦菲医生每每到庞百利，哪一回不是众人簇拥迎接？他是个中年鳏夫，太太很年轻就死了，留下一笔可观的遗产。虽然他大可乘车出诊，但偏偏喜欢骑马，常见他斜背着医生包，往来于兰姆墩和庞百利之间的路上。几年日晒雨淋，原本并不俊秀的他又添了几分沧桑，但他生得聪明开朗，威严和慈祥并重，天生是当乡间医生的料。对于医术，他自有一套哲理。他以为，只要顺应自然，人体便能自愈，但病人总要服些丸药汤药才安心，因此亲手配了几服药，病人都说神效。他老早就体悟到，若不要家属碍手碍脚，只管命他们帮病人张罗去，因此他的药方，愈花工夫准备就愈有效。丽迪亚也认识麦菲医生，说起来还是宾利太太的缘故，在她家里，不论丈夫、小孩、客人、下人，只要身体微恙，一律请麦菲医生跑一趟，走动得勤了，自然成为朋友。伊丽莎白带医生上楼，丽迪亚见他来了，又是乱骂、又是叫苦，但是他一走近，丽迪亚即刻平静下来，众人看了，无不如释重负。

如今伊丽莎白和珍得了空，便上音乐厅守夜去，那儿的窗子正对着林地，将那马车道的动静尽收眼底。姐妹俩尽管都想歪在沙发上休息，但要不就是装作若无其事，走到窗前一探究竟，要不就是如坐针毡，满屋子里打转。伊丽莎白明白，两人心里都是一样的盘算，难为珍先说出来。

"好妹妹，我说他们哪儿就能那么快赶回来？首先，普雷特找到丹尼上尉和韦翰先生的下车处，恐怕就要十五分钟。两位先生若果真迷了路，要把他们追回来，恐怕又要十五分钟以上。等到找着了，一行人回到马车上，普雷特驾车回家来，岂不又要一段时间？况且，可别忘了，他们还得上毕威家探望，确保人家母女平安。这中间不知又有多少事要绊住他们。我们可得耐着性子，依我估计，至少得等上一个钟头，方能看见马车的影子。敢情韦翰先生和丹尼上尉找着路，自个儿回到叶面旅舍去，也未尝不可能。"

伊丽莎白说："我看很难。一则路途遥远，二则听普雷特说，他们原计送丽迪亚过来之后，要继续往兰姆墩的王章旅店去。再则，他们总需要行李吧？韦翰也得确定丽迪亚平安抵达之后再上路才是。但愿达西他们在路上碰着他俩，一行人赶紧回来。在这之前，我们不妨先休息一会儿吧。"

不过在这节骨眼，谁还坐得住？两人不由自主走到窗前再走回来，就这么过了半个钟头，那行人看来一时半刻是回不来了，两人也只能干着急，立在窗前干等。想起稍早那声枪响，真怕瞧见那马车缓缓驶来，驶得跟灵车一样慢，达西和上校步行跟在后头，手里抬着担架，假使丹尼或韦翰只是负伤，受不住马车颠簸，故而躺在上头，那就算好的了；怕只怕望见那担架上横着尸首，届时该怎么跟丽迪亚交代，说她预言成真，韦翰果然死了。她已是神智错乱，听了这噩耗，不知要疯到怎样，真是愈想愈骇人，赶紧弃了这念头才好。

她们等了一个钟头又二十分钟，站得腿都酸了，这才离开窗前，正巧宾利带着麦菲医生过来。

医生说："韦翰太太忧伤过度，流泪不止，耗尽心力，故而开药让太太安神，不久即可熟睡，八九个钟头后方醒转过来，我已交代贝登和雷诺太太好生看着。我先至书房歇息，晚点再上楼查看。自便即可，无须派人伺候。"

伊丽莎白闻言，感激不尽，直说自个儿也是如此打算。珍送医生出音乐厅，伊丽莎白则同宾利立在窗前。

宾利说："我们还不到绝望的时候，也许根本没事呢。那枪响或是哪个没王法的在林子里猎兔，又或是哪个在林子里偷偷摸摸，韦翰故而鸣枪警告。总之别胡思乱想，明知是没有的事，却自己吓自己。那林地里哪有什么叫人起歹念的东西，如何又逼得

人对韦翰或丹尼下手了？”

伊丽莎白没搭理他，心想：这熟悉的窗景何时竟陌生起来？只见那溪流如熔银一般，在月光下迂回蜿蜒，风一吹，颤颤巍巍，仿佛活过来似的；溪畔空无一人，马车道无限延伸，阴气森森，空旷得教人发毛。正想着，珍回来了，那马车恰好也从远处驶来，起初只是灯影摇曳，隐约勾勒出一团车影，众人按捺着冲动，并未立刻奔至门口，只是立在窗前，焦急等待。

伊丽莎白掩不住失望道：“他们走得好慢。倘若一切平安，早就飞奔回来了。”

思及此，哪里还能等在窗前？她赶忙奔下楼，珍和宾利跟随在侧，只见大门已半敞，史陶必定也在窗前看见马车回来了。他说：“太太，不妨进音乐厅等吧？等老爷回家来，立刻给您带消息。外头天气冷，仔细冻着了，何况咱们啥也不能做，只能干等马车回来。”

伊丽莎白说：“我和宾利太太宁可候在门口。”

“如您吩咐。”

于是，史陶和宾利伴着两位太太，四人立等在夜色中，一时间鸦雀无声，好不容易等到马车将驶至门前，却发现恐惧成真，那担架上横着的，岂不是一具尸首，盖着裹尸布。狂风乍起，刮乱了伊丽莎白的秀发。她脚下一软，幸而宾利搀住，只见狂风掀起裹尸布一角，闪露底下鲜红的军装外套。

费兹威廉上校对宾利说：“去告诉韦翰太太，说她丈夫没死，但得梳洗过后方可见人。死的是丹尼上尉。"

宾利说："死于枪下吗？"

这回该达西开口："并非如此。"他转向史陶，道："拿猎枪室的钥匙来。费兹威廉上校跟我要从北面的天井过去，将尸体抬到猎枪室那张大桌上。"说着又转向宾利道："麻烦送两位女士去。这儿的事她们也帮不上忙，我们得扶韦翰下马车，找张床让他睡下，依他目前的模样，两位女士看了恐怕要难过。"

伊丽莎白纳闷丈夫和上校为何不先将担架放下？倒像脚底生根似的杵着？不久，史陶回来，将钥匙递给主人，便如举行丧仪般静默地领着达西和上校从天井绕到宅子后院，往猎枪室走去了。

马车突然猛烈晃动，强风一阵刮过一阵，夹杂着韦翰怒号，又怪人家救他，又骂达西和上校懦弱，骂得断断续续、语无伦次。怎么让凶手跑了！不是有枪吗？不会开枪啊！他已经放了一两枪，要不是他们把他拖走，早就逮到他了！骂着骂着，便是一连串脏字，其中最不堪入耳的，早已让风吹走，紧接着又是一阵嚎啕。

伊丽莎白和珍进到屋内，韦翰从马车上摔了下来，宾利和艾韦顿合力将他搀起，半拖半拉进了大厅。伊丽莎白觑了一眼，只见他眼神涣散、满面鲜血，便赶紧转目避开，韦翰奋力挣扎，艾韦顿死命架着他。

宾利说："你们这里有没有房间，门够重又能上锁的？"

雷诺太太正巧从楼上下来，看了伊丽莎白一眼，便说："太太，我看那蓝厅倒好，就在北面那条走廊尽头，里头只有两扇窗，极妥当的，况且离幼儿房又远。"

宾利一面帮着架住韦翰，一面命令雷诺太太："麦菲医生在书房里歇着，快去请他过来。依韦翰先生目前的情况，我和艾韦顿恐怕制不住。我们这就带他到蓝厅去，麻烦医生过来一趟。"

宾利和艾韦顿挟着韦翰的肋下，拖着他上了楼。他虽然呜咽不止，但已经平静许多。一到楼梯顶，他便挣脱束缚，瞪着达西太太破口大骂。

珍转向伊丽莎白道："我去看看丽迪亚吧。贝登守了那么久，也该下去歇歇了。丽迪亚料想已经安寝，等她醒转过来，我再把韦翰生还的消息告诉她，总算今晚也有件可喜可贺的事。我的好妹妹，但愿我能代你受些苦才好。"

两姐妹紧紧相拥了一会儿，珍便转身上楼，大厅立刻沉寂下来。伊丽莎白直打哆嗦，一时发晕，赶紧就近坐下，顿觉孤立无援，只盼达西赶紧回来；不久，他从猎枪室回来，连忙赶到她身边，将她扶起来，拥在怀里。

"亲爱的，我们到别处去，把今夜之事细细说与你。你瞧见韦翰了吧？"

"瞧见了，我亲眼看他给人抬进来，看得我真难受，谢天谢地，总算没让丽迪亚瞧见。"

"她还好吧？"

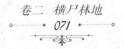

"想来是睡下了，麦菲医生开了些安神的药，眼下和雷诺太太正在打理韦翰。宾利和艾韦顿把韦翰带到北面走廊尽头的蓝厅，似乎是个妥当的地方。"

"珍呢？"

"她跟贝登陪着丽迪亚。今晚她就睡在丽迪亚房里，宾利就睡在隔壁的更衣室。丽迪亚不要我陪，定要珍陪呢。"

"这样的话，我们到音乐厅独处一会儿，今天难得见到你，趁这空当，把我听闻的说与你听，可惜全无好消息。等会儿我得去找赛尔文·严堡爵士，通报他丹尼上尉的死讯。这事儿我没法插手。爵士是离我们最近的地方法官，就由他接手吧。"

"这事儿能缓一缓吗？你一定累坏了。倘若赛尔文爵士今夜就带警察过来，到我们这儿也是午夜之后的事了，要办案也得等到天亮哪。"

"通报赛尔文爵士一事刻不容缓，他定会以为理当如此，确实也是。接获通报后，他定会立刻来移走丹尼的尸首，假使韦翰神智清楚，恐怕也会审问韦翰。无论如何，尽快搬走尸体总是好的。我并非麻木不仁，也无意亵渎侮慢，只是下人醒来后，与其见横尸在家，不如不见尸首。今夜的事，我们明早必定要交代一番，尸体若已运走，一则交代起来轻松，二则下人也好过。"

"但你也休息一下，吃点什么再走吧？眼下都这么晚了，距离晚餐已经好几个钟头了。"

"我会多待五分钟，喝点咖啡，确定宾利掌握大局，我就得动身了。"

"丹尼上尉又是怎么回事？别这样吊人胃口吧？宾利说是意外。果真是意外吗？"

达西柔声说："亲爱的，要等医生验尸，方能断定丹尼上尉的死因。此外不过都是猜测罢了。"

"所以真有可能是意外？"

"倘若是意外，那自然欣慰，不过我相信我的眼睛，我一看到尸体，就确定这是桩谋杀案。"

4

五分钟后，伊丽莎白陪达西伫立在门前，等仆从把马儿从马厩牵过来，目送达西策马而去，消融在黯淡月色里，她这才回到屋内。此次旅途困顿，狂风方止，骤雨斜下，不过伊丽莎白明白，达西非去不可。庞百利至兰姆墩一带，共计三位地方法官，达西虽然占了一席，但因丹尼死于庄园里，主人无权调查，故须将此案委请其他法官处置，而且事不宜迟；倘能连夜移走尸体，明早也好向下人交代，解释丽迪亚为何在宅里，毕竟她那小妹向来是个爱出风头的。尽管伊丽莎白心里明白，达西骑术高明，即使天候不佳，骑马远行也无碍，可是看着丈夫鞭马远去，一眨眼便没了个影儿，心中又升起莫名恐惧，怕他半路出事，从此天人永别。

至于达西，这趟夜骑宛若解脱，虽然他双肩酸疼、身心俱疲，然而，一经夜风扑面、冷雨扎人，顿觉心旷神怡！辖区三位法官中，又以赛尔文爵士最常待在自家，他那宅邸离庞百利也近，不过八里；然而，虽然他能判断此案，也乐侦破此案，但达西宁可接手的是另一位法官——乔塞·柯立索。无奈柯立索博士为痛风所苦，行动不便，痛不欲生，他这病也真冤枉，虽然外传他嗜好珍馐，却丝毫不碰会引致痛风的美酒。柯立索博士是位德高望重的律师，不仅在德贝郡受人爱戴，更是名扬郡外，因此，尽管他饶舌多话，以为审理愈久、断案愈明，但他依旧是众人眼中不可多得的好法官。凡是他经手的案子，必定明察秋毫，征引前例，参考相关法条；此外，倘若古有明训，可资分证，则必旁征博引，尤好柏拉图、苏格拉底等贤哲之语。然而，尽管断案经过迂回曲折，博士的判决一贯通情达理，倘若被告上堂伸冤，他却未让被告足足听一个钟头的长篇大论，人家倒还说他判案不公。

照达西来看，柯立索博士病得真不是时候。达西和赛尔文爵士无甚交情，两人在法院虽然相敬如宾，但其实两家交恶已久，直到父亲那一辈才化解。说起这梁子，还是达西祖父那时结下的。当时庄上有个青年，叫派崔克·雷利，跑到赛尔文爵士的庄上猎鹿，遭逮捕后以绞刑处死。

雷利一死，庞百利庄园上下哗然，但念及达西老爷曾恳求赛尔文爵士开恩，风波便逐渐平息，此后达西老爷益发慈悲为怀，赛尔文爵士愈是铁面无私，无怪乎他姓严堡，真是个铁石心肠。两家的下人跟着主子有样学样，两家的恩怨也就代代相传，直到达西的父亲临终，才吩咐他尽其所能和赛尔文爵士重修旧好，还说此仇不消弭，一则有碍执法，二则有损产业。达西以为，与其重提旧恶，不如委婉修好，遂邀赛尔文爵士来庄上打猎，或偶尔请他来家里吃饭，或许赛尔文爵士也意识到彼此长期交恶之失，有意消弭旧怨，故而从未出言拒绝，不过两家虽然重修旧好，却并未密切往来。达西心里明白，眼前这桩案子，赛尔文爵士虽会秉公审理，但绝不会出手相劝。

　　胯下的马儿似乎与主人同心，乐得出来伸伸腿、透透气。半个钟头后，达西于严堡庄下马。赛尔文爵士的先祖于伊丽莎白女王在位时受爵，于当时建了这个严堡庄，庄园占地极大，建筑庞大复杂，四周榆树环绕，树虽高大，仍遮不住宅子那七根都铎式烟囱，那烟囱直上云霄，恰似严堡庄的地标。宅内则低矮窗小，终年阴暗，赛尔文爵士的父亲钦慕邻宅，便在庄上加盖了几幢屋子，盖得虽然雅致，但终究与庄上风格不符，因此，尽管主宅诸多不便，赛尔文爵士仍择居于此，反将后来盖的屋子充作仆役住处。

　　达西一拉铃，即刻"铿铿锵锵"，怕是要把满屋的人吵醒。不多时，巴克先生便前来应门，这位老总管无时无刻不当班，主仆俩形影不离，显然都不用睡觉的。话说这严堡庄总管一职，似乎是历代相传，从巴克的父祖辈传到巴克手上，而且这家人简直是同个模子印的，都生得宽肩臂长，身形矮胖，长着好人脸，看似斗牛犬。巴克替达西脱帽宽衣，来者虽非生客，巴克照例问了姓名，进去通报老爷，请达西暂候。不知过了多久，方听见他步履沉沉，朗声说道："爵爷在吸烟室，请随小的来。"

　　两人穿过挑高的廊厅，两侧开着格子窗，陈设着鹿头和盔甲，壮观归壮观，却年久生霉。除此之外，墙上尚挂着家族画像。自封爵以来，邻里皆知严堡庄子孙绵延，人口在多不在精，除了爵外世袭，成见亦代代相传，后世子孙好生受教、好生为难；比如十七世纪那位赛尔文爵士，以为替家中女眷画肖像过奢了些，画家不过将丑人画美、使美人增色，并在衣饰多加着墨，便足以让先生太太志得意满；又因族中男丁所见略同，所以巴克秉烛高举，照亮一排画功奇差的肖像，清一色都是噘嘴突眼的夫人，仅衣饰依各朝各代递嬗，由丝绒而绸缎，由绸缎而丝绣，由丝绣而棉麻。那排男丁的绘像则精细得多。代代相传的浓眉毛、阔嘴巴、鹰钩鼻，骄傲自负地俯看达西，画工精湛，永垂不朽，叫人看了，还以为全是当前的赛尔文爵士，瞧他一会儿是一家之主，一会儿又是尽责的地主，一下扮起大善人，一下军装笔挺，肩披饰带，扮起义勇兵上尉，一下又不苟言笑，公正无私，扮起地方法官；看到这里，出身卑微的访客无不诚惶诚恐、心生畏惧。

　　达西跟着巴克转进狭窄的走道，通到大宅深处，尽头是一扇沉重的橡木门。巴克没敲门，直接推门而入，朗声说道："爵

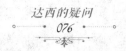

爷，庞百利庄园的达西先生来访。"

赛尔文爵士并未起身相迎。他头戴烟帽，坐在高脚椅上烤火，假发搁在身旁的圆桌上，桌上有半杯酒水和一瓶葡萄酒，膝上搁着一本大书正在翻看，见他来了，小心翼翼夹上书签，依依不舍阖上书本。此情此景，跟他画像简直一个样，达西能想象那画师一溜烟从门缝钻出去，暂且搁笔。壁炉里的柴火刚添过，炉火烧得正旺，"哔哔剥剥"爆响，达西先道了三更半夜上门打扰的歉意。

赛尔文爵士说："不打紧。我平时都读书到凌晨一点。看你神色局促，必有急事相求。辖区又出事了？盗猎？暴动？造反？拿破仑登陆了？菲勒摩太太的鸡给偷了？坐吧。这椅背有弧度，坐起来又稳又舒服。"

达西早已坐惯这张椅子，晓得这椅子好坐。坐下后，他将事情原委一五一十说了，简单扼要且不加评论。赛尔文爵士静静听完，说："看看我听得对不对。韦翰夫妇同丹尼上尉雇了出租马车前往庞百利，韦翰太太要在贵府住一宿，预备明晚参加安妮夫人舞会。走到半路，丹尼上尉和韦翰起了口角，在贵庄的林地下了车，韦翰见状，立刻下车追人回来。马车上焦虑弥漫，久久不见两位先生回来。约莫十五分钟后，韦翰太太和马夫普雷特听见枪响，她以为出事了，惊慌失措，吩咐马夫赶紧驶往庞百利。她抵达庄上，悲痛万分，你同哈勒子爵、艾韦顿先生赴林地搜查，三人同时发现丹尼上尉的尸首，并看见韦翰跪在一旁呜咽，酩酊大醉，脸上手上沾满鲜血。"他展现完自个儿过人的记忆，便啜了一口酒，道："韦翰太太是受邀来参加舞会的？"

这问题虽然突然，但是达西答得镇定："不是。然不论她何时来访，敝庄都乐意接待。"

"所以贵庄并未邀她，不过愿意接待她，换作她丈夫可就不同了。众所皆知，庞百利是不接待乔治·韦翰的。"

达西说："我们没那份交情。"

赛尔文爵士将书摆到桌上，煞有介事道："韦翰的德性，是家喻户晓。小时了了，大未必佳，坏就坏在他儿时的生活，就算努力一辈子也达不到，而当时往来的阶级，奋斗一辈子也打不进去。不过，据传你们交恶另有原因，似乎跟你小姨子有关？"

达西说："那都是谣言惑众。他这人忘恩负义，有辱先父，我俩志趣不同，自然不相为谋。不过，别忘了我此行的目的吧？我和乔治·韦翰的交情，与丹尼上尉之死完全无关。"

"抱歉，达西，你这话我可不同意。怎么会无关呢？倘若丹尼上尉是遭人谋杀，案发地点就在贵庄，凶嫌还是你连襟，况且两位失和多年……我这人就是直肠子，心里想着要紧事，嘴上就迸出来了。你的立场挺尴尬的，故而无权调查此案，这你明白吧？"

"这便是我来此的原因。"

"出了这么大的案子，自然要通报高级警长。我看是还没通报吧？"

"我想先通报你要紧。"

"确实。麦斯·卡佩伯警长那儿就由我亲自通报，往后案情有任何进展，自然也由我呈报。不过，他对此案恐怕兴趣平平。自从新夫人过门后，他便无心操劳地方事务，只顾去伦敦寻欢作乐。我并无批评之意。高级警长一职早已惹人非议。你也晓得，警长之职系执法暨督导辖区警员，但却并未揽权，办事自然力不从心，不过这国家就是这样，只要人民掌权，制度再不好也总能差强人意。你记得麦斯警长吧？两年前，他在你我的见证下，于季度法院宣誓就任。至于柯立索博士那边，也由我来联系吧。他虽然未能亲自审案，但法学知识渊博，我也不愿把责任一肩挑；倘若能和他连手，这案子定能办好的。眼下先乘马车到贵府一趟，顺道去接警员和贝察法医，并打发灵车来把尸体搬走。那两位警员你都认识，一位是托马斯·布尔，一位是威廉·梅森。托马斯喜欢人家称他警官，好显示他资历老、位阶高。"

赛尔文爵士不等达西回答，便起身大力摇铃，巴克连忙进来，显然守在门口已久，爵士吩咐道："去取披风和帽子，倘若帕斯盖睡了，摇他起来，叫他备马，我要去庞百利一趟，沿途顺道去接贝察法医和两位警员，达西先生会骑马跟着我们。"

巴克隐没在阴暗的走道里，将门重重摔上，力气大得莫名。

达西说："恐怕我内人无法亲自接待你，她和宾利太太先歇息了，不过还有几个上夜的管家，麦菲医生也在府上。韦翰太太初抵寒舍，悲痛欲绝，我和内人以为，必须立刻请医生过来一趟。"

赛尔文爵士说："我以为贝察法医应该及早涉入此案才是，警方不也常请教他的高见？他定是习惯于夜间出诊的。麦菲医生也检查过犯人了？乔治·韦翰关起来了吧？"

"尚未关起来，但已派人看守。出门前，史陶总管和艾韦顿先生同他一处，并有麦菲医生从旁照料，眼前只怕已睡下，数个钟头后才会醒来。为求方便，不妨等天亮再过来。"

赛尔文爵士说："你这方便是针对谁说的？我反正是要不方便的，谈到这责任上头，谁管他方不方便。麦菲医生没动过丹尼上尉的尸首吧？在我抵达之前，谁也不能碰尸体，这点我想你能担保吧。"

"眼下丹尼上尉的尸首安放在猎枪室桌上，门窗都已上锁。在你抵达之前，谁也不能对尸体动手脚，只等你来确定死因。"

"没错。倘若尸体被查出动过手脚，事情就麻烦了。最好是让警方到林地现场鉴定后，再将尸体移至室内。不过我明白，这么做未免不切实际。"

正说着，巴克回来了。赛尔文爵士一如往常，每每要出动维持地方秩序，便会戴上假发，穿上外套，戴上帽子。整装完毕，俨然就是治安官的派头，看上去似乎高了几寸，也更有威严，宛如法令的化身。

巴克领着主客走到正门口，只听见正门上了三道闩，却还

不见马车来，只得在黑暗中等待。赛尔文爵士一点不耐烦的样子也没有，他说："你们发现尸体时，乔治·韦翰就跪在一旁，当时他说了什么吗？"

达西料到他迟早要问这个问题，而且不仅问他，还要问在场所有人，于是回答道："当时他情绪激动，哭哭啼啼，前言不对后语，而且显然喝了不少酒。他似乎以为，当时没能阻止好友下车，害朋友出事，自个儿多少也要负责。那林子浓密，可藏亡命之徒，但凡谨慎之人，入夜后皆不该闯入。"

"达西，我要你把他的话，一字一句说与我。想必你记得一清二楚吧。"

达西确实记得，当下背了出来："他说：'我害死了我的朋友，我唯一的朋友。全是我的错。'前后次序虽然不敢确定，但大约就是这个意思。"

赛尔文爵士说："这岂不是认罪了？"

"还不确定他说的有几分真，况且他当时那模样，哪里就谈得上认罪了？"

正说着，只见一辆气派的老马车从边角拐出，沉沉驶来，在门口停下。赛尔文爵士上车前，还有几句话交代："我这人不喜复杂，你我共事多年，彼此的脾气应该很清楚。我相信你跟我一样，都晓得自个儿的职责。我这人很简单。只要他认罪，即使是屈打成招，我还是相信。瞧着吧，瞧着吧，我看我也别言之过早，证据都还没个影儿呢。"

几分钟后，达西的马也牵来了。达西翻上马背，马车"咿咿呀呀"，往庞百利驶去。

5

十一点的钟打过了。伊丽莎白心想：赛尔文爵士接获报案后，定会立刻赶来，自己也该去瞧瞧韦翰了。虽然他此刻必定睡下，但她就是不放心，非要亲眼瞧见才算妥当。

眼看离门不过四尺，伊丽莎白心头一凉，忽而良心不安，裹足不前。她自个儿心里有数，此趟来探望韦翰，除了尽主人之谊，更有难言之隐。她清楚赛尔文爵士一到，定要把韦翰带走，想到韦翰将由警方陪同离去，可能还得铐上脚镣，不如不目送，省得羞辱了他。可是他这一去，势必是永别，往后自个儿对他最后的印象，不再是当年那风流倜傥的英俊青年，反倒是今夜那血迹满面的醉汉，口中咒骂不断，给人半拖半拉进家门，思及此，教人怎么不唏嘘？！

她把心一横，上前敲门。开门的是宾利，没想到珍和雷诺太太也立在床边，椅子上摆着一盆水，给血染得绯红，只见雷诺太太拿手巾擦了擦手，便将手巾晾在盆子的边上。

珍说："丽迪亚虽然睡了，但我想她一醒来，定会吵着要见韦翰，我可不希望她见到韦翰进门时那副模样。即使韦翰不省人

事，丽迪亚仍然有理由见丈夫一面。但若见面时，韦翰依然满脸沾着丹尼上尉的血，那多可怕。再说，他自个儿也流血了。瞧瞧他额角这两处擦伤，手上也有几处擦破皮，但都只是小伤，准是在林子里找路时弄的。"

伊丽莎白心想：擅自替韦翰梳洗，不知碍不碍事？赛尔文爵士或许不要人乱动手脚，让韦翰维持原样让他验伤才好。不过珍有此举，伊丽莎白并不惊讶，也不诧异宾利从旁支持。她这姐姐虽然温柔体贴，可是择善固执，任旁人怎么说也不为所动。

伊丽莎白问："麦菲医生看过了吗？"

"半个钟头前看过了，等韦翰醒来后会再来看一次。我希望他醒来后能镇定一点，趁赛尔文爵士来之前吃点东西，但是麦菲医生认为不可能。方才他劝了好久，韦翰还是只喝了一点药水，不过药力颇强，够他睡上几个钟头，恢复点气力。"

伊丽莎白挪至床边，俯视韦翰。麦菲医生的药果然神效，见他睡得香甜，鼻息微弱，闻不到酒臭、听不见鼾声，脸上匀净，乱发散枕，上衣半敞，脖颈外露，宛若负伤骑士，战得精疲力竭。伊丽莎白瞅着他，心里五味杂陈，回忆如此揪心，真是愈想愈恨。她险些爱上了他。倘若时光倒流，当时的他有万贯家财，而非一贫如洗，那么她肯嫁他吗？决计不会。回想当年，自个儿又何尝爱过他？记得他初来乍到，人见人夸，哪家小姐不为他倾倒？他却独独对她大献殷勤，她也和他眉来眼去，拿彼此的虚荣当游戏。他信誓旦旦，指责达西背信忘义，弃儿时玩伴，毁老父遗嘱，坏了他的大好前程，她竟然也就信了，而且还说与珍听。事隔数月，才惊觉他交浅言深，有失体统。

伊丽莎白看着他，顿时心生羞愧，想当年还自诩会看人，谁知却着了他的道。尽管如此，她还是可怜他，不敢去想他的下场，即使晓得他曾诱拐良家妇女，但还是不信他会谋财害命。此桩案子不论如何了结，既然他做了她妹夫，她又跟达西做了夫妻，大伙儿便成了一家人。如今想起他，眼前却掠过一幅恐怖的景象：只见群众聒噪，忽然狱中闪出一个人影，众人立刻鸦雀无声，目送此人戴着手铐，走上绞刑场。她曾经恨不得跟这个人再无瓜葛，可是并非咒他死——老天爷，她不是要他死啊！

卷三 警方介入

1

　　赛尔文爵士的马车领着灵车刚驶至庞百利门口，史陶总管立刻开门，隔了一会儿，马夫来牵主人的马，达西和史陶商议一阵，以为马车和灵车停在门口，未免引人注目，不如牵到后院马厩去，又掩人耳目，又好将丹尼的尸首抬上车。赛尔文爵士这么晚来打扰，伊丽莎白虽然依礼接待，但这位不速之客摆明想赶紧办正事，因而只略略鞠了躬，受了伊丽莎白的屈膝礼，对此番深夜来访表示歉意，接着便求见韦翰，并邀贝察医生陪同，还吩咐布尔、梅森两位警员一道走。

　　达西领着众人来到蓝厅，扣了门，应门的是宾利，他和艾韦顿在里头守着，屋里四壁索然，高处开着几扇小窗，窗下放了一张单人床，一个洗脸盆，一个小衣柜，两张木头高背椅，俨然是间禁闭室了。门口两侧有两张稍微讲究的椅子，原是外头拿进来，方便守夜人坐的。麦菲医生坐在床的右首，见赛尔文爵士来了，忙忙起身。赛尔文爵士在海马腾庄园见过艾韦顿，跟麦菲医生也是老相识。他向两位颔首示意，走向床边，艾韦顿和宾利对看一眼，当下会意，默默退了出去。达西站得离床稍远，布尔和梅森则一人站在门的一侧，眼神盯着前方，仿佛在说：虽然还不到介入调查的时候，但是看守这屋子的责任，已经落在他们肩上了。

　　贝察法医时常协助高级警长和地方法官办案，向来不看活人看死人，而且生得其貌不扬，难怪外传他阴险狡诈。他那头银发细若孺子，往后梳成一把，面色蜡黄，眉毛稀疏，眼睛细小，眼神鬼祟，手指修长，指甲整齐，众人见了他作何感想，还是海马腾庄园那厨子说得最妙："小的说什么也不让那贝察法医碰一下。谁晓得他那双手方才碰了什么？"

　　外传他阴险不说，偏偏他又在家中收拾了一个小房间，充当实验室，据传他在里头计算血液凝块的时间，观察死后尸体变化的速度，弄得名声更不好了。虽然他名义上是医生，但是只有两位病人，一位是高级警长，一位是赛尔文爵士，两位都是不曾生病的。尽管两位声名赫赫，却无助于提升贝察法医的杏林地位。他在法庭上一言九鼎，颇获赛尔文爵士等执法人员器重。据说他和皇家学会的科学家时相往来，并时常与其他实验家通信，因此，左邻右舍虽然害怕实验室里的爆炸声响，但是更以其威望为傲。贝察法医谨言慎行，除非深思熟虑，否则绝少开口，只见他移至床边，一声不响，瞅着那熟睡的人犯。

韦翰鼻息细微，几乎要听不见。他嘴唇微张，仰躺而睡，左臂横打，右臂弯曲枕上。

赛尔文爵士转向达西。"他跟你描述的样子显然不一样。有人帮他洗了把脸。"

众人沉默了几秒钟。达西盯着赛尔文爵士的眼睛，说："打从韦翰先生进入我家大门起，此后发生的一切，由我全权负责。"

赛尔文爵士的反应出人意表。他那张阔嘴抽动了一下，那张嘴倘若生在其他人身上，倒要给认作溺爱的笑容。他说："真有骑士精神啊，不过我倒承望太太小姐替他擦脸哩。收拾残局不是女人家的本分吗？反正我们还有人证，府上的仆人势必也见到韦翰初进屋里的德性了。除了额角和手上几处擦伤，他似乎没受什么皮肉伤。他手上脸上那些血，料想大多是丹尼上尉的。"

他转向贝察法医。"我想你那聪明的科学家同行还没想出鉴定血液的办法吧？倘若真想出来了，虽然大有帮助，但布尔、梅森两位警员恐怕要失业，我也要成为老废物了。"

"可惜，还没想出来哩。科学家可不是神仙。"

"还没吗？听你这么说我真高兴，真怕你们想出来哩。"他似乎察觉这话说得轻浮了，便转向麦菲医生，拿出法官的样子，厉声问道："你给他吃了什么药？他这哪里是睡了？我看是不省人事。难道你不晓得，他八成是这起谋杀案的主嫌，我是要拿他问话的？"

麦菲医生悄声道："先生，就我来看，他不过是名病患。我

见他酩酊大醉，凶暴蛮横，简直没了规矩。我给他喝了点汤药，药效尚未发作，他倒吓得语无伦次，惊恐尖叫，胡言乱语，说什么看到好几具尸体吊在绞刑台上，脖子伸得老长。这人还没睡着，就先做噩梦了。"

赛尔文爵士说："绞刑台？看他这情景，怪不得如此。你给他开什么药？想来是安神的？"

"是我配的方子，用来治过好些病症。我劝他喝一些，也好减轻痛苦。当时他那副模样，再也问不出什么的。"

"睡成这样也问不出来。你估计他多久才可以醒来接受审问？"

"这很难说。有时人受到惊吓，会昏睡不醒，睡得既久且沉，以求慰藉。依我开的剂量，大约要明日上午九点才醒来，或许会早一些，但实在说不准，因为我哄了半天，他却只喝了几口。既然达西先生已经首肯，不妨让我留下来，直到病人清醒为止。韦翰太太也是我在照顾呢。"

"她也吃了安神药，无法侦讯对吧？"

"韦翰太太以为丈夫过世，悲痛震惊，歇斯底里，唯有安眠方可解救。除非她心平气和，否则您也问不出个究竟。"

"但或许能问出真相。麦菲医生，我以为我们彼此了解，你有你的责任，我有我的职责。我不是不讲理的人。我明天早上再来打扰韦翰太太吧。"他转身面对贝察法医："看出什么端倪没有？"

"没有，赛尔文爵士。不过在开安神药这一点上，我同意麦菲医生的做法。依他方才所述，我们根本无法侦讯。即使韦翰后来真的受审，法院也会质疑他当时说的话。"

赛尔文转向达西。"我明早九点再过来，布尔和梅森则留在此间看守，由他们保管钥匙。倘若韦翰要叫医生，也是由他们去找他，在我明早踏进此间之前，不准任何人进这房间。请帮这两位警官准备毯子，以及冷盘、面包等寻常食物，好让他们守夜。"

达西说："一切所需必叫下人备妥。"

说时迟那时快，赛尔文爵士瞧见韦翰的大衣挂在高背椅上，一旁地上还搁着皮革袋。"马车上的行李就这些？"

达西说："尚有行李箱、帽盒、提袋各一，这三样是韦翰太太的，另有两只行李箱，一个写着'韦'，一个写着丹尼上尉的名字。普雷特说，本来是要载两位先生到兰姆墩王章旅店去的，因此当初并未将他们的行囊搬下来；后来丹尼上尉的尸首抬回来了，才打发人把马车上的家当搬进来。"

赛尔文爵士说："这些自然要交与我。除了韦翰太太的家私，其余皆由我扣押，眼前先从他身上查起吧。"

他接过沉甸甸的大衣，用力甩了甩，三片枯叶从衣褶里飘到地板上，达西眼尖，看见袖口还笼着几片。赛尔文爵士要梅森拿着外套，自个儿将手伸进外套口袋，从左侧掏出了铅笔一支、空白笔记一本、手帕两条、扁壶一只，赛尔文爵士扭开瓶盖，断言里头装过威士忌，全是旅行常备物品，右侧口袋搜出的玩意儿挺有意思，系皮夹一只，内有钞票一叠，赛尔文爵士取出钞票，点了点。

"正好三十镑。看这钞票显然还很新，想来刚发行不久，这笔钱由我保管，我给你一张收据，待我找出合法拥有者，便物归原主。这笔钱我今晚就收进保险箱，明早或许便可得知他哪来这么一大笔钱。倘若是从丹尼身上搜刮来的，我们可就掌握杀人动机了。"

达西想开口抗议，但又怕言多必失，故而作罢。

赛尔文爵士说："我们这就去检查尸首，你已派人看着了吧？"

达西说："丹尼上尉的尸体陈放在猎枪室，门已上锁，并未派人看守。室内有张桌子，适合停放尸体。猎枪室及弹药柜的钥匙都在我身上，似乎无须加派人力看守。此刻不妨就过去吧？倘若你不反对，我希望麦菲医生一道去。既然要验尸，多一个人的意见总是好的。"

赛尔文爵士犹豫片刻，道："此事无从反对，想必你定要亲临验尸，我这边只需贝察法医和警官布尔，其他人手一概不必，好留给死者一点隐私，蜡烛得多准备点才是。"

达西说："这我早料到了，猎枪室已备下蜡烛，点燃即可，烛光想必够亮。"

赛尔文爵士说："等下布尔要跟我们去验尸，这儿需要加派人来看守。我瞧史陶挺妥当的。达西，劳烦你请他来一趟？"

史陶似乎料到自己会派上用场，早已在门边候着。他走进门，默立在梅森旁边。赛尔文爵士等人擎起蜡烛，离开蓝厅，达西一面跟出去，一面听见房间从里面上了锁。

屋里很静，宛若废墟。雷诺太太已下令上夜的仆人回房睡下，只剩她、史陶和贝登当班。雷诺太太在门厅的桌旁等着，桌上摆着几副烛台，每副烛台一根蜡烛，其中四副已经点了火，在烛光的照亮下，却教这偌大的门厅更显漆黑。

雷诺太太说："虽然用不着这么多，但我以为，亮一点总是好。"

众人各自取了烛台，点上蜡烛。赛尔文爵士道："其余全数留下，如有需要，立派警员来取。"他转身面向达西："你说你有猎枪室的钥匙，还说里头蜡烛足够？"

"里头共十四根蜡烛，是我和总管备下的。自从丹尼上尉的尸体抬进猎枪室，便只我俩进去过。"

"好，动身吧。愈早验尸愈好。"

达西大感欣慰，幸得赛尔文爵士同意，得以参与验尸。丹尼的尸首既然抬进了庞百利大宅，屋主参与验尸也是天经地义，不过他也帮不上忙就是了。他引领众人绕到屋后，从口袋里拿出钥匙圈，上头挂着两把钥匙，用大的那把开了门，猎枪室里头颇大，挂着几幅狩猎图，连猎物一同入画，又见一排书架，陈列着上个世纪的文件，用皮革捆着，此外还有桃花心木桌椅以及上锁的柜子，摆放着枪支和弹药。室内中央一张窄桌，显然是从墙边移来停放尸首的，上头盖着一块干净的布。

达西在赶去通报丹尼上尉死讯前，已命史陶备下烛台，并拿出上等高烛。他猜史陶和雷诺太太定要嘀咕，这上等高烛是留给饭厅用的。主仆俩一手持火柴、一手拿细烛，将蜡烛排成两排。而今，他用细烛点亮高烛，照得满室烛光，温柔的光晕笼罩着众人的脸庞，柔和了赛尔文爵士刚毅的线条。烛烟袅袅，宛若焚香，甜香稍纵即逝，仅存蜡味和火柴余香。达西看那桌面烛光摇曳，犹如香花满堂的祭坛；猎枪室四壁索然，犹如肃穆的教堂，而他五人鬼鬼祟祟，举行着仪礼繁琐的异教葬礼。

这群侍祭未着祭服，围着尸体站了一圈，赛尔文爵士揭开尸布，尸首的右眼一团黑血，血流满面，左眼圆睁上翻，瞪着后方的达西，那眼神不像死者般空洞，倒似有生者无尽的责备。

贝察法医触碰丹尼的脸、胳膊、双腿，说："面部出现尸僵。依我初步估计，约莫死了五个小时。"

赛尔文爵士估算了一下，说："这证实了我们的推测。果然他下车不久就死了，大约就是枪响前后，于昨晚九点钟身亡。伤口如何？"

贝察法医和麦菲医生移近尸首，将蜡烛交给布尔，布尔把自个儿的蜡烛搁在桌上，高擎另外两支蜡烛，好让两位医生看看那团黑血。

贝察法医说："这团血非得清理一下，方知伤口有多深。不过，从这血团上的枯叶和淤泥来看，他受伤后必是面朝下倒地。水呢？"他环顾四周，仿佛水会凭空出现。

达西将头探出门外，吩咐雷诺太太拿碗水和毛巾过来，不一会儿就都送齐了，想必她已料到将会用到这些东西，老早便在隔壁衣帽间的水龙头旁候着。她没进门，只将水和毛巾递给达西，贝察法医移步至工具箱，从中拿出白色羊毛球，擦拭伤口完毕，便将染血的羊毛球扔进水中，同麦菲医生轮流检查伤势，再次触摸血口周围的皮肤。

终于，贝察法医开口道："死者遭硬物击中，应为圆形凶器，然因皮开肉绽，无从得知其形状大小，只知此伤必不致命，顶多血流如注，头伤向来如此，不知在下的同行是否同意？"

麦菲医生慢条斯理戳了戳血口周围的肌肤，一分钟后，说："贝察法医所言甚是。这口子不深。"

赛尔文爵士冷峭的声音划破沉默："把尸体翻过来。"

丹尼很重，布尔和麦菲医生合力，一举将尸首翻身。赛尔文爵士说："再多拿几根蜡烛过来。"达西和布尔移步桌旁，各拿了一根蜡烛，走回尸首旁边。众人鸦雀无声，不愿言明眼前的真相。赛尔文爵士说："各位先生，死因在此。"

尸首后脑勺有道口子，长约四吋，让头发遮住了大半，口子里还塞着几撮毛发。贝察法医移步至行囊旁，拿回一把小银刀，挑开口子里的发丝，露出宽约四分之一吋的口子，下方的头发扁塌僵硬，不知是沾到血，还是沾到其他伤口渗出的液体。达西想看个仔细，但是内心哀惧交加，不禁喉头作呕，忽而听见一阵呻吟，只不知何人所为。

两位医生弯腰验尸，贝察法医依旧好整以暇，看了一阵，道：

"似乎是棍棒所伤，伤口完好，可见凶器并不尖锐，但是沉重。头发、组织、血管、头骨，全挤压在一处，典型的严重头伤，然而，纵使头颅完好，若底下血管破裂，亦会导致颅内出血。此击力气极大，凶手即使不比死者高大，也应该体型相当。据我分析，凶手应为右撇子，凶器则近似斧背，沉而钝。倘若凶器为斧锋或剑锋，口子势必更深，甚至身首异处。"

赛尔文爵士说："照这样说来，凶手先从正面袭击，死者重伤，踉跄倒退，血若泉涌，流入眼中，死者举手擦拭，凶手改由后方袭击。或许凶器是锋利的大石？"

贝察法医说："凶器必不锋利，否则伤口应呈齿状，但或许确为石头，沉重但光滑，林地里这样的石头应该不少。贵府修理宅邸时，不都从那林间小路运送石子和木材？有些石子从推车上滚下来，遭人踢入灌木丛，一藏便是许多年。不过，倘若凶器确为石头，凶手势必强壮有力，方能一击毙命。此案更像是死者趴倒在地，凶手从正上方攻击。"

赛尔文爵士说："遭受此伤，有多久可活？"

"很难讲。短则数秒，但绝对活不久。"

他转向麦菲医生，只听医生道："某些伤者头部重伤会并发头痛等症状，伤者不以为意，照常营生，不出几个钟头便暴毙身亡，但眼前这名死者显然并非如此。此伤口非同小可，若非一击毙命，必是瞬间身亡。"

贝察法医凑向那道口子，说："待我解剖尸体，方知此伤如何伤及大脑。”

达西晓得赛尔文爵士向来痛恨解剖尸体，然而此事一旦引发争执，贝察法医必占上风，且听赛尔文爵士道："有必要解剖尸体吗，贝察法医？这死因难道还不够明显吗？凶手正面攻击死者头部，血流如注，遮住死者视线，死者转身欲逃，却遭凶手从背后偷袭，一击毙命。从死者额上的枯叶和一脸污泥，知其是面朝下着地。达西，记得你来报案时，说发现死者仰躺在地？"

"确是如此，赛尔文爵士，而且亦是面朝上抬上担架。这个口子我还是头一回看到。"

众人静默，只听赛尔文爵士对贝察法医说："谢谢你，医生。往后若有必要，大可进行解剖，我无意阻挠科学进步。今日验尸到此为止，来人哪，把尸体搬走。"他转身对达西道："我明早九点钟再来一趟，找韦翰和贵府上下问话，找出无不在场证明者。此举无法蠲（juān）免，谅你能明白。我已下令今晚由布尔和梅森当班，负责看守韦翰，蓝厅由内上锁，随时由两人看守，非必要绝不得打开。我想你能保证遵守指令吧。"

达西说："必当遵守。你和贝察法医要不要用些点心再走？"

"不用，心领了。"他似乎觉得得再补充些什么，故而说道，"很遗憾贵庄遭逢此劫，想必府上女眷定要难过，幸亏你和韦翰先生交恶，否则必定更难承受。既然你也是地方法官，想必能明白我的职责所在。我会给验尸官捎个信，只盼数日后即能在兰姆墩审讯，当地陪审团也会列席，你和其他尸首目击

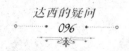

者自然也要出席。"

"这个自然。"

赛尔文爵士说:"我需要人手来把尸首抬上灵车。"他转向布尔:"你能不能接史陶的班,由你看守韦翰,请史陶下来抬尸首?麦菲医生,你既然在场,自然也想帮忙,有劳你协助搬运尸体了。"

不过五分钟的光景,麦菲医生气喘吁吁,和史陶联手将尸首从猎枪室抬上车,并摇醒马夫,赛尔文爵士和贝察法医便上了车,达西和史陶在门口目送,马车咿呀咿呀,消失不见了。

史陶转身要进门,达西说:"史陶,钥匙给我,我来保管,我要出去透透气。"

风停了,月光下,雨滴如豆,落入溪中,激起多少涟漪。回首过去,多少次,他溜出舞厅,逃离了乐声笑语,在这溪畔独立。而今,身后的大宅漆黑一片,悄无人声;这宅子是他一生的慰藉,如今却碰不到他的灵魂。伊丽莎白想必睡下了,但未必能够成眠。他需要她陪在身边,但她一定累坏了。他多渴望她的声音、她的安慰、她的眷恋,但还是让她睡吧。他走进宅子,上锁上门,忽觉背后一道微光,转过身,只见伊丽莎白秉烛下楼,走进他怀中。静静地温存一会儿后,她轻轻退开身,说:"亲爱的,晚餐后你滴水未沾,又是这副精疲力竭的模样,不妨吃点东西吧?雷诺太太在小饭厅备了热汤。上校和宾利都在那儿呢。"

但这一去，同床共枕形同泡影。他进了小饭厅，只见宾利和上校都吃过了，上校今夜仿佛是吃了秤砣铁了心，非得发号施令不可。

"达西，不如让我在书房过夜吧？那儿离门口近，可以确保宅子上下安全。我已擅自下令，要雷诺太太拿枕头和毯子过来。你们不必陪我，只管回房睡下吧。"

达西以为，门既上了闩，又上了锁，实在没必要守门，但他总不能自个儿舒舒服服睡在床上，却让客人睡不安稳。他身不由己，只得说："我以为无论凶手是谁，都没胆来侵犯我这宅子，但我还是会跟你一起守门。"

伊丽莎白说："宾利太太睡在韦翰太太房里的沙发上，贝登和我轮流上夜。回房休息前，我会再去看看韦翰太太。祝各位先生一夜好眠，我只愿能睡上几个钟头。赛尔文爵士明早九点就来，我会命厨房早点备下早饭。各位晚安。"

2

达西进入书房，只见史陶总管和雷诺太太铆足全力，伺候主子和上校睡得安稳。柴火添了，煤炭用纸包了，以免烧得哔剥作响，壁炉内尚有备炭，房里更有无数枕毯，旁边的圆桌上有一盘咸点，用盖子罩着，另有几瓶酒、水，几只盘子、酒杯，

及餐巾数张。

达西默默认为，守夜根本多此一举，大门既上了闩又上了锁，纵使杀害丹尼的凶手是生人，是一怒之下夺人性命的逃兵，也无以威胁庞百利的安危。达西疲倦焦躁，难以成眠，但若高枕无忧，恐有怠责之虑。他隐约觉得，庞百利将遭逢祸害，满心为此所苦，无法平心静气，认清此祸为何。长夜将尽，此时能在书房打个小盹，旁有表兄相伴，必能好好歇息。

表兄弟各自选了一张高背椅，费兹威廉坐在壁炉边，达西则离得稍远，心想，表兄此番提议守夜，或许是想叙些衷肠？没人问他九点前骑马上哪儿，只盼他能解释一番，伊丽莎白、宾利和珍想必也是同存此心。眼前再不问，想必只会愈来愈棘手，等到赛尔文爵士来，什么问题问不出来？费兹威廉想必也是心知肚明——今晚的主客之中，就只他没有不在场证明。达西以为，此桩命案必与表兄无关，但他为何闭口不提此事？表兄为人向来守礼，怎会有如此失礼之举？

不一会儿工夫，他便昏昏沉沉，连跟表兄寒暄都嫌吃力，只听表兄的声音愈来愈远，不多时便进入梦乡。睡梦中他曾醒来几次，换换睡姿，发觉自个儿身处书房，四下看了看，上校睡在高背椅上，一张俊脸让炉火烘得通红，鼻息深沉均匀。达西起身舒展四肢，小心翼翼往炉子里添些柴火，眼看炭火烧红，方才回到椅子上，盖了毯子睡了。

睡到一半，他乍然清醒，全神戒备，仿佛下意识地在等待这一刻。他弓在椅子上，眼皮撑开一条缝，只见上校站在壁炉前方，遮住了房里唯一的火光。达西纳闷：莫非是这室内陡然一暗，自个儿方才惊醒过来？他继续假寐，从眼皮缝中偷窥，只见椅背上披着一件军装外套，表兄往口袋里摸索，掏出一个信封，抽出信纸，站在壁炉前细读，忽然，他背影一闪，大手一挥，火苗一蹿，文件烧毁了。达西"咕哝"一声，转身背对火光。这样假寐未免太过卑鄙，他大可让表兄晓得自个儿醒着，问问表兄睡得好不好。然而，今晚他为尸首所惊，又让月光迷了心窍，心情大受震撼，往日谨守的规矩尽废，顿时无所依循、进退失据。较诸此番震撼，上校无故夜骑、行止鬼祟、烧毁信件，不过只是余波，但仍教人惶惶不安。

　　他和表兄一块长大，在达西眼中，表兄毫无城府，从未图谋不轨。然而，自从兄长过世，他成为伯爵继承人，从此性情大变。从前的他豪爽潇洒，随和易处，相较起达西害羞怕生，两人大相径庭。表兄和蔼可亲，人见人爱，凡事以家庭为重，从未忘记自己的职责，绝不会娶伊丽莎白这种出身的女子。达西不免以为，像自个儿这样不顾家庭、阶级，一意娶她进门，恐怕要让表兄不齿。近来表兄仿佛变了个人，伊丽莎白势必也察觉了，但是他们从不议论此事，伊丽莎白只是告诫他——上校想娶乔安娜为妻，迟早会征求他首肯；伊丽莎白以为，此事必得知会丈夫，不过上校对此却只字不提，只怕永远也不会提了。打从酒气冲天的韦翰给抬进这间宅子，表兄势必要往别处物色

　　他未来的伯爵夫人。他不讶异表兄变心，只讶异费兹威廉竟以为此事不费工夫，乔安娜必定点头答应。

　　伯爵位高责重，也难怪表兄心情沉闷。达西想起表兄那世袭的城堡，周围有煤田绵延数里，此外瓦力克郡尚有庄园一座，庄上土壤肥沃，一望无际，他继承家业后，必然得舍弃心爱的戎马生涯，成为上议院一员。近来他似乎严于律己，志在改头换面，达西心中纳闷，不知此举可行否？妥也不妥？除了继承家业，表兄是否另为私情所困？思及此，不禁奇怪他为何执意在书房过夜？倘若要烧毁信件，宅中炉火处处，他大可伺机行事，何必选在此时此刻，一副见不得人的模样？难道出了什么事，非得立刻损毁文件不可？达西为求安眠，心想：眼前已是疑云重重，何须庸人自扰？于是搁下心事，沉沉睡去。

　　睡梦里，他恍惚听见窗帘拉开，一睁眼，只见上校又将窗帘拉上，道："天还没亮。昨晚睡得可好？"

　　"不大好，但睡得尽够了。"达西一面说，一面伸手拿表。"什么时候了？"

　　"七点钟。"

　　"我应当去看看韦翰，倘若他醒了，需得打发下人去张罗吃喝，那两个当值的警员也该吃一点，赛尔文爵士令重如山，虽然没法接他们的班，但好歹也派人去看一看。倘若韦翰醒来，凶暴蛮横一如昨晚，只怕布尔和梅森制伏不了。"

　　达西起身，道："我去吧。你摇铃叫人端早餐来。饭厅要八点才开饭。"

上校已经抢在门口，转过身道："还是我去吧。你跟韦翰的瓜葛愈少愈好。赛尔文爵士可是全神戒备，留心你是否介入此案。此事他全权负责，忤逆他可不是闹着玩的。"

达西心里默认，上校确实有理。他一心当韦翰是客，但这样一厢情愿，未免不智。眼前这桩谋杀案，韦翰是主要嫌犯，赛尔文爵士自然以为，在韦翰受审之前，达西理当避嫌。

上校前脚刚走，史陶便端了咖啡进来，接着又有女仆过来拨火，雷诺太太来问今早是否在书房用膳。女仆拨开灰烬，添上新柴，余烬哔哔剥剥，火苗蹿跳，照亮书房一隅，更显秋晨阴暗。达西心想，大祸临头之日，就此展开。

隔了十分钟，雷诺太太离开，上校回到书房，移步桌畔，自斟咖啡，在昨晚睡的椅子上坐下，道："韦翰焦躁不安，喃喃自语，但尚未醒转，估计会再睡一会儿。赛尔文爵士九点钟到，在那之前我再去看他一趟，好教他准备准备。两个警员昨晚吃饱喝足，布尔在椅子上打盹，梅森抱怨腿麻，要起来伸伸腿；我道他是想去厕所，你这儿不是装了新的冲水马桶？外头街谈巷议传得可热闹了。我比了方向给他，便在房里守着，直到他回来。依我判断，不用等赛尔文爵士来，韦翰就醒了，他一到便能受审，届时你会在场吗？"

"韦翰寄我篱下，丹尼在我庄上遭人谋杀，我显然不该介入调查，待赛尔文爵士上报此案，一切便能听命高级警长，但他对此必不积极，届时恐怕要麻烦你，费兹威廉。赛尔文爵士定会尽快展开审讯。所幸验尸官就在兰姆墩，即刻便能选出二十三人组成陪审团，陪审员虽然都是本地出生，但难说会对韦翰有利。韦翰不得踏进庞百利，此事众所周知，不难想见外头定是流言满天，揣度不休，你我势必出庭作证，此事刻不容缓，你得晚些归队了。"

费兹威廉上校说："自然以此事为先，倘若近日便能开审，归队一事暂且不妨。艾韦顿年纪轻轻，倒是来去自由，虽说是伦敦公事繁忙，却时常抽空上海马腾庄园和庞百利庄园，受主人热情接待。"

达西没作声，两人沉默了一会儿，费兹威廉上校道："今日忙些什么？估计也该让下人知晓此事，好接受赛尔文爵士讯问。"

"我这就去看伊丽莎白醒了没，料想是醒了，正等我一块儿去向下人说明此事。倘若韦翰醒了，丽迪亚必要见他，她确实有权这么做，等她见完韦翰，众人也该准备受审，恰好昨晚一家子都在宅内，赛尔文爵士也省事些。他必会问你几时骑马出去？几时才回来？"

上校只回了一句："只希望他满意我的答案。"

达西说："等雷诺太太回来，请转告她，我和内子要在小饭厅用早饭。"说着便走出书房。昨夜让他相当不快，幸而已经过了。

3

珍婚后从未和丈夫分房，昨夜独卧在丽迪亚床边，睡得极不
安稳，不时又得起来瞧瞧丽迪亚。麦菲医生的安神药果然神效，
丽迪亚睡得十分香甜，但是五点半便醒转过来，吵着要见丈夫。
珍固然以为此举合情合理，但仍然委婉告诫丽迪亚，说韦翰还没
醒。丽迪亚不打算等，珍便帮她装扮起来，折腾了大半天，丽迪
亚坚持要漂漂亮亮，花了许多时间翻找行李箱，将礼服拿出来，
一件件比在身上，问珍哪件好。不好便扔在地上。衣服才穿好，
又嫌头发邋遢。珍不知该不该叫醒宾利，走到外头一听，隔壁并
未传出声响，自然不愿扰人清梦。陪丽迪亚去见历经劫难归来的
丈夫，确实是女人的工作，她不该贪图安逸，指望宾利替她去。
好不容易丽迪亚装扮妥当，两人秉烛走过漆黑的走廊，来到羁押
韦翰的房间。

布尔开了门；梅森原本在椅子上打盹，一听见人声，惊醒
过来，眼前已是一团混乱。丽迪亚奔至床边，见丈夫阖着眼，
便扑在他身上，只当他死了似的哀哀痛哭起来，淌了几分钟的
眼泪，珍将她从床边带开，喃喃宽慰道，不妨等韦翰醒了、能
同她说话了，再过来一趟。丽迪亚又哭了一阵，这才由人领着
回房，这里珍好不容易劝开，便摇铃请下人送早饭。上来的不

是寻常佣人，却是雷诺太太，她精挑细选，亲自端来一盘佳肴，丽迪亚一看，心满意足，顿觉哭得也饿了，便大快朵颐起来。

用过早饭，丽迪亚一会儿泪流满面，自怨自艾；一会儿担惊受怕，为自个儿和丈夫的前程担忧；一会儿又满腹怨怼，恨伊丽莎白不下帖子请他们夫妻俩，否则他们循着大路来庞百利岂不更好？他们拣那林间小路，图的就是出其不意，否则伊丽莎白哪里肯收留她？要不是伊丽莎白，他们何苦从叶面旅舍雇车过来？她和韦翰向来不喜欢此等旅舍，倘若伊丽莎白肯慷慨解囊，夫妻俩便能在兰姆墩王章旅店过夜，隔日再请庞百利打发马车来接，如此一来，便不与丹尼同路，哪里还会闹出这些事来？珍忍痛听着，如常劝解，要小妹耐着性子、打起精神；丽迪亚只顾大吐苦水，既听不进道理，也不要人开解。

丽迪亚满腹牢骚，原是意料中事。她自幼讨厌伊丽莎白，两人个性迥异，自然谈不上姐妹情深、惺惺相惜。丽迪亚嗓门大，个性野，不服管束，行止庸俗，老是害姐姐丢脸，却是母亲的心肝肉儿，母女俩仿佛同个模子印的；然而，这对姐妹失和，实则另有缘由。丽迪亚疑心当初伊丽莎白劝父亲不让她去布莱顿，凯蒂看见伊丽莎白敲了书房的门，获准进入父亲的圣地，这可是难得的特权，父亲平常于书房独处，坚持不让人打扰。丽迪亚以为，不让她找乐子就是罔顾姐妹情谊，触犯她的大忌，势必要记仇一辈子。

追根究底，两姐妹不睦，另有缘故：韦翰婚前公然向伊丽莎白献殷勤，丽迪亚全看在眼里。先前她上海马腾庄园做客，珍便听见她向管家太太饶舌。丽迪亚说话向来不知检点，为人又自私，只听她对管家太太说："庞百利那里当然不会邀我们夫妻俩，我姐姐吃我的醋，全梅里墩都晓得。以前韦翰的部队驻扎在梅里墩，我姐姐爱他爱得死去活来，要是她有办法，早就得手啦，偏偏他另有所属，总之算我走运！反正我姐势利眼，没有钱她也不嫁，倘若韦翰有几个钱，她早就嫁他了。达西脾气坏，人又自大，我姐是看上他的钱和宅子，这事儿在梅里墩谁不晓得。"

　　丽迪亚将管家扯进家务事，瞎扯一些混话与管家说嘴，珍不禁犹像丽迪亚这样不告而来，自个儿还欣然接待，究竟妥也不妥？为了一家着想，她决意不再接待丽迪亚和韦翰。但在此之前她还是得再忍耐一次。她答应礼拜日下午离开庞百利时，顺道把丽迪亚接回海马腾庄园去；丽迪亚一天到晚要人安慰，一会儿痛哭流涕，一会儿大发牢骚，少了她，必能省去伊丽莎白不少麻烦。庞百利乌云罩顶，珍爱莫能助，但为了亲爱的伊丽莎白，这点小忙还是能帮的。

4

　　伊丽莎白时睡时醒，一时睡得香甜，一时从噩梦中惊醒；醒来方知现实恐怖，宛若棺木罩笼着庞百利，当下不做多想，即刻伸向枕边人，却忆起他与上校在书房过夜，不禁想下床踱步，但还是耐着性子，设法睡去。这亚麻床单向来凉爽舒适，今晚却让她扭成麻花，而那向来轻软的羽绒枕，今晚枕起来却又闷又硬，总要人拍一拍、翻翻面，睡起来才舒适。

她转念思及达西和上校。好不容易把这胆战心惊的一天熬过，何苦要睡得如此不安稳？不知上校是何居心？她晓得这是上校的主意。他是否有要事要说与达西，故而需要几个钟头独处？或许是要解释夜行的缘故，或许要商讨娶乔安娜一事。忽然，她心中闪过一个念头：莫非他刻意不让她和丈夫独处？自从丹尼的尸首被抬进门，她和丈夫几乎没说上几句话；但这念头未免荒谬，她急忙撇下，设法入睡。

她身子劳乏，心中却如乱麻，一早赛尔文爵士到来之前，尚有好些事要忙。首先得知会五十户人家舞会取消，昨夜众人都睡了，通知也无益；只是自个儿应该多熬一会儿，把这事儿起了个头再睡也不迟。不过，比起这桩事，眼前另有一件义不容辞的差事。昨晚乔安娜早早回房就寝，浑然不知夜里出了大事。自从十一年前骗婚未遂，韦翰便不曾踏入庞百利，家里也不曾提起此人，只当没这桩事。而今丹尼身亡，势必要勾起过往多少不快，让眼前的局势更加难熬。乔安娜是否难忘旧情？如今旧爱沦为凶嫌，屋里尚有两位新欢，她该如何面对旧爱？伊丽莎白和达西议妥，待下人用完早饭，便一同宣布噩耗，至于丽迪亚和韦翰留宿一事，家仆自五点起便各处洒扫看火，恐

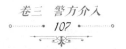

怕也难掩人耳目。她晓得乔安娜向来早起，七点钟一到，贴身女仆便会揭开窗帘、奉上早茶。她得赶在家人说溜嘴之前，亲口将凶信说与乔安娜知晓。

看看床几上的金色小闹钟：六点一刻。这下不能再睡了，睡意却纷纷袭来，她得在七点钟前让自个儿神清气爽。六点五十分，她点亮蜡烛，往乔安娜的房间走去。日复一日，伊丽莎白在熟悉的声响中，与宅子一同苏醒，迎接幸福快乐到来。一屋上下，人人安分守己，尽忠职守。伊丽莎白走到半途，听见远方传来老鼠"嚓嚓"抓地，女佣显然已然忙开了。这些佣人很少到这层楼来，就算遇到也是笑一笑，赶紧贴墙站了，好让女主人通过。

她轻敲房门，只见乔安娜身着晨衣，伫立窗畔，眺望那黑洞洞的大地。不多时，女仆来了，伊丽莎白接过托盘，端至床几。乔安娜似乎察觉到不对劲，女仆一走，她便走到伊丽莎白身边，忧心忡忡道："亲爱的伊丽莎白，你看来脸色不好。不舒服吗？"

"我很好，只是烦心。先坐下来吧，有事要跟你说。"

"是艾韦顿先生的事吗？"

"不是，与他无关。"

伊丽莎白将昨夜的事扼要说了说。她告诉乔安娜，说找到丹尼上尉时，韦翰满面忧伤，跪在尸首旁边，但并未将达西听见的话说与她。乔安娜双手搁在膝头，听她娓娓道来。伊丽莎白见她泪眼汪汪，默默流泪，便握住她的手。

乔安娜顿一顿，擦擦泪，平静道："你定要奇怪，为什么我要为一位素昧平生的先生落泪？想起昨晚我和艾韦顿先生互相唱和，众人在音乐厅有说有笑，丹尼先生却在林子里遇害，距我们不到两里！闻此噩耗，他父母亲该如何承受？做朋友的更不知要有多难过？"或许是见到伊丽莎白神色诧异，她继续往下说："嫂嫂，你以为我是为韦翰先生掉泪吗？他脱险生还，不久便能夫妻团聚，我高兴都来不及。韦翰先生眼睁睁见朋友死去，自个儿却束手无策，难怪他哀痛欲绝。亲爱的伊丽莎白，我不为他介入我们家而难过。抑去是我自陷情网，如今方知当年错把恩情看作爱情，抑或只是寂寞，但我决计不会与他私奔，不过只是儿戏一场，哪里就认真了呢。"

"乔安娜，他是真心想娶你。他从未否认过。"

"噢，他确实是认真的。"她脸一红，说，"但他发誓，婚前我们还是以兄妹相待。"

"你真的相信？"

乔安娜的语气添了几分哀伤："我真的相信。你也知道，他爱的不是我，而是我的钱，他一向只爱钱。我很抱歉给哥哥添麻烦、害哥哥伤心难过，除此之外，我无怨无悔，不过我跟他，不如不见的好。"

伊丽莎白说："不见当然最好，何况也没必要。"她底下没说的是：除非韦翰走运，否则警方不久就会将他押走了。

她俩几乎无话，默默喝茶；末了，伊丽莎白起身告辞，乔安娜说："哥哥从不提韦翰，也不提往事。如果他肯提，倒还好过些。两人相亲相爱，对于碰在心坎上的事，理应畅所欲言。"

伊丽莎白说："我也是这个意思，但有时知易行难，总是时机不对。"

"只怕再也碰不到对的时机。我只怨自个儿让兄长失望，他肯定再也不相信我的判断。可是伊丽莎白，韦翰不是坏人。"

伊丽莎白说："他或许不坏，只是太傻了，会害人。"

"我跟艾韦顿先生谈起此事，他以为韦翰先生虽然唯利是图，但不至于毫无情意，既然我能对艾韦顿先生畅所欲言，为何对亲哥哥却说不得此事？"

伊丽莎白说："所以艾韦顿先生晓得这个秘密。"

"当然，我们是知己。不过艾韦顿先生和我都明白，这疑云一日不破除，我们一日不得安宁。他尚未表态，我们也并未私订终身。婚姻大事我岂能瞒你？更不会瞒着哥哥。我俩心意相通，都甘愿等待。"

这么说来，这屋里又添了一桩秘密。艾韦顿尚未表态，也并未向乔安娜求婚，其中的缘由，伊丽莎白自谓明白。倘若此时他表露心意，无论他帮达西什么，都要给看作邀功。此外，艾韦顿和乔安娜都是明白人，晓得家中有难，不宜婚庆。她亲了亲乔安娜，说自个儿也中意艾韦顿，并低声祝他们幸福。

伊丽莎白心想，也该着装办正事了。赛尔文爵士九点钟到，在那之前，须得将诸事办妥。首要之务，便是知会宾客舞会取消，并简略说明缘由。乔安娜已吩咐下人在房内准备早饭，用完再到早餐厅同众人喝咖啡，帮忙诸项事宜。丽迪亚也由珍陪伴，在房内用了早饭，宾利无时无刻不想夫妻团聚，就等两位梳妆整齐，客房打扫完毕。

贝登帮伊丽莎白打点好，便给打发去帮忙珍，伊丽莎白则找夫婿同至幼儿房。夫妻俩平时都先用过早饭才过去，今日忽而迷信起来，唯恐侵犯庞百利的恶灵到幼儿房作怪，非得亲眼瞧见孩子才安心。只见幼儿房自成天地，安稳如昔。孩子见父母比平时早来，高兴极了，伸手便要人抱。抱了一阵子，唐纳文太太请女主人到旁边说话，且听她悄悄说道："雷诺太太真是好心，天一亮，就给我捎信来，说丹尼上尉死了。虽然咱们吓坏了，但是请放心，决计不会走漏风声给小少爷，除非主人要小少爷晓得，再把孩子该晓得的慢慢说与他吧。夫人别担心，不会有佣人到幼儿房来饶舌。"

离开幼儿房，达西说自个儿如释重负，感谢伊丽莎白将消息告诉妹妹，妹妹亦未太过悲伤；然而，伊丽莎白察觉达西心生疑虑，以为凡是会勾起回忆的消息，都不该令妹妹知晓。

将近八点钟，伊丽莎白和达西进入早餐厅，桌上的早饭几乎没人尝，桌畔只有艾韦顿一位客人，咖啡虽然喝了不少，但是培根、香肠、鸡蛋、腰花仍然罩在罩子底下，动也没动。

平时众人聚在一处，总是谈笑风生，这顿早饭却吃得别扭十足；不久，上校来了，一会儿乔安娜也来了，但气氛并未因此活络。乔安娜坐在上校和艾韦顿中间，艾韦顿帮忙斟咖啡，她说："伊丽莎白，用完早饭，不妨便着手写信？你和哥哥决定措辞，我抄录五十份，想来信也不长的。"

众人静默，神色尴尬。上校对达西说："达西小姐必须尽快离开庞百利。倘若她涉入此事，接受赛尔文爵士或警方审讯，成何体统？"

乔安娜脸色苍白，但语气坚定："我想帮忙。"她转头对伊丽莎白说："你今天早上势必会忙得不可开交，把内容告诉我，我来写，你签名就好。"

艾韦顿插话道："这主意好！写封短信就成了。"他转向达西说："容我替贵府出力吧。给我一匹快马和一匹备马，我来帮忙送信。若是府上的人送，只怕人家要问话，耽搁时间就不好了；我是生客，自无此困扰。给我这附近的地图，我和达西小姐来规划路线，看怎么送最省时。倘若宾客住得不远，便单送一户，请该户人家代为转达。"

伊丽莎白自忖：说到散播消息，有几户人家必定乐意之至——既然舞会泡汤，不妨凑个热闹，看看庞百利的好戏；也有几户人家必定心有戚戚，会连忙致信慰问、表态支持，其中肯定不乏出于真心者，自个儿千万不能愤世嫉俗，鄙夷人家一片好意。

但达西的回话却很冷漠："我妹妹与此事无关，万不能让她牵扯进来，否则有失体统。"

乔安娜回答得娇声细气，但不改初衷："但是哥哥，这是

我们的家事，怎么会与我无关呢？"

达西还来不及开口，上校便打岔道："乔安娜小姐，此案水落石出前，你万不可留在此地。我今晚便派人送信给狄堡夫人，她肯定会邀你上若馨庄园做客。我晓得你不是顶喜欢那园子，但你哥哥希望你待在安全之处，无须兄嫂操心。你向来通情达理，定晓得此番建议乃明智之举，况且也合于情理。"

乔安娜不理他，转头对哥哥说："你无须操心，请不要打发我走，我只盼能出点力，从旁协助伊丽莎白。我不明白这么做有何不妥？"

艾韦顿斡旋道："抱歉，先生，容我说句话。你这样规定达西小姐的行为，仿佛当她是孩子。当今已是十九世纪，即便不是女权运动家的子弟，也晓得遇上女人家的事，理应听听女人家的说法。既然百年前便承认女人有灵魂，何不承认女人也有脑袋呢？"

上校收敛收敛脾气，道："先生，你这伶牙俐齿，建议还是留到刑事法院上用吧。"

达西转向乔安娜："只要你平安快乐就好。如果想留下来就留下来吧。有你帮着，伊丽莎白肯定高兴的。"

伊丽莎白始终没作声，只怕失言误事，这下总算开口道："当然高兴了。赛尔文爵士一来，我就得去招呼，倘若没人帮我，这信肯定写不完。我们这就动笔吧？"

上校使劲将椅子往后推，拘谨地朝伊丽莎白和乔安娜鞠了个躬，便离开饭厅。

艾韦顿起身对达西说："很抱歉插手贵府的家事。我把话说得造次了，无论于情于理，我都该随和些才是。"

达西说："你不必向我道歉，而是要向上校道歉。你的话虽然唐突冒昧，但并非毫无道理。"他转向伊丽莎白道："写信一事若已处理妥当，我们也该把家仆集合起来说话了。雷诺太太和史陶将告知下人，舞会因意外取消，众人听了，定会惊慌失措。我这就摇铃请雷诺太太过来，等你打好草稿、乔安娜誊抄完毕，我们便到仆役厅跟下人说话。"

5

过了半个钟头，达西和伊丽莎白踏进仆役厅，十六把椅子齐声后退，达西向众人问好，众人咕哝"主人早"，细若蚊声，几不可闻。伊丽莎白见众人头戴折边帽，身穿浆过围裙，清一色素白，心头一凛，方才想起雷诺太太规定，舞会一早所有下人皆须穿戴妥当。伊丽莎白闻到满室烘焙香，想来是早晨来不及阻止，几批咸点甜派已经送进烤箱。方才经过温室，只觉花香袭人，如今全用不着，只能任其枯萎了。至于宰杀的鸡鸭牛猪，温室采收的水果，熬煮多时的杏仁奶油汤，玻璃杯盛装的乳酒冻，又该怎么处置才好？虽则未必备妥，但只要无人遏止，难免要太过丰盛，可不要浪费了才好。如今担忧这些也无益，只是徒增烦恼。早饭时，上校为何不提夜行一事？也不交代去了哪里？总不会只是在溪边吹风吧？再则，大家虽然嘴上不说，但是心里都晓得，韦翰八成会让警方押走，倘若果真如此，该拿丽迪亚怎么办才好？她必定不要待在庞百利，但又不宜离丈夫太远；上上之策，就是由珍和宾利接去海马腾庄园，这法子虽则便宜，但对珍公平吗？

她满腹心事，丈夫说了些什么，她这个做妻子的却是一个字也没听见，只赶上最后几句：昨夜已请赛尔文爵士将尸首运往兰姆墩，爵士九点钟将再次来访，面谈昨晚在庞百利的家人，届时他和达西太太都会在场。所有庞百利的仆役皆无嫌疑，唯需诚实回答赛尔文爵士，其余仆役各司其职，切勿聚众饶舌。除了毕威一家之外，旁人皆不得进出林地。

达西说完，下人皆静默，似乎都在等待伊丽莎白开口。她一面起身，看着十六双眼睛盯着自己，皆神情忧虑，盼能听到此事将转危为安，无须担忧，庞百利一如以往，大可安心栖身。伊丽莎白说："今年办不成舞会了，我们已经知会宾客，并简略说明缘由。宅邸遭逢厄运，想必诸位必会尽忠职守，平心静气，协助赛尔文爵士调查此案。如有隐情或隐忧，先知会史陶总管或雷诺太太。感谢诸位一如往年，费时筹备安妮夫人舞会。事出不测，致使诸位心血白费，我俩也深感遗憾。相信无论风雨，我们始终都是上下一心。诸位将安全无虞，亦无须担忧将来，庞百利已挺过无数风暴，此回也将屹立不摇。"

众人鼓掌一阵，便让史陶遏止；他和雷诺太太表示将共体时艰，遵从主人指示，便打发众人各自当班去，待赛尔文爵士来再集合。达西回到主屋，对伊丽莎白说道："我呢，又寡言了点，你呢，又啰唆了些，不过我们向来截长补短，拿捏得宜。而今，就等执法如山的赛尔文爵士来了。"

6

赛尔文爵士这趟来，未若达西想象中压力沉重，待的时间也不长。上礼拜四，高级警长麦斯捎信管家，说下礼拜一回德贝郡，要他备下晚膳；管家以为，此事应让赛尔文爵士知晓。虽未告知爵士缘由，但他一想便知。伦敦店肆琳琅，声色满目，说到花钱，老夫少妻意见分歧，丈夫以为钱要用来滚钱，太太却坚持花钱不手软，其口头禅曰：不摆阔，谁知你阔？自从警长接获夫人在伦敦挥霍的账单，尽忠职守之心油然而生，赶紧命夫人一同打道回府。然而，赛尔文爵士以为，麦斯警长尚未接获命案消息，一日一接获，必定要他呈报案情进展；既然庞百利上下与丹尼之死毫不相干，何苦在此穷耗时间？根据布尔调查，自上校出门夜骑后，便不见马匹和马车离开马厩，因此，眼前亟须调查的嫌犯，仅韦翰一人，此趟赛尔文爵士带囚车和

警官来，就是要将他押回兰姆墩大牢，写出一篇令人刮目相看的笔录，好向麦斯警长交差。

赛尔文爵士和蔼可亲，有别以往。他降贵纤尊，先用过点心，才移驾书房，审问上校、艾韦顿及达西一家，当中唯有上校的口供令他玩味。上校为自己三缄其口向达西一家道歉。由于前部属碰上棘手事端，遣其胞姐向他请益，该女士近日至兰姆墩探亲，他便建议在王章旅店碰面，会比在他伦敦的处所更为隐秘妥当。是以昨晚夜骑，实为至兰姆墩赴约，然因心系该女士，唯恐其行踪泄露，引来镇民好奇，故而隐瞒会晤一事，警方若需查证，可提供该女士姓名及伦敦住所，不过，相信单凭旅店主人及客人之口供，便足以作证。

赛尔文爵士得意道："此事无须查证。今早来此途中，我已顺道造访王章旅店，询问昨晚是否有生人来此，便听说该位女士的事迹。说起你那位朋友，全旅店无人不晓，都说她马车华美，仆从众多、男女各一。我猜她必定出手大方，旅店主人见她离去，万分遗憾。"

赛尔文爵士接着审问下人。众人已按时于仆役厅集合，唯独不见唐纳文太太，她不肯离开幼儿房半步，以免小少爷无人看护。由于恶人总是厚颜无耻，好人反易心生内疚，是以仆役厅里人人自危。赛尔文爵士先前厉声告诫众人，倘若不与警方合作、不肯据实以告，下场不堪设想；因此，尽管他决意放软声调，尽快结束审问，众人的畏惧却未减半分，他和颜悦色道：

"昨晚是安妮夫人舞会前夕，我相信各位奔忙不及，必定无暇在多事之夜到林地杀人，因此，我只想请问，昨晚七点至今晨七点之间，谁离开过庞百利？谁有消息要呈报？举起手来。"

只有一个人举手。雷诺太太低语道："她叫蓓西，是我手下的女仆。"

赛尔文爵士命她起身，蓓西巴不得一声吩咐，立刻站起来。她身形圆胖，口齿清晰，毫无惧色："先生，上礼拜三，我同乔安妮到林地，在那儿撞见雷利太太的鬼魂。我瞧得一清二楚，她躲在林子里，身穿黑色斗篷，头戴黑色兜帽，但是月光一照，不是雷利太太是谁？我和乔安妮吓个半死，拔腿就跑，幸而她没追来。但是先生，咱们真的瞧见她了，我句句属实，不敢撒谎。"

赛尔文爵士命乔安妮起身，她吓得六神无主，嗫嚅数声，附和蓓西所言。赛尔文爵士以为这话靠不住，又不便干涉女人家的事，于是看了雷诺太太一眼，雷诺太太接过话茬道："蓓西、乔安妮，入夜之后无人陪同，不得擅自离开庞百利，你们难道不晓得吗？还说什么撞鬼！根本是无稽之谈，你们这般胡思乱想，把我的脸都丢光了。等赛尔文爵士问完话，马上到我的房里来！"

赛尔文爵士一看，这显然比自个儿拿话恫吓还管用，只听那两个丫头咕哝一声"遵命，雷诺太太"，便连忙坐下来。

赛尔文爵士瞧女管家说话立竿见影，心里好生钦佩，便也想训训话，显显自个儿的威风。"没想到有幸在庞百利工作的

丫头，竟然会迷信至此，难道没读过《教义问答集》吗？”只听见细细一声“读过的，先生”，底下便没话了。

赛尔文爵士回到主宅，达西和伊丽莎白如释重负，只要将韦翰送走，今日便算完事了。韦翰戴着脚镣，由布尔和梅森押上车，所幸无人围观，不致蒙羞受辱，在场仅达西一人，他自认身为主人，理应送客。囚犯安置妥当，赛尔文爵士随后上车，马夫尚未挥鞭，赛尔文爵士将头伸出窗外，对达西说道：“《教义问答集》里，可有禁止迷信和偶像崇拜？”

母亲传授教义问答的身影仍历历在目，但种种信条中，达西只记得“不可偷盗”一条；说来尴尬，儿时他和韦翰骑小马到兰姆墩，途中经过赛尔文爵士的庄园，见那苹果结实累累、低垂枝头，便忆起这条教义。他正色道：“赛尔文爵士，我以为《教义问答集》所传授者，必不抵触英国国教的礼仪和教规。”

“很对，很对，我也颇以为然，两个蠢丫头！”

赛尔文爵士志得意满，勒令驾马，只见囚车紧跟在马车后，沿着宽阔的车道辘辘远行。达西虽已习惯于送往迎来，但是韦翰这趟来，痛苦的回忆再度笼罩庞百利，韦翰一走，阴影亦随之远行，达西默默祈求，但愿在开审之前，无须再见赛尔文爵士一面。

卷四　死因判决

1

教区会众皆以为，礼拜天早上十一点钟，达西夫妇势必现身圣马利教堂，庞百利上下亦作如是想。丹尼上尉遇害的消息已不胫而走，倘若达西一家避不见人，不是承认涉案，就是料定韦翰先生有罪。会众上教堂做礼拜，无非是要光明正大品评邻人，除了打量新邻居的仪表风度财力行止，老邻居里哪些家中有喜的、破财的，更是要落人话柄。众人皆知达西与韦翰交恶已久，而今韦翰公然在庞百利庄上杀人，大伙自然要来看热闹，就算是卧病多年、不堪礼拜劳形，照样挣扎前往。但众人都是文雅之士，怎么好意思明目张胆？顶多只是祈祷时从指缝间偷觑，或是唱圣歌时从帽檐下斜睨。欧立凡牧师已在礼拜前至庞百利慰问，讲道时更是尽其所能，把《保罗书信》讲得又臭又长，听得人一头雾水，礼毕后又把达西夫妇留在门口，拖拖拉拉说个没完，众人等不及要回家享用冷盘，只好鞠个躬、行个屈膝礼，鱼贯般往马车和敞篷马车走去。

丽迪亚没去礼拜，宾利夫妇留在庞百利大宅照顾她，顺便打点行囊，准备下午回家。丽迪亚前晚一到，便把行李翻得乱七八糟，要收拾到她满意为止，比收拾宾利夫妇的行李更花时间，总算在达西夫妇回来前打点完毕。一点过二十分，一行三人上了四轮大马车，主客道别，马夫挥鞭，马车蹒跚前行，摇摇晃晃驶过溪边的大路，顺着长长的车道而下，渐渐远去。徒留伊丽莎白望眼欲穿，想将马车召回眼前。终于，众人转过身，回到屋子里面。

走到门厅，达西停步，对上校和艾韦顿说："半个钟头后，两位能否来我书房会合？丹尼的尸首既然由我们共同找到，届时或许都得到堂上作证。赛尔文爵士今早打发人送信来，说验尸官乔纳·麦平思医生礼拜三能出庭，预定十一点钟开庭。在那之前，得先确定我们口径一致，尤其是韦翰那番话；此外，要如何回答法官问话，也很应该商讨一下。当晚情景怪诞，月色诡谲，偶尔还得提醒自己确有其事，并非只是梦境而已。"

两位小声答应，约莫半个钟头后，两人走到书房，发现达西已经到了，只见里头一张地图桌，桌旁三张高背椅，壁炉两侧各摆了一张靠背椅。达西犹豫片刻，请两位在壁炉旁的椅子上坐下，自己从桌旁搬来一张椅子，坐在两位中间。达西看艾韦顿坐得浅，神色局促，面露尴尬，跟平时判若两人，谁晓得首先发言的却是他。

他对达西道："先生，依照常理，你必定会请自己的律师，但他不在左右时，我愿意倾力相助。身为目击证人，我虽然无法出面替贵府或韦翰先生辩护，但只要你用得着我，我可以再叨扰宾利太太一阵子。她和宾利先生好心要我留下来帮忙。"

他这番话说得吞吞吐吐，全无平时意气风发的模样，原本年轻气盛的律师不知哪儿去了，只剩个腼腆忸怩的小男孩。达西知道个中原因。艾韦顿害怕此番提议要遭人曲解，尤其是上校，恐怕要说他为了接近乔安娜不择手段。达西迟疑了几秒，艾韦顿立刻抢话。

"费兹威廉上校想必有军事法庭的经验，你或许以为没必要留我下来出主意，况且上校熟悉这附近，而我却一无所知。"

达西转向费兹威廉上校道："我想英雄所见略同，你也认为我们需要法律协助对吧？"

上校心平气和道："我没做过地方法官，军事法庭经验也不多，称不上刑事专家，跟韦翰又是远亲，缺乏诉讼资格，只能出庭作证。至于谁的意见管用，则由达西决定。就目前的情势而言，艾韦顿先生似乎帮不上忙，这点他自己也承认。"

达西转向艾韦顿道："依我看来，每天骑马在海马腾庄园和庞百利之间往返，未免虚掷光阴。内人同她姐姐说了，希望你能应我们之邀，在庞百利住下来。赛尔文爵士或许会要你留

到警方调查结束，但我以为出庭作证后，便再无理由留人。不过伦敦那边怎么办？据说你工作繁忙，总不能我们受惠，却害你事业受阻。"

艾韦顿说："八日之内，尚无我经手之事，其间日常事务，已委托经验老到的同事代为处理。"

"既然如此，劳烦你适时给予建议。我的律师以处理家务为主，例如执行遗嘱、买卖家产、调解纠纷，据我所知，尚未办过命案，庞百利从未出过这等事；我已捎信交代事情始末，稍后再打发人送快信过去，告知你介入一事。我先警告在前，赛尔文爵士不会站在我们这边。他在法庭阅历多年，执法如山，对办案兴趣欠缺，多半交由地方警官经手，但惯常独揽大权，不容僭越。"

上校一时无话。

艾韦顿说："我看这样吧，我们不妨说说案发当下的感想，尤其被告似乎当场招供，听他的意思，是说若非口角，丹尼也不会夺车而出，平白送死？或是被告早有预谋，尾随丹尼下车，趁机下手？我以为这取决于被告的人品。我与韦翰先生素昧平生，只知他是你已故父亲的管家之子，你和他自幼便认识。依两位之见，被告是否狠得下心，竟下此毒手？"

他望着达西，达西踌躇了一下，道："我俩结为连襟前，已多年不见，他娶了我小姨子之后，双方仍旧不相往来。过去我以为他忘恩负义，心胸狭窄，阴险狡诈。他相貌英俊，个性随和，

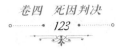

女人缘尤佳，到处吃香；但深交之后如何，无关此案。我从未见过他动粗，也未曾听说他行凶；此人虽曾犯下卑鄙罪恶，但念在凡事皆能痛改前非，不提也罢。我过去认识的韦翰虽不乏小奸小恶，但不至于痛下毒手，杀害同胞好友。他厌恶暴力，能不动手，就不动手。”

费兹威廉上校说：“他在爱尔兰力抗反叛军，骁勇善战获得肯定，不得不承认他确实孔武有力。”

艾韦顿说：“面对生死关头，难免残暴不仁。我无意损其英勇，但纵使性情平和之辈，征战沙场时也要泯灭天良，视杀人为无物，难保不会痛下毒手。”

达西见上校努力压抑怒气。他说：“杀敌立功，精忠报国，何来泯灭天良之说？倘若你上过战场，必不会如此轻视他人英勇。”

达西以为此时出面缓解才是明智之举，故而说道：“一七九八年爱尔兰叛乱一事，我虽然在报上读过，但是篇幅不长，想来错过不少。韦翰可是因此获颁勋章？他立了什么汗马功劳？”

“他和我共赴六二一恩尼斯科西镇之役，我军杀进山中，击溃反抗军。八月八日，法国将军尚·恩贝尔率兵登陆，挥师南下，挺进卡斯尔巴，怂恿反抗军成立爱尔兰共和国；八月二十七日，法军击溃卡斯尔巴的雷克将军，英军惨败，康华里爵士请求增援，在都柏林和法军之间用兵，与雷克将军夹击恩贝尔，引领骑兵队侧袭爱尔兰，攻破法军防线，打得敌方溃不

成军，恩贝尔竖旗投降。韦翰于此次突袭建功，围捕反抗军，解散爱尔兰共和国，追捕和严惩反抗分子，相当不简单。"

达西一听便知，这番话上校不知说过多少次，而且表情颇有得意之色。

艾韦顿说："乔治·韦翰也参与其中？歼灭反抗军做了什么，你我心知肚明。参与其事者即使不成残暴之徒，也要视杀戮为家常便饭。而我们所讨论者，不正是乔治·韦翰后来的为人？"

费兹威廉上校说："他后来成为一位英勇的士兵。我的意思和达西一样，韦翰不会是杀人凶手。他一八〇〇年退伍，不知和妻子过得如何？"

达西说："庞百利向来不接待他，两家也不曾联系，倒是海马腾庄园那边还肯接待韦翰太太。他们夫妻过得不很好。爱尔兰一役之后，韦翰成了国家英雄，虽然总是找得到事做，却从来保不住饭碗。每每韦翰先生失业，家中经济拮据，小两口便投靠娘家，韦翰太太虽然喜欢拜望老友、吹捧夫婿战功彪炳，却从未在娘家待超过三个礼拜。虽然知道有人暗中经援他们，但是韦翰太太不肯细讲，宾利太太也不好多问。我所知不多，恐怕就这些而已。"

艾韦顿说："我上礼拜五才见过韦翰先生，不便就其品行来论罪，仅能就目前的证据评估。我认为他大可自我辩白。赛尔文爵士咬定他当场认罪，其实他只是内疚害好友夺车而出。他醉成那样，又遭此横祸，难免多愁善感。我们不妨看看实体证据。此案最大的疑点，在于丹尼上尉为何奔入林中？是惧怕韦翰吗？他块头比韦翰大，身上又有配枪。是想走回旅舍吗？那何不挑大路走？就算是怕马车追上来吧，但我方才说了，对丹尼而言，韦翰毫不足畏，何况韦翰太太在车上，韦翰断不会下手。或许是韦翰太太既未受邀，也未事先知会达西太太，便听从丈夫的主意，三更半夜跑去要人收留，丹尼看不过去，是故愤而下车。这主意失礼归失礼，但也不需要夺车而出。林子那么暗，他又没照明，实在想不通他何以这么做。"

"想证明韦翰无罪，还有个更有力的证据，就是凶器。想必凶器共有两件。一件击中额头，让丹尼血流如注，遮蔽了视线，以至脚下踉跄，不知自己身在何方；而后脑勺的伤口，则为另一件凶器所伤，此器沉重光滑，或为巨石。据达西等在场验尸者所述，此伤既深且长，若给那迷信的瞧见了，定要说这并非人力所为，韦翰断做不出此事；我也疑心他哪来的力气，竟能高举巨石，而且砸得丝毫不差？再说哪来的巨石呢？总不会是巧合吧？此外，韦翰的额头和双手皆有擦伤，可见他先是在林子里迷了路，才找到丹尼的尸首。"

费兹威廉上校说："依你之见，倘若法庭开审，韦翰将无罪释放？"

"以目前的证据而言理应如此，但此案并无其他嫌犯，难保陪审团仍要疑心韦翰。法官或辩护律师愈说韦翰无罪，陪审团愈要疑心韦翰有罪。非得替他请个好律师不可。"

达西说："这交给我吧。"

"我推荐杰雷·米克多，他专办这种案件，善于和陪审团周旋，但没兴趣的案子他不接，也不喜欢离开伦敦。"

达西说："此案能否移交伦敦法院？否则得等到明年春夏，法院才会巡回到德贝郡。"他看向艾韦顿："能否将审判程序说给我听？"

艾韦顿道："按照常理，被告最好能在地方法院受审，让众人看见正义伸张。除非陪审员或法官有收贿之嫌，影响判案，或者民众对被告怀恨在心，颠倒是非，否则不得移交别处。倘若果真理直，得以移交，顶多转交邻郡审理，此事连同终止检调，皆属检察总长之职责，换言之，只要他首肯，此案便能移交别处。"

达西说："所以这事落在史宾瑟·珀西瓦（Spencer Perceval）手上？"

"正是。或许能以案发地点在地方法官庄上为由，恐其家人无故受累，且被告与庞百利颇有渊源，为避免舆论影响司法公正，宜将此案交由别处审理。此事虽然不易，但您和宾利先生都是韦翰的姻亲，检察总长定会权衡轻重，以免案情更加复杂。至于移交与否，并非基于私人意愿，而是以司法公正为考虑。无论此案在何处审理，皆可委请米克多担任辩护律师。我是他的后进，或许能说动他。我建议你打发人送封快信去，交代案情始末，待我出庭作证完返回伦敦，再同他商议此事。"

达西深表感激，采纳了建议。艾韦顿说："这下我们该想想证词了，韦翰跪在尸首旁说的那段话，法官定会要我们复述。此事对案件至关紧要，必须据实以告，但我们不妨先彼此对照一番，看看三人的记忆有无出入。"

费兹威廉上校不等其他人回答，立刻抢道："我对他的话印象深刻，自信能背得一字不差。韦翰说：'他死了！天啊，丹尼死了！我的朋友，我唯一的朋友，就这么给我害死了！是我杀了他，全是我的错。'至于他为何怪罪自己，就见仁见智了。"

艾韦顿说："我听到的也是这样，我和上校所见略同，无法对此多加阐释。至此我们尚无歧异。"

接着轮到达西。"我记不得他说话的先后次序，但确实听见他说他害死了朋友，他唯一的朋友，全是他的错。我也以为最后一句意思含糊，除非庭上坚持，否则不该多做解释。"

艾韦顿说："验尸官不会要求解释，即使要求，也会言明，说我们无从确知他人的想法。依我推测，韦翰以为，若非两人口角，丹尼断不会奔入林中，平白送死，故而自悔不该惹丹尼生厌。治罪与否，全系于短短数语。"

此次会谈似乎到此为止，众人正要起身，却听达西道："因此，韦翰的生死，取决于十二位陪审员；而被告的发言和律师的口才，将左右陪审团的判断。"

上校说："除此之外，别无他法，只能交由陪审团裁决，陪审员皆为诚实正直之辈，必定会秉公判案。"

达西说："不能上诉？"

"怎能上诉？陪审团的裁决至高无上。依你的意思，难道要再请十二位陪审员，宣誓先前的裁决无效？如此循环往复，愚不可及，而且恐要闹上境外法庭，届时别说是法治，更有何颜面可言？"

达西说："倘若法律疑点存在异议，难道不能请三五位法官召开上诉庭？"

艾韦顿插话道："由三位法官质疑十二位陪审员的裁决？此议一提，陪审员作何感想，不难想见。法律疑点必须由初审法官决断，无法决断者，不配为法官。至于上诉庭，也不是没有。初审法官若不满裁决，担心众人以为判案不公，群情愤慨、舆论哗然，便可寻求赦免。人民义愤填膺，远胜万语千言。身为律师，对于刑法制度，有项改革倒是众所乐见，即陪审团定罪之前，辩护律师应有最终发言权。我以为此事合情合理，只盼能尽速完成修法。"

达西问："此事有何异议？"

"太耗时间。一来伦敦法院公务繁重，难以细审案件。二来众人不喜律师，不愿听其长篇大论，以为单凭被告说辞，再由律师交叉审问人证，便足以确保审判公正。我虽颇不以为然，但舆论如此，无可奈何。"

上校说："达西，你挺激进的。没想到你对法律这么热衷，还致力于改革。"

"我也没想到；但如今大局当前，生死一线，关切法律乃人之常情。"他顿了一下，说，"眼前暂且无话，不如回房准备，与女士共进晚餐。"

2

马夫威金森果然能预知天气。两天前，他说风雨已过，接下来就是晴时雨，果然，礼拜二早晨，秋高气爽，暖阳半遮面，达西约了他的财产管理人约翰·沃勒上庞百利午膳，午后则到兰姆墩探望韦翰，此行虽不能免，但料想双方都不会高兴。

伊丽莎白计划趁达西出门时，找乔安娜和艾韦顿到林中小屋去，一来带红酒美馔去探望威尔，提振病人食欲；二来毕威连日在庞百利帮忙，太太女儿独自看家，唯恐母女俩害愁，她身为女主人，总得去拜望拜望才安心，乔安娜闻言说想跟去，艾韦顿则自愿奉陪，一来达西以为有这样的必要，二来有他护送，太太小姐也放心。伊丽莎白打算提早吃午饭，盼能早去早回。秋阳虽是恩赐，但恐怕不长久，是以达西执意要伊丽莎白等人在黄昏前离开林地。

伊丽莎白早早吃了早饭，又写了几个钟头的信，除了答复受邀宾客的问候之外，娘家那边自从接获达西的快信，日日巴望她捎信回去，宾利小姐和贺世特太太也盼能得知案情进展，但既然她们是宾利的家人，不如让宾利写去。宾利姐妹虽然每年都上海马腾庄园拜访兄嫂，但过不惯乡村生活，待不到一个月就想回伦敦。做客期间，两姐妹屈尊拜访庞百利，好回去向朋友吹嘘，炫耀自个儿跟达西先生的交情，说说那宅子多壮观。这经验弥足珍贵，不是人人都有，因此，尽管伊丽莎白当上豪宅女主人有辱二人，两姐妹也只能忍气吞声。所幸她们不常来访，让伊丽莎白如释重负。

如今庞百利遭此劫难，宾利必已委婉劝阻姐妹来此做客，伊丽莎白也晓得她们定会避而远之。这样的人家发生凶案，倘若在晚宴上提起，必然会引发骚动，但这惨死的上尉既没钱又没家世，谈他既无趣味，也未能替自个儿增光。既然连那守礼之辈，亦不免听见邻人搬弄是非、知晓那不堪入耳的流言，众人不妨姑妄听之。话说宾利小姐此刻正在伦敦忙得不可开交，无暇抽身，此事不但满城尽知，还传到德贝郡。实不相瞒，宾利小姐正忙于追求一位丧妻富豪，眼看即将得手。这人若非有高贵家世和丰厚家产，恐怕会被视为全伦敦最穷极无聊之辈；但

若想听人唤你一声"公爵夫人",少不了得忍受一些麻烦。跟
这样的人家攀亲,可谓名利兼收,因此追求者前仆后继,可想
而知;有几位贪婪的母亲深知此理,无不孜孜矻矻为自家女儿
打算,眼前局势微妙,宾利小姐自然无意离开伦敦。

　　伊丽莎白刚写完家书——娘家那边一封,葛汀纳舅母一封,
只见达西又拿了一封信走来。信是昨晚到的,达西才刚刚拆开。
他将信递给伊丽莎白,说道:"狄堡姨母果真将消息说与柯林斯
夫妇,并在信中附上其问候,内容无甚惊喜。我先到工作间会一
会沃勒,等等一道吃午饭,我再上兰姆墩去。"

　　狄堡夫人写道:

　　贤甥如晤:

　　　接汝快信,深为骇异,幸而并未昏厥。余急遣大夫前
来探视,大夫赞余坚忍,余康健如昔,无须挂记。余与信
中青年素昧平生,然贵庄声名赫赫,不幸出此惨案,定会
震惊全国。所幸警方英明,已将韦翰逮捕归案;此君专以
闯祸为能事,教可敬之辈颜面尽失。余以为,乃父生前溺
爱此君,此君恃宠而骄,终至违法乱纪,然此君纵使顽劣,
必不至犯下此等滔天大罪。尊夫人之妹既与此君结为连理,
汝与此君即为连襟,故而辩护一事,汝当责无旁贷。只恐
此事有辱门风,需尽速延请律师一名,但乡人万不得用,

一来无甚名气，二来手脚拖沓，三来索价高昂。余欲将裴沃西先生荐于汝，然近月盗猎频仍，余与邻人争地一事亦将定案，裴沃西先生乃余之律师，势必不得抽身；裴沃西先生尝言，余若为男身，好学法律，必能为英国司法界增色；余亦欲亲赴贵府，指点一二，无奈俗务繁忙，分身乏术。然余若有求必应，奔走各地，则将无暇留心家务。依余之见，当今律师中，以出身律师学院者尤佳，各个文质彬彬、非富即贵，只消报上余之名号，必得照料。

鉴于纸包不住火，余已将府上消息说与柯林斯先生。彼为牧师，自当致信慰问，余限其字数，今一并寄出。

贵庄不幸，余深感同情，如有不测，尽速致信，余必亲赴贵庄，与汝共体时艰。

姨母手书

伊丽莎白料想堂兄的信必定无甚趣味，其行文浮夸，丑态毕露，虽可借此取乐，但此举未免缺德。狄堡夫人对于信的长度十分宽容，虽已限制字数，然其文繁冗，远出伊丽莎白意料。他开头便道其震惊痛恨，笔墨难以形容，下文却叙写其震惊痛恨之情，内容不仅有失分寸，况且也于事无补。如同丽迪亚私奔一事，他将此案归咎于班奈特夫妇管教不当，并庆幸自个儿收回婚约，故可免受牵连，底下则说那受累之家下场凄凉，不仅身败名裂，倾家荡产，家破人亡，尤有甚者，会惹狄堡夫人不悦，遭其逐出若馨庄园，终生不得复返。信末则说，不出数月，其内子将产下第四子，家中人丁兴旺，顿觉舍下狭窄，但上帝必会赏赐他荣华富贵和华美大宅。伊丽莎白以为，这分明又是想引起达西关切，但恐难如愿以偿——既然上帝不帮忙，达西又何必出手相助。

夏洛特的信果不出伊丽莎白所料，不过寥寥数句致哀之语，并保证他们夫妻齐心，皆与受累家属同在。伊丽莎白料想此信必已得柯林斯先生过目，因此并不奢望读到什么体己话。夏洛特是伊丽莎白婚前的闺中密友，伊丽莎白身旁除了珍之外，唯夏洛特能说上几句正经话。回首当年共话衷肠，如今却彼此客套，尽管书信往返依旧，却不若当年坦诚，思及此，心中不免惋惜。婚后她和达西曾拜望狄堡夫人两趟，既然到了若馨庄园，自然得上牧师公馆拜访。伊丽莎白不愿丈夫听堂兄那自以为是的客套，故而独自前往。至今伊丽莎白仍旧想不通，夏洛特何以答应此婚事？想当年柯林斯先生向伊丽莎白求婚遭拒，隔几日便转向夏洛特示爱，伊丽莎白乍闻婚事，惊诧不已，料想夏洛特必定难以释怀。

伊丽莎白疑心，这一箭之仇，只怕夏洛特早已报了。她时常纳闷，狄堡夫人何以猜疑她与达西私定终身？早先她婉拒达西求婚一事，除了珍之外，再无人知晓；她左思右想，终于疑心到好友身上，肯定是夏洛特走漏了风声。犹记得达西当年同宾利一家参加梅里墩的舞会，夏洛特不知何故看出达西有意于伊丽莎白，还提醒好友切莫犯傻，别因为喜欢韦翰，得罪身价更高的达西先生；后来伊丽莎白同卢卡斯爵士上牧师公馆做客，其间达西先生和费兹威廉上校便常至公馆走动，夏洛特笑说这是两位先生对伊丽莎白的恭维；达西先生上公馆求婚那日，夏洛特同夫婿上若馨庄园拜望狄堡夫人，达西先生离开后，伊丽莎白在屋里来回踱步，只盼能平一平气、静一静心，但必定还是让她瞧出端倪。

必是如此！除了夏洛特之外，再无人猜得出她何以烦忧；而夏洛特为了闺房乐趣，将此事说与夫婿，柯林斯先生一听，刻不容缓，急忙向狄堡夫人打小报告，而且不忘加油添醋，本来只是有个影儿的事，经他绘声绘色一说，仿佛真有其事。他这告密心态也颇为矛盾。伊丽莎白这亲事倘若真的成了，他便能和那阔绰的达西先生攀亲，从中捞点好处。像达西先生这样的人，再多牧师俸禄也给得起。可他这人工于心计，心存报复，与其尝那攀亲的甜头，不如密告女施主要紧。当年伊丽莎白拒婚，让他怀恨至今。他以为伊丽莎白应该穷困潦倒，孤老终生，才是她应得的报应；怎么会是攀高结贵，嫁进连伯爵之女都不敢小觑的人家？当年狄堡夫人的妹妹不就嫁给了达西的父亲吗？夏洛特对于这门亲事自然也愤愤不平。当时全梅里墩的人都晓得伊丽莎白痛恨达西，夏洛特对此也深信不疑。婚前伊丽莎白还批评她，说她结婚是出于算计，这下伊丽莎白岂不是自打嘴巴？为了坐拥庞百利，竟然嫁给了那冤家！恭祝朋友发达本来就难，倘若又如这般不劳而获，更是难上加难。

夏洛特的婚姻称得上美满，或许天下夫妻总是这样，只要两人各得其利，就算幸福了。柯林斯先生得到了贤内助，替他管家，替他生孩子，又尊敬他的女施主；而夏洛特无财无貌，若想自立，唯有嫁人一途。伊丽莎白每每想起珍捺着性子劝她不要责备夏洛特，便不禁想起夏洛特娘家那副德性。她那几个弟弟从小粗野无礼，令人印象恶劣，伊丽莎白向来不喜欢。倘若姐姐迟迟没有人家，他们绝不会掩饰内心的鄙视和嫌弃，视之为米虫兼家丑。夏洛特婚后驭夫有方，管丈夫就如同管鸡舍和下人。当年伊丽莎白同卢卡斯爵士造访汉斯佛区，便亲眼见到夏洛特将生活起居安排得妥妥帖帖，省却这门婚事带来的诸多不便。她将柯林斯先生的起居室安排在房屋正面，让他高高兴兴坐在窗边观看行人，并一心期待狄堡夫人来访；白天闲暇时，夏洛特鼓励他莳花养卉，他不但颇好此道，而且极有天赋，那灌溉草木的身影，常给人看做善行一件，旁人见他辛勤耕作，都不免点头称许，只是心下默默盘算：不知何时收成，得以享用豌豆和马铃薯。伊丽莎白不禁疑心，唯有远望夫婿弯腰耕种的刹那，夏洛特才自认嫁了个好丈夫吧。

夏洛特身为家中长姐，自然学会几手治男人的办法。她调教夫婿的手腕很是巧妙，丈夫哪里不好，就时时赞美他那里好，把他捧得高兴了，自然就学好了。这办法伊丽莎白亲眼见夏洛特施展过，当时她拗不过好友再三请求，终于在结婚一年半后再访汉斯佛区，柯林斯夫妇乘着狄堡夫人的马车来接她，一行三人在回牧师公馆的路上，提起一位从邻近教区来的客人，他是狄堡夫人的远亲，新近才入牧师职。

夏洛特说："汤普森先生这年轻人确实杰出，只是废话连篇，我不喜欢。你没听他每出一道菜就赞美一道，油嘴滑舌的，人家还以为他多贪吃呢。他那样滔滔不绝，我看狄堡夫人不太高兴。他怎么不学学你呢？真是可惜。否则他定会少说几句，讲起话来也会更有条理。"

柯林斯先生粗枝大叶，哪里晓得这是太太的诡计，更听不出来人家分明是在讽刺他。他听了这篇恭维，心生虚荣，往后再上若馨庄园做客，只见菜都快出齐了，也没听他说上几句，伊丽莎白真怕狄堡夫人要拿汤匙敲桌子，问他怎么成了哑巴。

伊丽莎白搁下笔，回想婚前在娘家的生活，忆起当年和夏洛特的友谊，十分钟晃眼即逝，该放下纸笔，去看看雷诺太太打点了哪些备品，好送到毕威一家去。她脚下一面走，心里一面想：去年狄堡夫人来访，陪伊丽莎白上林间木屋去，送食物给病重的下人。当时狄堡夫人并未进房探病，只听她在回程的路上说道："麦菲医生的诊断十分可疑。我不赞成有病重垂死一说，这在贵族呢，是矫揉造作，在平民呢，是推托之词，不过是不想工作罢了。这铁匠的二儿子，人人都说他命在旦夕，说了快四年了，可我每次乘马车经过，都看着他帮父亲做事，健康得不得了。我们狄堡家的人从来就不会这样要死不活。做人就该干脆点，要死就死，要活就活，省得给人家添麻烦。"

伊丽莎白听了大为震惊，一句话也接不上。狄堡夫人的独生女三年前才过世，生前一向体弱多病，而今听她谈起苟延残喘一事，竟然如此云淡风轻？狄堡小姐相貌平庸，沉静孱弱，在世时便常遭人忽视，过世后更是无人闻问，起初狄堡夫人也曾哀恸过一阵，纵然不忘矜持，至少是悲从中来，但不多时便处之泰然，偏执依旧。当时伊丽莎白已为人母，常不时邀狄堡夫人来庞百利做客，或是亲赴若馨庄园与之做伴，陪她度过丧女之痛，出乎夫人意料。如今夫人虽与当年如出一辙，但已不认为伊丽莎白糟蹋庞百利的林荫，而且乐得到庄上来做客，走动之勤，让达西和伊丽莎白颇吃不消哩。

3

伊丽莎白身为女主人，对庞百利上下都有责任，这庄上事情多如牛毛，天天都有大事小事要办，伊丽莎白以为这未尝不好，省得自个儿胡思乱想。礼拜二这天，她和夫婿各有要务在身。她得上林间木屋一趟，不得拖延。毕威太太本已郁郁寡欢，舞会前夕听到枪响，又听说离家一百码处发生命案，毕威先生又不在家，必定让她害怕受惊，令人同情。伊丽莎白晓得上周四达西曾到毕威家一趟，建议毕威搁下舞会前夕的准备工作，留在家里陪家人共度难关，但毕威夫妇认为无此必要，达西晓得自个儿若执意坚持，反而徒增他们困扰。不论什么建议，只要是影射庞百利不需要毕威，他一概拒绝。自从他不再为主子驾车，年年舞会前夕都由他负责擦拭银器，依他看来，这庄上除了他，再没人能胜任这份工作。

毕威的儿子威尔去年害病，好转无望，伊丽莎白时常到林间木屋探望。威尔的病房面对木屋正面，伊丽莎白起初还会进房探病，后来晓得威尔见母亲和女主人同坐在一旁，非但不高兴，反觉得难堪，且又得花气力应付，因此，往后伊丽莎白只在客厅替毕威太太解闷。每回珍和宾利上庞百利做客，定会陪她上林间木屋探望，伊丽莎白思及此，不禁再次感叹：倘若姐姐此刻就在身边该有多好！倘若有亲爱的姐姐做伴，不论再阴郁的念头也能向姐姐倾诉，姐姐善良温柔，定能替她排忧解闷。珍不在时，乔安娜同贴身女仆也曾陪她到过林间木屋，但是乔安娜心思细腻，察觉毕威太太想私下向伊丽莎白诉苦，因此只简短问候几句，便到外边的木凳上等候。达西也很少陪伊丽莎白上木屋去，毕竟提着一篮子的珍馐去探病，怎么看都像女人家的工作。这天达西除了去探视韦翰，并不打算再离开庞百利半步，好留心案情进展，夫妻俩在早饭时议妥，决定遣仆人陪伊丽莎白和乔安娜到木屋去。艾韦顿一听，便轻声问达西，若达西太太和乔安娜小姐不介意，不知自个儿有没有这个荣幸陪两位上木屋去？两位女士一听，自然不胜感激。伊丽莎白忙忙瞧了乔安娜一眼，只见她面露喜色，旋即又掩饰过去，这一来一往，她的反应却是欲盖弥彰。

伊丽莎白和乔安娜乘着四轮马车往林子里去，艾韦顿骑马随侍在侧。昨夜无雨，晨雾已散，阳光普照，处处秋香，树叶清新，土壤芬芳，一股烧柴香自远处飘来。马儿兴致也好，摇头摆尾，奋力奔驰。风雨过后，庄园上满目疮痍。车行过小径，卷起满地落叶，辗得枯叶窸窣作响。此时林木尚未光秃，秋叶金黄火红，长空一碧万顷。秋和景明，心情舒畅，伊丽莎白顿时心生希望，心想：他们一行四人，马夫身着制服，马儿甩着鬃毛，车上一篮食物，车旁一位英挺青年骑马随侍，旁人看了，定以为他们要去野餐。进入林间，只见阳光入林，碎洒一地。这林子浓荫蔽天，一到黄昏，便宛如不见天日的监狱，而今却光影错落，映着铺地的落叶，将那蓊郁的矮林，化为春日的新绿。

马车停了，伊丽莎白将马夫打发走，命他一个钟头后再回来。林间树干光润，晶莹闪亮，艾韦顿牵着马，拎着篮子，陪着太太小姐走在通往木屋的小径上。庞百利的仆人向来不愁吃穿，是以这篮食物并非施舍，而是为了让威尔开胃，特地请厨房备下的。厨子照着麦菲医生的方子，用上好牛肉佐雪莉酒，炖了一碗牛肉清汤，还做了入口即化的咸塔，配上果冻、桃子和梨子。然而，依威尔的病况，纵使佳肴美馔，恐怕也难以下咽，但对于主子的好意，必定不胜感激，纵然他吃不下，其母亲和妹妹必乐意代劳。

伊丽莎白等人脚步虽轻，但还是让毕威太太听见了，她站在木屋门口，迎接他们一行人到来。毕威太太身形瘦小，面容宛若褪色水彩，虽娇柔美丽，不失朝气，但因儿子病重，日夜担忧操劳，不觉也苍老了。伊丽莎白将艾韦顿介绍给毕威太太。艾韦顿向毕威太太道了声幸会，并委婉表示心中的遗憾，接着请太太小姐慢慢聊，他先到外头的木凳坐一坐。

毕威太太说："先生，那木凳呢，是俺的儿子做的，谁晓得做完竟病倒了。他可会做木工了，您等等看了便晓得，还喜欢做家具呢。达西太太有张娃娃椅，是大少爷出生后那个圣诞节，俺那儿子特地做的。太太，您说是吧？"

"是啊，"伊丽莎白说，"那张娃娃椅以后可是要做传家宝的。每次看见孩子在那椅子爬上爬下，就会想起威尔哩。"

艾韦顿鞠了躬，走到林边，在木凳上坐下，那木凳不至于太远，还能瞧见屋里；毕威太太请伊丽莎白和乔安娜上座，这客厅布置简洁，正中一张椭圆桌，桌边四张木椅，墙上嵌着壁炉，两旁安设软椅，壁炉台颇宽，摆满家族纪念品，房屋正面窗户半敞，但屋内闷热难耐；威尔的卧房虽然在楼上，屋内却弥漫着久病不愈的酸臭。靠近窗边有张婴儿摇床，旁边一张妈妈椅，伊丽莎白应毕威太太之邀过去低头瞧了瞧，只见床里睡了个娃儿，赶紧向毕威太太道喜，夸这娃儿健康漂亮。但四下却没路易莎的踪影。乔安娜晓得毕威太太想跟伊丽莎白说几句体己话，是以两人事先讲好了，等乔安娜问候了威尔、称赞了娃儿，便听从伊丽莎白的建议，到外头去陪艾韦顿。毕威太太收下篮子，感激不已，主仆俩挨着壁炉边坐下。

毕威太太说："俺那儿子，如今能下咽的食物不多了，但这清汤正合他的胃口。俺也喂他吃点奶油，喝点红酒。太太，您真是好心，还上咱们这儿来探望，不过俺就不请您上楼了，一来怕您看了难过，二来他也没力气说话。"

伊丽莎白说："麦菲医生可有定期来看他？看完可好些了？"

"麦菲医生虽然忙，但两天便上咱们这儿一趟，来了也不收钱。医生说威尔来日不多。唉，太太，俺那儿子您是晓得的，您一来庞百利就见过了，可怜他怎么就这样短命？病得这样无缘无故，教俺怎么承受。"

伊丽莎白伸出手，轻声说："这问题人人都问，但人人无解。欧立凡牧师也上你这来吗？那天礼拜完，他说他来看威尔哩。"

"可不是吗，夫人，咱们看到他，就像吃了颗定心丸。不过这阵子威尔要俺别让他来，俺只得托词搪塞，希望不会开罪他。"

伊丽莎白说："决计不会，欧立凡先生心思细腻，善解人意，深得达西先生信任。"

"咱们也很信赖他。"

两人沉默片刻，毕威太太道："太太，俺还没跟您谈起那命案吧？林子里竟然出了这等事，闹得威尔心烦意乱，只恨自个儿没法保护咱们。"

伊丽莎白说："但府上一切安好吧，毕威太太？听说你们当时没听见什么动静？"

"确实没听见，就只几声枪响，威尔却因此想起自个儿终成废人，恨自个儿拖垮他爹。太太，庄园里出了这等惨案，俺晓得您和主人也很难过，不过俺既然不晓得此事，不如就别谈了吧。"

"但您见过韦翰先生小时候吧？"

"见过的，太太。他和主人常常来林子里玩，男孩儿嘛，难免吵吵闹闹，不过比起来，咱们主人还文静些。韦翰先生长大之后，简直无法无天，常常给咱们主人添麻烦，自从太太您嫁过来，府里上下再没人提起韦翰先生的名字，俺以为这样最好，但若要说韦翰先生成了杀人犯，俺是没法相信的。"

两人沉默半响。伊丽莎白此趟前来，其实有个不情之请，只不知如何开口。自从命案发生后，她和达西都担心毕威一家的处境，这林间木屋地处偏僻，毕威又时常不在，留一对孤女寡母照顾病重的威尔，担惊受怕也是人之常情，伊丽莎白和达西因而商议，在破案之前，请毕威太太带一双儿女上庞百利暂住。此举可行与否，自然在于威尔能否忍受沿途劳顿，为避免车行颠簸，伊丽莎白原本打算让人用担架将他抬回庞百利，拣间安静的屋子，派人悉心照料。孰料伊丽莎白一提此事，毕威太太大惊失色，让她颇为诧异，毕威太太诚惶诚恐道："太太！请别叫咱们搬出这屋子，俺那儿子不会高兴的。咱们在这儿住得好好的，就算俺丈夫不在，俺和女儿看家也不怕。那晚出事后，费兹威廉上校来看过咱们，真是好心肠！俺照着他的话，大门上闩，窗户上锁，再没别人靠近。俺以为那不过是个盗猎者，突然遭袭，冲动行事，跟咱们没过节的。况且麦菲医生一定会说，威尔耐不住这番折腾，请转告达西先生，说咱们不胜感激，但请他不必费心了。"

毕威太太伸长了手，睁大了眼，一举一动尽是哀求。伊丽莎白温柔道："你若不想走，就留下来吧，但毕威至少该多待在家里，威尔病成这样，你一个人照顾不来，我们虽然会想他，但还是可以找人来替他的工作。"

"他不会肯的，太太。要是他晓得别人能替他，难过都来不及了。"

伊丽莎白差点脱口而出：看样子他也只能难过了。但随即察觉，此事除了顾及毕威的感受，毕威太太显然有其他考虑，自己不如暂时别管。毕威太太必定会跟毕威讨论此事，届时说不定会改变心意。倘若麦菲医生认为威尔禁不起折腾，要人家搬移岂不犯傻。

伊丽莎白向毕威太太道别，主仆俩正要起身，只见婴儿床边露出一双胖胖小脚，娃娃嚎啕大哭起来。毕威太太忧心忡忡，往楼上病房瞥了一眼，便连忙赶到床边，将娃娃抱在怀中。就在此时，楼板上响起一阵脚步声，路易莎下来了。想当年伊丽莎白头一次以女主人身份来木屋探望，路易莎还是个无忧无虑的健康少女，两颊红润，眼神清澈，穿着刚熨好的工作服，清新宛如春曙。眼前的她垮着一张脸，面无血色，愁眉不展，满面倦容，一时间老了十岁，衣服上沾满牛奶痕渍，伊丽莎白乍看之下简直认不出来。她匆匆向伊丽莎白颔首，一言不发抢过娃娃："我抱他到厨房去，省得他吵醒哥哥，顺便热点牛奶、熬点粥喂他。"

语毕，路易莎离去，留下毕威太太和伊丽莎白对看无语，伊丽莎白赶紧找话来说："家里多了个娃儿，高兴虽然高兴，但也多了分责任。娃儿要在这儿住多久呢？想来他妈妈也想接他回去吧？"

"当然啦，太太。威尔见到这娃儿虽然高兴，却听不得他啼哭，但是娃娃饿了，哪有不哭的。"

"几时送他回去？"伊丽莎白问。

"下个礼拜。俺那大女婿您也晓得，大好人一个，他要到布莱顿的驿站接娃儿回去，咱们在等他择定日子，他店里忙，不好走开，但他和俺大女儿都想早日一家团聚。"说到这儿，她声音一窒，想不听见都难。

伊丽莎白晓得该走了。她告了辞，毕威太太道了谢，木门便掩上了。她见这家人愁云惨雾，心里也跟着难过。她实在不明白，何以邀这家人上庞百利短住，竟让毕威太太如此难受？难道是她问得鲁莽，言下之意透露道：威尔命在旦夕，与其让慈母照料，不如受庞百利照顾？但她压根不是这个意思。再说，毕威太太真以为威尔会在途中丧命？她会打发人拿担架去抬他，并差遣麦菲医生随侍在侧，何来危险之有？真没想到，比起凶手在林间出没，毕威太太更害怕离开木屋。伊丽莎白心中不禁起疑，而且愈想愈笃定，偏偏无法同乔安娜和艾韦顿商议，甚至不知该不该将这猜疑说与他人。她不禁又想，倘若姐姐在就好了，但姐姐和姐夫确实该回去了，一来姐姐想念孩子，二来海马腾庄园离本地监狱也近，方便丽迪亚探望夫婿。丽迪亚成天抱怨不休，喜怒全形于色，少了她，庞百利安宁不少，伊丽莎白思及此，心中五味杂陈。

伊丽莎白满腹心事，无暇顾及同伴，一回神，发觉他们从林边木凳回望她，犹豫她何时才要过去。她撇开心事，忙忙上

前，掏出怀表："马车要过二十分钟才到。今日阳光这么好，不如再坐一会儿吧？"

这木凳背对木屋，面向山坡和溪水。伊丽莎白与乔安娜同坐，艾韦顿在一旁伸腿，双手交叠在脑后。秋风瑟瑟，卷落残叶片片，隔着枯枝，只见远方水天一线，溪水潾潾，乔安娜的曾祖之所以择居在此，可是为了这潾潾波光？虽然当年的木凳早已衰朽，但威尔造的凳子舒适耐坐，一旁还有丛丛灌木掩映，枝叶纠结、结满红果，另有树叶肥厚、开满白花的矮丛，伊丽莎白记不起名字。

三人坐了半晌，艾韦顿转向乔安娜道："你曾祖是长年隐居于此？或是偶不堪家务繁琐，来此寻片刻安宁？"

"是长年隐居。当年他盖了这木屋，便径自搬了进来，连个仆役厨子也没带，府里虽然不时遣人送些食物过来，但他只肯与狗儿相依为命，不愿与人为伴。此事在当时引起轩然大波，连家人也无法谅解；作为达西家一分子，却住在庞百利大宅之外，此举无异于渎职。后来小兵老了、病了，让曾祖父举枪毙命，他则饮弹自尽，只留下几行字交代后事，说要和小兵合葬在林中。这林子里有个墓碑和坟墓，但底下只有小兵。当年家人看了曾祖父的遗言，简直吓坏了，没想到达西家出了这么个异类，竟然不想葬在教会墓地，教区牧师闻言作何感想，不难想见，最后曾祖父下葬在家族墓地，小兵则埋在林子里。我替他感到难过，孩提时，女家庭教师曾带我到小兵的坟前上花，假想曾祖父和小兵长眠于此。后来母亲听说此事，便把女家庭教师打发走，禁止我踏入林中。"

伊丽莎白说："怎么你不得踏入，你哥哥却时常来玩耍呢？"

"照理说哥哥也不能来，但他大我十岁，我还小，他却成年了。他对曾祖父的看法，想来跟我也不一样。"

三人沉默片刻，艾韦顿接着说："那坟墓还在吗？你已经不是孩子了，想上花就去吧。"

这话在伊丽莎白听来别有用意，似乎不只是邀乔安娜到坟前上花而已。

乔安娜说："就照你说的吧。我十一岁之后就再也没去过花了。路我还熟，离小径也不远，一定赶得上马车。"

语毕，一行人动身，乔安娜指路，艾韦顿牵着马走在前头，拨开挡道的树枝，踏平蜇人的刺草。头顶阳光明媚，艾韦顿扳下洁白的秋花，摘下鲜红的莓果，攀摘金色叶脉的树叶，凑成一束十月的灿烂，乔安娜捧在手里，意外勾起许多春日的回忆。一路上，三人默默无语。伊丽莎白愁肠百结，虽不知此行有何不妥，却不禁担心此举失当。在这样的日子，不寻常之事总令人不安。

伊丽莎白一面担心，赫然发现小径上另有人迹，定是新近踩出来的。小径上细枝散落，下坡处树叶稀烂，看来此人脚步不轻，不知艾韦顿瞧见没有，可他一语不发。几分钟后，众人

出了林子，来到一片空地，四周桦树环绕，中央立着花岗岩碑，高约两英尺，碑顶略成弧形，但却不见坟头，只见墓碑在黯淡的日光下闪耀，仿佛破土而立，三人默默读着上头镌刻的字：

忠犬小兵，与其主长眠于此。一七三五年十一月三日。

乔安娜默默上前，将花束搁在碑脚，伊丽莎白和艾韦顿在一旁看着，听她说道："可怜的曾祖父，要是我认识他该有多好。小时候家里从不提他，纵使记得，也闭口不谈。只因他重一己之乐而轻家族之责任，便给人说成达西家之耻，以为他有辱此姓。但我不会再来此上坟，此处毕竟非其葬身之地，只是我一时儿戏，以为来此上坟，能让他知道有人在乎他。如今我只希望他乐在隐居。至少他挣脱了。"

挣脱什么？伊丽莎白心里纳闷，不禁想赶紧回到马车上。"是时候回去了。达西先生差不多也探监回来了，倘若我们还在林子里，他会担心的。"

他们沿着落叶铺地的窄径，走到小路上和马车会合。他们进入这林子不过一个钟头，天色却已经暗了下来。伊丽莎白素来不喜欢窄路，只觉两旁的树木和草丛往自个儿身上压，先前的花香侵鼻依旧，引得人胸口作呕，而威尔病入膏肓，毕威太太满面愁容，这两桩事压得她心头仿若千斤重。三人出了窄径，回到来时路上，路宽则并肩而行，路窄则由艾韦顿开路。艾韦顿牵着马走在前方，时而环顾，时而低头，四下搜寻线索。伊丽莎白明白他想挽着乔安娜走，但又不愿让自己落单；乔安娜沉默不言，似乎也觉得这林子危机四伏，颇为不祥。

艾韦顿忽然止步，走向一棵橡树，显然察觉什么不对劲。伊丽莎白和乔安娜赶紧跟上，只见在离地约四尺的树干上，刻着"F D——Y"三个字母。

乔安娜四下环顾道："那棵冬青树上也刻着相同的字吗？"

三人连忙前往查看，又在两棵树干上发现相同的刻字。艾韦顿说："这不似情人刻的字，否则刻首字母即可，何必生怕别人不知他刻的是'费兹威廉·达西'（Fitzwilliam Darcy）。"

伊丽莎白说："不知何时刻上的，刻痕看起来还很新。"

艾韦顿说："不出一个月，而且是两个人刻的。这 F 和 D 刻得很浅，像女人的手笔；但那破折号和 Y 刻痕却颇深，非尖利的器物刻不出来。"

伊丽莎白说："在我看来，这不像情人刻字留念；这刻痕尽是怨念，满怀恨意，毫无爱恋可言。"

伊丽莎白才说完，便担心这话说得不妥，要让乔安娜害愁，但艾韦顿说："这 D——Y 也可能代表丹尼（DannY），丹尼的教名是什么？"

伊丽莎白回想从前在梅里墩众人怎么称呼他，一会儿才说道："我想是马丁或马修,这警方一定知道,他们应该已经联络上丹尼的家属。但就我所知,丹尼从未到过庞百利,案发之前也不曾来过这林子。"

艾韦顿转身道："我们回去向达西报告此事,并通报警方,倘若两位警官尽忠职守,将林子搜过一遍,或许早已瞧见刻字,关于这几个字的意思。心中也有了定论。两位先别杞人忧天。或许只是胡闹刻几个字,并无恶意;又或许是附近哪家少女怀春,或是哪个仆人犯傻胡闹,无意害人的。"

伊丽莎白半信半疑,背过身默默走上林径,乔安娜和艾韦顿学着她的样,由艾韦顿带头,一行人默默朝马车的方向走。伊丽莎白闷闷不乐,连带乔安娜和艾韦顿也忧郁起来,三人皆沉默不语,艾韦顿扶两位女士上车,关上车门,翻上马背,返回庞百利。

4

兰姆墩的市辖监狱不同于德贝郡的郡辖监狱,兰姆墩监狱的外头要比里头吓人得多。或许当初建筑的人认为,为了节省公帑,应当要吓阻犯罪,而非等到罪犯入狱才吓阻。达西对兰姆墩监狱并不陌生,曾以地方法官身份到访,特别是八年前那次,某囚犯精神错乱，于狱中自缢，当时的典狱长遣达西前往验尸，过程艰辛难熬，从此达西闻悬梁色变，每回到兰姆墩监狱，总会想起那高悬的尸首和拉长的脖颈，今日一去，更觉那景象历历在目。现任典狱长及其助手颇通人情，从不虐待人犯，牢房虽然不大，但对于那些花得起钱、能从外头买些饮馔的，还能舒舒服服接待来客，几乎没得抱怨。

由于赛尔文爵士建议达西不宜在死因判决前会见韦翰，素来善良厚道的宾利便将这差事揽了去，礼拜一一早便去探监，打点韦翰入狱事宜，并塞了点钱，确保韦翰在狱中吃好睡好，不至于难以忍受。不过达西三思后，仍以探望韦翰为己任，至少开审前也该去一趟，否则旁人看了，还以为他料定韦翰有罪，况且届时那批陪审员全来自庞百利和兰姆墩，纵使他不得不以控方证人身份出庭，至少能以行动表示他相信韦翰清白。而他决意探监，其实别有私心，唯恐不去要引发舆论，臆测两家何以失和，当年妹妹答应私奔一事，便有东窗事发之虞。是以不论于公于私，他都该去看韦翰一趟。

宾利说，韦翰在狱中脾气暴躁，时常与法官和警方爆发口角，还要人家努力缉凶，好给丹尼一个交代，丹尼是他的挚友，是他在世上唯一的朋友，何以凶手逍遥法外，他却身陷囹圄？何以警方尽拿愚蠢的问题烦他，不让他好好休息？他们问他为何把丹尼的尸首翻过来，当然是为了看他的脸！这岂非人之常情？

他们还问他看到丹尼头上的伤口没有？当然没有！都给头发遮住了啊，何况他难过都来不及了，哪有空理这些鸡毛蒜皮的小事？什么！问他听到枪响后，到搜查队发现丹尼尸首前，他都干了些什么，在林子里跌跌撞撞，缉捕凶手啊！这些警察，放着正经事不干，尽会浪费时间，骚扰无辜。

是日达西前往探监，却见韦翰与宾利所述判若两人。他衣着光鲜，胡子干净，头发整齐，俨然将狱中当作自家，虽不甚欢迎来客，但仍施恩接待。达西想起韦翰喜怒无常，只见眼前的他一如既往，潇洒自负，对自个儿声名狼藉津津乐道，而非视之为奇耻大辱。他在狱中所需物品，宾利早已替他备妥，香烟、衬衫、领巾、拖鞋，一应俱全，虽已打点当地面包店替他备膳，仍不忘带海马腾庄园烘焙的咸派过来，此外还依他吩咐，带来了笔墨，让他记下这段冤狱和先前爱尔兰一役，自信必有书商乐意出版。两人此番见面，并不叙旧。往事之于达西，是挥之不去的阴霾；之于韦翰，却已是云淡风轻，听凭其胡诌，他达观务实，见风转舵，看眼前这模样，达西估量他定已将坏事尽皆忘怀。

韦翰说，昨晚宾利夫妇带丽迪亚来探望，丽迪亚怨天尤人，哭闹不休，扰得他心烦意乱，往后需得经他同意，方可带她过来，并以一刻钟为限，能免则免。死因裁判预定礼拜三早上十一点钟举行，韦翰自信能无罪开释，届时便能趾高气扬，偕丽迪亚回朗堡，接受亲朋好友祝贺，但言语中并未提及庞百利，或许纵使他欣喜若狂，也不奢望庞百利接待。达西心想，倘若韦翰乐得出狱，定会先上海马腾庄园与妻子团聚，再回赫福德郡做客，虽然让丽迪亚叨扰宾利夫妇有失公允，但此事不如等韦翰出狱后再计议，对于审判结果，他远不如韦翰豁达。

达西只待了半个钟头，韦翰开了张单子给他，列出需要之物让人隔天带过来，并要求达西代为问候庄上太太小姐。达西见韦翰不再埋天怨地、自诬自陷，心中如释重负，但这趟探监，却让他颓丧难受。

他恨恨地想，倘若审判顺利，自己势必得经援韦翰和丽迪亚好一阵子。这对夫妇向来入不敷出，料想伊丽莎白和珍必定时常暗中资助，否则单凭韦翰那几个钱，哪里够他们夫妇支使。偶尔珍也邀丽迪亚上海马腾庄园做客，韦翰抱怨归抱怨，却乐得在附近旅店流连，伊丽莎白便从珍那儿听到不少妹婿的近况，据说韦翰从前线退下后，四处打零工，没一个做得长久，近来又上艾略特爵士那儿谋事，想讨个差使。这艾略特爵士是个准男爵，生性铺张挥霍，不得不把庄园租人赚钱，自个儿带着两个女儿迁到巴斯去，小的那个名唤安妮，在当地嫁了个海军上校，新近荣升将官，夫妻俩琴瑟和鸣，富贵兴旺，大女儿伊莉萨白待字闺中，迟迟没有人家。[此处作者借用奥斯汀另一部作品《劝导》（Persuasion）里的人物和部分情节。] 近日艾略特爵士在巴斯住腻了，便自认手头阔绰，打发人要房客迁走，他要打道回府，并聘了韦翰做书记，帮着打点搬迁事宜，但不出半年，便将韦翰解雇。每每听闻外界争执不休，或是家人失和不睦，总是珍出面调停，替每位当事人说话，但伊丽莎白向来多心，一听说韦翰遭人解职，便疑心到妹妹和妹婿身上，想必是艾略特爵士给丽迪亚撩拨得心痒难耐，看得艾略特大小姐心焦如焚，而韦翰作小伏低，对艾略特大小姐殷殷勤勤，她或者出于无聊、或者虚荣作祟，也曾欲拒还迎一阵，但终究由爱生厌。

离开兰姆墩，少了钥匙的郎当、囚犯的体臭、监狱菜饭和廉价肥皂的味道，达西顿觉六根清净，神清气爽。他深吸几口气，总算放下心中大石，逃开禁锢，忙忙掉过马头，往庞百利骑去。

5

庞百利悄无人声，宛若废墟，伊丽莎白和乔安娜必定尚未返家。达西翻下马背，马僮前来牵马，想必他回来得早了，是以无人应门，门厅里一片寂静，他走向书房，以为上校在等他消息，没想到等在书房的却是班奈特先生，只见他安坐在壁炉旁的高背椅上，低头捧读《爱丁堡评论》，一旁茶几上的茶盏空了，茶盘脏了，显然已用过点心。达西愣了一愣，没想到岳父不请自来，自个儿竟然这般高兴。班奈特先生起身，达西赶紧上前握手。

"别麻烦了，岳父。蒙您大驾光临，荣幸之至。仆人可来服侍过了？"

"你也瞧见了，史陶还是老样子，手脚真是麻利，上校我也见过了，他问候了我几声，说既然我来了，他要骑马去溜达溜达，成天待在这屋子里，想必有些气闷。雷诺太太也来过了，说我惯使的那间屋子早已收好，真是个可敬的女管家哪。"

"您几时到的？"

"约莫四十分钟前。我是雇车来的，搭这么远的路，实在不太舒适，本来想乘自家马车，但班奈特太太吵着要车用，说女婿遭此劫难，她要给梅里墩的亲朋好友通风报信，既要上姐姐家，又要上卢家庄，雇车多不好看。我在这节骨眼抛家弃女，怎好意思再和太太争？只好顺着太太的意，让她坐自家车去。我此番不告而来，并非想给庄上添麻烦，我以为你既要烦心警方，又要操心韦翰，家里多个男人帮着总是好的。伊丽莎白写信来，说上校不久就要回部队，艾韦顿也要回伦敦了。"

达西说："他们会待到死因判决后才走，听说是明天举行。有您在这，不仅太太小姐安心，我也像吃了颗定心丸。韦翰遭警方逮捕一事，想必上校已说与您了？"

"说了说了，虽是扼要，但想必精确，简直像在做军事报告，我险些向他行军礼，这词儿这么用没错吧？毕竟我是个没当过兵的，哪像我那小女婿，真是功勋彪炳，专会给家人难堪，让众人看笑话，这回他可出名啦。我听上校说，你到兰姆墩探监去了。他怎么样啦？"

"他兴致不错，跟命案当天判若两人，但这也无可厚非，毕竟当时他烂醉如泥，惊魂未定；今日相见，他胆子也大了，样子也体面了，自信定能无罪获释，艾韦顿也认为想必如此，而且凶器尚未寻获，这对他未尝不利。"

他俩依序就座，达西见岳父的眼神不时在《爱丁堡评论》上流连，但终究忍了下来，说道："韦翰很该决定要让世人怎样看他了。刚结婚的时候，他是个中尉，吊儿郎当，专会讨好卖乖，人见人爱，看他笑成那副德性，还以为他有幢好房子，年收入三千镑；后来他临危受命，征战沙场，苦干实干，人称国家英雄，这转变再好也没有，班奈特太太也欣然乐见；而今众人却以为他作恶多端，只怕要给看成过街老鼠。尽管他老爱追逐臭名，但必定从没想过会闹到这步田地，若说他是杀人凶手，我是决计不信的。他虽然品性不端，害人匪浅，但就我所知，绝非残暴之徒。"

达西说："他人之心虽然无以揣测，但我坚信韦翰无罪，必聘请一流律师为其辩护。"

"这就是你心胸宽大啦。我虽然无由确知，但我府上欠你的人情，想来绝不止这一次。"

他不等达西回话，立刻接道："听上校说，伊丽莎白和达西小姐行善去了，两人挽了一篮吃食，到林子里探望遭命案波及的家属，不知几时回来？"

达西掏出怀表道："应该在回来的路上了。岳父，您若想舒展舒展筋骨，不妨同我到林边等她们？"

班奈特先生尽管懒得动，但是为了吓吓女儿，不惜放下书卷，离开温暖的书房。两人方起身，史陶便进门赔罪，说是主人远道归来，迎接不及，罪过罪过，说着又连忙出去，取了两人的衣帽回来。翁婿俩引颈企盼，怎么还不见那四轮马车的影儿？此行倘若有什么危险，达西便不会准他们去了；他看准了艾韦顿足智多谋、为人可靠，这才放心让伊丽莎白去探望，但自从命案以来，只要妻子一不在，他便无端生虑，隐隐不安，好不容易盼到那四轮马车缓缓驶来，停在五十码外，这才觉得如释重负，只见妻子赶忙下车，远远奔来，和颜悦色说道："父亲大人，见到您真好！"班奈特先生将女儿拥入怀里，达西顿时明白，岳父来这一趟，真是再好也没有了。

6

八年前，王章旅店后面盖了幢大屋子，让地方居民集会用，偶尔跳跳舞，就算是舞会了。起初众人兴致勃勃，颇引以为傲，屋里也曾热闹过一阵。而今战火连天，民生凋敝，没钱没兴致，谁还寻欢作乐？原本语笑喧阗的屋子，落得这般门庭寂寥，全让官方办公用，教人不胜唏嘘。而丹尼上尉的死因审判，便是于此开庭。旅店老板托马斯·辛普金和老板娘玛丽算准众人定要来看热闹，便将诸事备妥，准备大捞一笔。走进这屋子，右手边有个台子，大小可容管弦乐队，老板命人从旅店搬来一大张木扶手椅，两边各安两张小的，让乡绅和治安官上座，底下一地椅子，形形色色，大多是旅店搬来的，邻里也贡献了不少。倘使晚到，便只能站着了。

达西晓得，麦平思验尸官看重其责任地位，倘若堂堂庞百利庄主能乘坐马车出庭，必定为其所乐见。上校和艾韦顿计议骑马前往，达西虽有此意，然而碍于情面，只得作罢。进了门，只见黑压压一屋子人，虽是人声鼎沸，却未若意料中嘈杂。众人见他来了，顿时鸦雀无声，或者交头接耳，或者嗫嚅问候，换作平时，早已蜂拥上前招呼，眼前纵使是庄上佃农，也正襟危坐；达西以为，众人此举实则无意冒犯，只是碍于规矩，不等上位者出声，不敢轻举妄动罢了。

他环顾四下，瞧瞧后头有空位没有，好替上校和艾韦顿占位子。就在这时，门口忽然一阵骚动，只见一张三轮大藤椅，给人千辛万苦推了进来，柯立索博士安坐其上，威风凛凛，右腿跨着木板，脚上缠着绷带，前排几位见状，赶紧开道，可那前轮不听使唤，左弯右拐，推车的费了好一番力气，才将博士推到前头，不过一眨眼的工夫，两旁的位子瞬间净空，一张放了高礼帽，他示意达西过去坐另一张，正好左右无人，可以说几句悄悄话。

柯立索博士说："我看这用不到一天，麦平思验尸官自有分寸。贵庄出了这等事，想必你不大好受，你太太定也难熬，她近来可好？"

"幸喜无恙。"

"你虽然不能参与侦办，但想来赛尔文爵士都把案情进展说与你了？"

达西说："能说的他都说了。他的立场也挺为难的。"

"他大可不必如此谨慎。按职责，他必须向高级警长呈报，如遇困难，则需向我请教，只不知我使不使得上力。我看他和布尔、梅森办得极妥，听说庞百利上下全问过了，都有不在场证明——这也难怪，当晚是舞会前夕，谁有闲工夫跋涉过林地去谋财害命？听说哈勒子爵也有不在场证明，这下你们表兄弟大可放心。不过你表哥尚未受封，纵使起诉，也用不着请上议院开庭。上议院审案固然精彩，但是所费不赀。此外，赛尔文爵士向丹尼上尉的长官打听，得知其姨母尚在人世，年近九旬，长居肯辛顿，做外甥的虽然不常去探望姨母，但姨母照常寄钱接济外甥。姨母年事已高，不问世事，只求验尸完毕后，将外甥的遗体送回肯辛顿殓葬。"

达西说："丹尼上尉若系死于非命，或已查获凶手，敝府自当致信吊唁；然此前案情未明，贸然去信，非但不宜，恐要遭人严拒。说也奇怪，纵是此番离奇命案，竟也殃及大众。承蒙你一番好意，将此事相告，内人知晓后，必定如释重负。只不知敝庄佃户如何？这事我也不好问赛尔文爵士，他们可都洗刷嫌疑了？"

"想来都洗刷了。案发当晚狂风大作，贵庄佃户大多足不出户，少数几位在家坐不住，到王章旅店喝了几杯，当晚生意不错，故而不乏人证，其中几位问案时还很清醒，口供足以采信。此外，贵庄附近不见生人出没，唯赛尔文爵士问案那回，贵府两位丫头主动交代，说在林中撞见雷利太太的鬼魂。雷利太太也真会挑时机，竟选在月圆之夜现身。"

达西说："不过是迷信罢了。后来听说，两个丫头跑到林子里，不过是要试胆，赛尔文爵士便没放在心上，反倒是我信以为真，或许当晚果真有位女子在林子里出没。"

柯立索博士道："布尔曾私下找两个丫头问话，雷诺太太当时也在场。她们口口声声说，就在命案前两天，在林中撞见一名女子，全身素黑，作势要吓人，又速速隐入林中。两个丫头一口咬定，说该女绝非毕威母女，但该女身穿黑衣、头戴斗篷，丫头一尖叫，便不见踪影，如何得知其形容样貌？纵使真有女子闯入林中，那也不打紧。看这犯案手法，断非女子所为。"

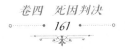
达西问："韦翰肯和警方合作吧？"

"反反复复的。一会儿有问必答，答得有条有理，一会儿大声嚷嚷，抗议警方缠扰无辜。你还记得警方从他皮夹里搜出了三十镑吧？他对这钱的来历始终三缄其口，只说是向人借来还赌债的，还说曾经起誓要守口如瓶。赛尔文爵士那脾气你也晓得，自然当他是从丹尼上尉的身上搜刮来的，但韦翰当时满手鲜血，那叠钞票却雪白如新，还折得整整齐齐，塞在皮夹子里。那叠钞票我也看过，全是新钞，王章旅店的老板不也说了？丹尼上尉说自个儿身无分文哪。"

两人沉默了半晌，柯立索博士道："赛尔文爵士之所以语带保留，也是顾及你俩的清白。但既然庞百利上下都有不在场证明，他大可不必如此谨慎，将重大案情进展瞒着你。因此，不如就由我来告诉你吧，赛尔文爵士以为，警方已经找到凶器，他们在距离丹尼尸首五十码处，发现一大块边缘光滑的石板。"

达西直视前方，掩饰内心的惊讶，低声说道："如何证明该石板便是凶器？"

"尚无确切证据，石板上既无毛发，亦不见血迹，但这也不足为奇，毕竟当晚刮过风后，便是骤雨倾盆，隔日道途泥泞、叶绿如洗。但那块石板我见过，形状大小皆和死者后脑勺的口子吻合。"

达西压低嗓子道："自从命案过后，庞百利上下皆不得擅入

林地，唯警方漏夜于林中搜寻凶器，敢问是哪位警员寻获的？"

"既非布尔，亦非梅森。他们当时人手不足，从邻近教区加派警力，其中一位名叫约瑟·约瑟，他父母显然很喜欢这个姓，生了个儿子，既姓约瑟，又名约瑟，人还算勤奋老实，但脑筋似乎不大灵光。按照常理，找到疑似凶器的石板，理应呼叫其他警员前来作证，但这家伙却洋洋得意，将石板搬去给布尔看。"

"这样说来，如何证明该石板距离尸首不过五十码？"

"想必是无法证明。据说该处散落着大小不一的石子，上头半掩着草叶和泥土，然而光凭这点，无法证明石板便是于此间发现。贵府常年来不都从那林间小径运送石材？当年你曾祖盖那幢林间小屋，建材不也都请人穿林运送？那些石子，或许是运送时掉落的。"

"今日开庭，警方或赛尔文爵士可会出示该石板？"

"我以为不会。麦平思验尸官执意不肯，既然无由证明石板即凶器，自然不该呈堂证供，顶多知会陪审团寻获石板一事，此事若能不提更好，他担忧死因审判沦为审问罪犯，势必得让陪审团清楚其职责，不要越俎代庖，跟法庭抢差事。"

"你以为陪审团可会治他罪？"

"这个自然。在陪审团看来，韦翰分明已认罪，不治他罪才稀奇。喏，说人人到，韦翰先生这不就来了，如今他可是人人喊打，不料他竟一派自在。"

　　达西见台前空着三张椅子，各由一位警员把守。韦翰铐着手铐，让狱卒押至前方，他坐在中央，狱卒坐两旁，其神情泰然自若，仿佛事不关己，只兴味索然地瞥了瞥台下。他身着体面的大衣，看来赛尔文爵士扣押查毕，便将其行囊交由宾利带至监狱，瞧他大衣底下闪露的亚麻衬衫，便知海马腾庄园的洗衣妇好本领。他对身旁的狱卒笑着，对方则朝他颔首。在达西眼里，他仿佛又是当年那迷倒梅里墩的英俊青年。

　　忽而一声令下，满室鸦雀无声，麦平思验尸官同赛尔文爵士进门，向陪审团鞠躬上座，并邀赛尔文爵士坐于其右。麦平思身形瘦小，面色蜡黄，那脸若长在别人身上，定要给看成病入膏肓。他这验尸官一做二十年，虽已年届花甲，但兰姆墩和王章旅店的死因审判，皆由他坐镇裁夺，所以颇引以为傲。他生着一根葱管鼻，一条腊肠唇，眉细若笔描，目光锐利如少年。他是位名气响亮的律师，德高望重，声名远播，案子应接不暇，倘若碰上证人笨嘴拙腮、支吾其词，决计不会宽宥，只见他目光慑人，逼视后墙上那只挂钟。

　　他一进门，全屋起立，见他入座，方才复位。麦平思验尸官坐于台上，赛尔文爵士在其右方，布尔和梅森坐于台前。陪审团原先群众闲聊，见验尸官来了，忙忙回位子上站好。达西身为地方法官，也曾亲临几场死因审判，只见几位地方乡绅，又给招来作为陪审员，有药商乔治·温赖特、兰姆墩杂货商法

达西的疑问
164

兰克·史德霖、庞百利庄上铁匠比尔·穆棱和葬仪师约翰·辛普森,辛普森照例一身素黑,据说这身装束,是他府上的传家宝。除了陪审团,余者皆为庄稼人,他们舍不得田务,直到开审前才赶来,一个个神色仓皇、神情激动。

验尸官向狱卒说道:"解开韦翰先生的手铐。我执法至今,尚无囚犯从我辖下逃走。"

狱卒默默照办,韦翰揉一揉手腕,垂手默立,偶尔瞥一瞥台下,在人堆中找寻熟面孔。麦平思一面宣誓,一面盯着陪审团,神情狐疑,仿佛疑心人家卖的马血统不纯,犹豫该不该买。宣誓毕,他按例开场道:"诸位彼此见过,想来都明白本庭的职责。今日开庭,诸位可要留心听证,裁定马丁·丹尼上尉的死因。本月十四日入夜十点前后,于庞百利林地发现丹尼上尉的尸首。诸位今日来此,既非审问罪犯,亦非指点警方办案。照目前案情来看,丹尼上尉绝非发生意外或灾难,而自杀者断不会搬石头砸自个儿后脑勺。所以,此案必为他杀,诸位当考虑两种判决:其一,倘若证据不足,无以判定凶手何人,则判为凶手不明的蓄意谋杀;其二,倘若罪证确凿,则裁定有罪,将凶手押入大牢,待来春法庭巡回至本郡,再行审判。以上裁定,仅供参考,丹尼上尉的死因裁判,全掌握在诸位手里。倘若对证词有疑虑,请举手朗声发问。本庭就此开庭。传叶面旅舍老板毕葛得先生。丹尼上尉生前最后一次远行,便是于此启程。"

毕葛得先生事前必已得人指点，要他出庭尽量长话短说，所以审判进展神速，达西如释重负。毕葛得先生宣誓毕，便为韦翰夫妇作证。他说案发当天下午四点一过，韦翰夫妇便同丹尼上尉乘出租马车抵达旅舍，还跟他雇了车，说晚上要载韦翰太太到庞百利，再送两位先生到王章旅店。这三人待在旅舍期间，都没听见口角。丹尼上尉沉默寡言，近乎木讷；韦翰先生喝了一杯又一杯，但并未烂醉如泥。

庭上接着传唤马夫普雷特，他显然企盼出庭已久，证词冗长不说，又老爱扯到他那两匹马上来。说本来两匹马走得好好的，一到林地就闹别扭，怎么也叫不动。马儿就是这样，只要碰上满月，就不肯踏进林中，唯恐撞见雷利太太的鬼魂。当时他忙着驾马，没心思听两位先生在马车里吵些什么，只见丹尼上尉探头命他停车，马一停步，上尉便夺车而出，说什么他和此事再无瓜葛，要韦翰先生自个儿看着办，说完便直奔入林，韦翰先生紧追在后，不知隔了多久，忽而听见几声枪响，韦翰太太人不大对劲，尖着嗓子要他前往庞百利，他只得照办。马儿当时惊恐万分，简直驾不住，只怕还没赶到庞百利，马车就要翻啦。后来他带费兹威廉上校等人到事发地点，上校中途下车，说要上林地小屋探望，约莫过了十分钟才回来。在达西看来，普雷特这番话，恐怕不只陪审团听过，或许早已一传十、十传百，只见他一面说，底下一面点头叹息，尤其说到那两匹马如何不

安，众人更是感同身受，自然一个问题也没有。

普雷特之后，轮到哈勒子爵作证。他以权威的语调宣誓，令人肃然起敬，接着则扼要陈述当晚情景，其中发现尸首一节，艾韦顿作证时亦平铺直叙重述，末了轮达西时又提及此事。验尸官要三人背出韦翰的话，三人只得复述那段形同认罪的自白。

麦平思不等众人开口，率先发难："韦翰先生，你既然口口声声坚称自个儿清白，为何当初又说人是你杀的？还说都是你的错？"

韦翰不假思索，立刻答道："庭上，当初若非我存心要内子上庞百利做不速之客，丹尼上尉也不会愤而跳车；此外，若非我喝得酩酊大醉，定能拦下他，不会让他跑到林子里送死。"

柯立索博士压低嗓子，对达西说道："胡说八道，这傻子未免目中无人。倘若他在法官面前还是这副德性，项上人头肯定不保。他当时能醉到哪里去？"

然而底下却无人质疑。麦平思显然无心多言，无意请证人阐释韦翰所言何意，乐得让陪审团自成定论，只赶紧传唤下级警官布尔，且看布尔兴致勃勃地讲述搜查林地等办案经过。他说没打听到庞百利附近有生人出没，庞百利上下及庄上佃户皆有不在场证明，后续调查持续进行中。布尔之后，轮到贝察法医上台作证，他满口医学术语，听得台下好生敬佩，验尸官却火冒三丈，最后他才用大白话说，丹尼上尉后脑勺遭人重伤，因而毙命，纵然不是当场身亡，也只能苟活几分钟，确切死亡时间则无法估计；警方日前找到疑似凶器的石板，在他看来，其大小重量，皆与死者脑后的口子吻合，但尚无证据证明该石板与本案确有关联。他正要步下证人席，底下却有人举手。

麦平思说："好啊，史德霖，又是你。这回是什么问题？"

"庭上，我们晓得，案发当晚韦翰太太留宿庞百利大宅，准备翌日参加舞会，但韦翰先生却未同行。韦翰先生和达西府上明明是姻亲，何以不接待？"

"容我请教一下：安妮夫人舞会的宾客名单，与丹尼上尉之死何干？庞百利接不接待韦翰先生，与贝察法医的证词何干？"

"庭上，倘若韦翰先生与达西先生交恶，那么可能是韦翰先生行止不端遭庞百利拒绝往来，光凭这一点，便能看出韦翰先生的为人。常人谁会平白无故和连襟断绝往来？除非此人生性粗暴，常与人爆发口角。"

麦平思貌似思索后，答曰："达西和韦翰无论是否连襟阋墙，皆与丹尼之死无关。本案死者并非达西，而是丹尼上尉。请诸位着眼本案。倘若此事关乎丹尼死因，方才达西先生作证，为何不发问？请再传达西先生，本庭倒要问问，韦翰先生是否果为残暴之徒？"

底下立刻传唤达西，庭上提醒他曾起誓在先，须得照实回答，达西答道，据其所知，未曾听闻韦翰先生是残暴之徒，也

未曾亲眼见其动粗，两人虽已阔别多年，然韦翰向以随和温良为人所称道。

"史德霖先生，听闻此言，你可满意了？韦翰是随和温良之辈。底下可有人要发问？没有？现请陪审团计议裁夺。"

陪审团商议后，决意私下裁夺，原想退至酒吧从长计议，然为庭上驳回，遂退至庭院，围拢密语。十分钟后，庭上查问其裁定结果。史德霖起身，掏出笔记，一字不差地朗声念道："庭上，吾等以为，丹尼上尉是头颅重伤致死，此乃乔治·韦翰所为，是以，本庭裁定丹尼上尉遭乔治·韦翰杀害。"

麦平思说："此为尔等之裁决？"

"答庭上，确实如此。"

麦平思看看墙上的挂钟，摘下眼镜，收入盒中，道："经本庭研讯，韦翰先生将处以徒刑，待来春法庭开审。感谢诸位今日来此。退庭。"

达西心想，审判果不乏虚实之论、尴尬之景，此事就如同那已成例行公事的教区月会，虽则有心参与，却已兴致索然。柯立索博士所言果然不差，韦翰入狱乃意料中事，纵使裁决结果为凶手不明之蓄意谋杀，韦翰身为主嫌，依然难逃囹圄，继续让警方问案缠扰。

正想着，下人早已前来推那三轮大藤椅，柯立索博士看了看表，道："开庭至今，不过三刻钟，想来一切皆如麦平思所料，裁决结果也在意想之中。"

达西说："即便法院开庭也无法翻案吗？"

"那可未必，达西，那可未必。我就有办法翻案。你不妨替他找个好律师，倘若能将此案转至伦敦审理更好，其中种种事宜，大可向艾韦顿讨教，我如今老了，所知有限，只怕都过时了。听说这年轻人虽然出身旧族，但作风激进，聪明有为，是个不可多得的好律师，只是也该娶妻成家了。英国要太平，方得先齐家，善待佃户，体恤下人，扶贫济弱，以维系地方秩序为己任。法国贵族当年若能奉行此道，又怎会爆发大革命？话说回来，眼前此案颇有意思，若想翻案，须得厘清两大疑点：丹尼上尉何以奔入林中？此其一也。韦翰当时所言何意？此其二也。对于后续发展，我可是拭目以待。就算天崩也要彰显正义，（Fiat justitia ruat caelum.）先走一步。"

语毕，只见那下人大费周折，将三轮藤椅推出门外，隐没不见。

7

秋去冬来。在达西和伊丽莎白眼里，这冬天宛如漆黑沼泽，熬过去后，明春又有明春的磨难，只怕惊恐更甚，恐要毁人余生，但夫妻俩强忍凄怆，唯恐惊扰下人，所幸几无人察觉有异。全庞百利上下，就只有史陶、毕威和雷诺太太几个老仆识得韦翰，其他家仆年纪尚小，对庄外之事毫无兴趣。达西命全庄上下不得谈论审判一事，圣诞节转眼即至，众人的心思全在过节上头，自然无心搭理无名小卒的命运。

班奈特先生沉默寡言，宛若善心幽灵般把守庞百利，阖府上下见了他，无一不安心。达西只要得空，两人便在书房里谈天。达西是个聪明人，向来看重聪明人。班奈特先生偶尔也上海马腾庄园走动，一则探望大女儿，二则确保女婿的藏书没让多事的女仆糟蹋，顺手再开列几本书，好让女婿去买。不过，班奈特先生只在庞百利待了三个礼拜，只为班奈特太太来了一封信，信中大吐苦水，说她夜夜听见屋外有脚步声，鬼鬼祟祟，来来去去，闹得她心里七上八下，成天不得安宁，连忙要班奈特先生回去，说他再不回去，家里恐要出人命，别人家的命案就先别管了，回家保护妻小要紧。

班奈特先生一走，庞百利上下怅然若失，不知谁听见雷诺太太对史陶说："史陶先生，我说啊，当初班奈特老爷来咱们庄上做客，也没见过他老人家几次，此番他回去，咱们竟然这般思念，你说奇不奇怪？"

班奈特先生打道回府后，达西夫妇寄情工作，这庄上琐事多如牛毛，达西打算修补几户农舍，对教区事务更加投入。去年五月，英法开战，民生凋敝，海内不安，庄稼歉收，粮价飞涨，达西救济不暇，日日命厨房熬汤给佃户进补，鸡只源源不绝送至庞百利，那汤熬出来自然是又浓又稠，每一口都吃得到肉。由于时局艰难，不仅晚宴少了，朋友间也不似往常般勤于走动，但宾利夫妇仍时常来帮忙，葛汀纳夫妇的信也从未断过。

　　死因审判后，韦翰转往德贝郡监狱，宾利照旧按时去探监，每次回来，都说韦翰心情不错。圣诞节前一个礼拜，消息传来，诉请终于通过，丹尼一案已移交伦敦中央法庭审理，伊丽莎白虽无露面必要，仍决意陪同丈夫出席。葛汀纳太太听闻达西夫妇要上伦敦，热切邀请两位到慈爱教堂街的家中做客，夫妻俩由衷感激、满口答应。过年前夕，韦翰再度转狱，转至伦敦冷浴泉监狱，这探监的担子，遂落到葛汀纳先生肩上，达西托他塞点小钱给狱卒和狱友，确保韦翰在狱中过得舒舒服服。听葛汀纳先生说，韦翰自信能无罪获释，此外，有位叫萨谬尔·孔百德的监狱牧师，时常去探望韦翰。孔百德牧师棋艺高超，自从教了韦翰西洋棋，韦翰便乐此不疲。葛汀纳先生以为，孔百德牧师原本是要教韦翰改过向善，韦翰虽不受教，只把孔百德牧师当作棋友，但看来他是真心爱棋，为此废寝忘食，再也无暇发威动怒、灰心丧志。

　　转眼便是圣诞，又是孩子一年一度的盛会，达西和伊丽莎白以为，孩子一年就乐这么一次，尤其当今时局困顿，很该让众人乐一乐，是以庄上孩子都受邀参加。伊丽莎白和雷诺太太忙着打点礼物，送给府上家仆和庄上佃户，除此之外，伊丽莎白读书不倦，并请乔安娜指点琴艺，如今担子轻了，总算有余暇陪陪孩子、探望穷老贫病者。达西和伊丽莎白都以为，日子过得充实，即便是挥之不去的噩梦，偶尔也能抛诸脑后。

　　年关虽然难过，倒也不乏喜讯。路易莎将娃儿送回去给姐姐，从此喜笑颜开，少了娃儿日夜啼哭，威尔得以安心养病，毕威太太也如释重负。圣诞节过后，日月如梭，转眼便是审判韦翰的日子。

卷五　开庭审判

1

　　审判安排在三月二十二日礼拜四上午十一点钟，预定于中央法庭开审。艾韦顿的寓所在中殿律师学院附近，他提议前一天同辩护律师米克多到葛汀纳家，一则说明审问程序，二则针对达西的证词提出建言。从庞百利到伦敦路途遥远，伊丽莎白不想赶路，艾韦顿遂提议在班伯利镇过夜，二十一日过午抵达葛府即可。出发这日，史陶和雷诺太太在门边目送主人，换作平时，必可见一干老仆在门边欢送，但此别不同以往，史陶和雷诺太太神色凝重，要老爷保重、夫人放心，他俩必戮力操持家务，直至主人归来。

　　达西在伦敦虽有宅子，但每次动用，都得劳师动众，因此，倘若只是进城采买、看戏、看展，或有事找律师或裁缝商量，夫妻俩便上贺世特太太家叨扰，宾利小姐多半也会来凑热闹。能够接待达西夫妇，贺世特太太再高兴也没有，乐得炫耀她那宅子如何富丽、仆役如何浩繁、马车如何众多，宾利小姐则有意无意提起新进结交了哪几位权贵，说说上流人家近来聊些什么。伊丽莎白出嫁前，每回听左邻右舍聊天，只要无须出言安慰，便暗地里笑人家愚昧做作，并以此取乐，达西则以为，倘若为了亲戚和睦起见，非得和志趣不同者往来，自然是花对方的钱最好。然而，此回去伦敦，贺世特太太和宾利小姐却一反常态，没邀请达西夫妇到府上做客。亲戚家闹出这等不名誉之事，敬而远之、明哲保身，乃是人之常情，达西夫妇也不奢望审判当天宾利小姐和贺世特太太会露面。反观葛汀纳夫妇，闻言便邀伊丽莎白和夫婿到府上做客。葛府朴实舒适，令人亲切安心，众人说话轻声细语，从不问东问西，府里上下平和，得以全心备战。

马车驶进伦敦，只见海德公园蓊蓊郁郁。车行迅速，那片绿茵不觉便落到后头，忽闻一阵酸腐扑鼻，周遭人潮蜂拥，达西心中恍惚，宛若置身异乡，来伦敦那么多趟，头一遭觉得自己是异客。战事已经开打，路人脚步匆匆，心事重重，仅偶见几位行人，对达西的马车投以艳羡的目光。车行过伦敦名街，达西和伊丽莎白皆无心谈论，两旁橱窗五光十色，街道给马车挤得水泄不通，有载货的、有载人的，马夫小心翼翼，驾马缓缓前行，终于拐入慈爱教堂街。葛汀纳夫妇老远看见马车来了，赶紧上街相迎，带马夫转入屋后马厩，命人帮忙卸下行装，伊丽莎白和达西进入屋内，至审判结束前，这儿便是他们的避风港。

2

晚饭过后，艾韦顿同米克多上葛府嘱咐达西几句，预祝翌日审判顺利，接着便起身告辞，前后不过一个钟头。葛汀纳太太不改好客本性，将客房打理得妥妥帖帖，在两张大床中间设下茶几，上头摆着几本书、几盒饼和一壶水，让客人宾至如归。达西却依旧心烦难耐。葛宅临街，不时可听见马车咿呀驶过，和庞百利相比寂然无声，葛宅虽难得安静，但这么点儿声响，不至于令人无法成眠。达西辗转反侧，实则为隔日审判所苦，想忘却忘不掉，反而招来更多烦恼，只觉床畔站了个分身，目光鄙夷，细数他的罪状，唠叨他刻意不去触及的想法，而今这些想法又重回心头，听上去比当年更有道理。他之所以和韦翰结为连襟，甚至以兄弟相称，全是他自作自受，怪不得别人。明日他不得不出庭作证，韦翰是生是死，端赖他的证词。倘若法官判韦翰无罪，韦翰跟庞百利便亲上加亲，倘若法官判韦翰死刑，达西将抱罪终生，乃至累及子孙。

他不后悔同伊丽莎白做夫妻，正如他不后悔来人世，思及两个儿子健健康康，正在庞百利的幼儿房甜睡，便是他婚姻幸福的最佳明证。想当初他反抗从小遵守的信念，罔顾父母的教诲，蔑视庄主的责任，执意将伊丽莎白娶进门。他大可效法表哥，不顾儿女情长，择个门当户对的对象。后来他花钱贿赂韦翰和丽迪亚成亲，便是他娶伊丽莎白的代价。

当年会见杨格太太的情景，达西仍记忆犹新。杨格太太在伦敦显贵云集之地经营寄宿旅舍，在当地颇负声望，两人当时一见面，她劈头说道："我这儿专收名门子弟。这些青年离乡背井，在伦敦寻职立业，我供吃供住兼管束，他们的父母无不放心，我过得也颇为优渥。你既明白我的来历，不妨来谈正事吧。用过点心了吗？"

他毫不客气谢绝她的好意，且听她说："我是个生意人，凡事喜欢照规矩，不过我们就别客套了吧。你此来何事，我还不明白吗？不就是要打听韦翰和丽迪亚的下落。这事除了我，再没别人知晓。你不如就挑明了讲，为了买我这条消息，你愿意开价多少？"

起初她嫌他出价太低，讨价还价一番后，终于谈妥，达西连忙夺门而出，仿佛内有瘟疫。后来他又花了好些钱，才说服韦翰娶丽迪亚为妻。

赶了一天的路，伊丽莎白精疲力竭，用过晚饭便回房就寝。达西跟艾韦顿谈完后，推门进房，见妻子睡得香甜，便静静站在床畔，深情凝视她美丽的睡脸，心喜她还能无忧无虑几个钟头，不像他辗转反侧，翻来覆去却寻不得安稳，过了良久才沉沉睡去。

3

　　审判当天，艾韦顿一早便从住处前往法庭；十点半，达西穿过庄严的长廊，进入审判厅，里头叽叽喳喳，宛若鸟笼，他在这杜鹃窝中就座。虽然半小时后才开庭，但前排已坐满穿着入时的三姑六婆，后几排眼看也要坐不下，穷人只好挤作一团，全伦敦的人似乎都来看热闹了。达西进门前虽已让门口警官看过传票，却没人帮他带位，或者多看他几眼。虽然才三月，但天气暖和，审判厅里又闷又热，气味混杂难闻，夹杂着多日没洗澡的汗臭。一群律师在法官席旁闲谈，仿佛把这儿当成自家客厅，艾韦顿也在其中，达西和他四目相接，他立刻上前问候，带达西到证人席上座。

　　艾韦顿说："由于时间紧迫，法官不耐烦听同一套证词，故而发现丹尼尸首一节，只传唤你和上校出庭作证。我就坐在附近，审判时还有机会说说话。"

　　一时喧闹声歇，仿佛给人硬生生斩断，法官出来了。墨柏礼法官端着架子，信心十足，他长得称不上好看，小鼻子、小眼睛，只一对眼珠特别黑，戴着过肩假发，看上去仿佛一头从兽穴往外打量的野兽。成群律师开道让法官通过，再同书记官纷纷入座，陪审员也鱼贯入席，囚犯则从被告席冒出来，两旁分由警官把守。达西见韦翰那模样，吓了一跳，虽然按时派人送食粮进去，但韦翰形销骨立，双颊凹陷，面色苍白。达西以为，韦翰脸色如此难看，应非审判所起，而是连月不见天日所致。达西直盯着韦翰，恍惚之间，罪状也朗诵了，陪审员也择定了，誓言也宣示了。韦翰木立在被告席，法官问他可有话要说，他仍坚称自己无罪。虽然他面无血色，上着手铐，但依然英姿焕发，不减当年。

达西瞥见一张熟面孔，想来她定是花钱买通警官，帮她在前排保留座位，她趁乱混入旁观妇人之间，两旁扇摇风发，头饰颤颤，唯她纹丝不动。达西原先只瞥见她的侧脸，后来她头一转，和达西对上眼，虽然没有相认，但那不是杨格太太是谁？光看那侧脸就晓得了。

达西把心一横，决意避免和她四目相觑，但偶尔望向法庭另一端，眼角余光便瞥见她一身贵气，朴素典雅，和那些花里胡哨的饶舌妇恰成对比。她头戴礼帽，以绿紫缎带滚边，帽子底下那张脸，青春一如当年。回想当时，他和表哥替妹妹物色伴护，故而找杨格太太来庞百利面谈，只见她朴素大方，能言善道，善体人意，负责可靠，家教良好，跟达西在伦敦寄宿旅舍所见判若两人。他纳闷她怎么会和韦翰扯上关系？甚至不惜踏入法庭，混入幸灾乐祸的他人命运的妇女之中。

4

　　宣誓已毕，轮到公诉人起诉，达西察觉杨格太太有异，虽然端坐如常，却直勾勾盯着被告席，同韦翰眉目传情，仿佛鼓励他坚持到底、永不放弃。两人尽管对看不过数秒，但刹那之间，达西看不见庄严肃穆的法庭，看不见一身猩红的法官，看不见五颜六色的观众，只看见韦翰和杨格太太之间的依恋。

　　公诉人朗声道："诸位陪审员，今日劳烦各位审理一桩命案，案中死者遭同胞好友杀害，凶犯乃前军团将士。本案疑云重重，唯死者能解，然凶犯伤天害理，证据确凿，待本庭一一举证。十月十四日礼拜五晚间九点前后，被告同丹尼上尉及韦翰太太从叶面旅舍出发，车行过庞百利庄园林径，先送韦翰太太上庞百利大宅过夜，再送被告和丹尼上尉至兰姆墩王章旅店。本庭将传唤证人，指证被告和丹尼上尉曾于叶面旅舍爆发口角。丹尼上尉夺车而出，奔入林中，当时曾说了一句话，本庭亦有证人为证。其后韦翰尾随入林，枪声响起，韦翰太太不见丈夫归来，心烦意乱，命马夫驱车赶往庞百利。紧接着搜索队入林搭救，寻获尸首，本庭将传唤两名证人，诉说搜索经过。被告当时满手鲜血，跪在死者身旁，亲口承认犯罪。本案虽不乏疑点，但事实明摆在眼前：

凶嫌早已认罪，其口供再明白不过。除被告之外，搜索队未再追
捕其他凶犯，而达西先生不仅派人把守被告，并立即将此事告知
地方法官，后经警方戮力查证，是夜并无生人闯入林中，而居于
林中者，不过一名老妇、老妇之女、老妇病笃之子，此三人手无
缚鸡之力，断无法举起本庭疑为凶器的石板。本庭将传唤证人，
指陈庞百利林中可见此巨石，韦翰儿时常于林间出入，必知何处
可得巨石作为凶器。杀人乃滔天大罪，本庭将传唤法医，证实死
者当时额头受击，血流如注，遮蔽视线，转身欲逃，却再遭凶嫌
毙命。本案手法卑劣残暴，丹尼上尉虽不能复活，仍应还其公道，
相信诸位定能将凶犯治罪。传第一位证人上庭。"

5

只听得一声呼吼："传——纳撒尼尔·毕葛得"，叶面旅
舍老板立刻现身证人席，一本正经高举《圣经》，以此起誓。
只见他小心打扮，身着正式礼拜服，举手投足落落大方，丝毫
不见绑手绑脚的模样。他故意先打量陪审团，仿佛当人家是来
询问空房的旅客，打量了约莫一分钟，这才盯着公诉人西蒙·卡
莱特，颇有兵来将挡、水来土掩的气魄。庭上要他报上姓名，
他朗声说道："小的是纳撒尼尔·毕葛得，家住德贝郡庞百利

村，叶面旅舍老板。”

　　他的证词简单明了，三两下便交代完毕。他告诉庭上，十月十四日礼拜五，韦翰夫妇及丹尼上尉乘出租马车到叶面旅舍。韦翰先生点了几道菜、几杯酒，又雇了辆马车，说晚点儿要带韦翰太太上庞百利。他让三位客人在酒吧坐下，听韦翰太太说，她要在庞百利过夜，隔天要参加安妮夫人舞会。“她看来一脸兴奋。”公诉人再往下问，他说听韦翰先生的意思，将韦翰太太载至庞百利后，还要送他和丹尼上尉到兰姆墩王章旅店过夜，翌日再转搭来往伦敦的公共马车。

　　公诉人卡莱特先生说：“所以韦翰先生并没有要在庞百利过夜？”

　　“小的没听说，想来是不会的。咱们听人讲，庞百利向来不接待韦翰先生。”

　　语毕，几位陪审员交头接耳。达西不觉身子一僵，不料这么快便问到这上头。陪审团的目光全落在达西身上，他死命盯着公诉人不放，但卡莱特先生话锋一转，改口问道：“韦翰先生既点了菜，又买了酒，还雇了车，可有付钱没有？”

　　“有的，在酒吧里就付了。记得丹尼上尉对韦翰先生说：‘这是你的事，你请客。我身上那点钱，只够我撑到伦敦。’”

　　“三位离开时，可是你亲自送客？”

　　“是的。当时大约是八点过三刻。”

"三位离去时，心情如何？两位先生可都安好？"

"小的没特别留意。小的当时正在指点马夫，因为韦翰太太耳提面命，要马夫放行李小心，里头装着的礼服，可是她舞会上要穿的。小的只晓得丹尼上尉沉默非常，跟他在旅舍里喝酒时一个样。"

"两位先生喝得凶吗？"

"丹尼上尉只喝啤酒，不超过一品脱，韦翰先生喝了两品脱左右，接着又喝起威士忌，喝到上路时，脸也红了，走路也不稳了，但口齿还算清楚，也能自个儿上马车。"

"你可有听到他们上车时说了什么？"

"小的记得没有，两位先生稍早吵架的事，是小的那老婆子说的。"

"这我们等会儿再问你太太。我就问到这儿，除非米克多先生有事要问，否则你可以下去了。"

毕葛得转头面对米克多律师，只见他起身说道："这么说来，两位先生都没心情交谈。此番同行，他们高兴吗？"

"小的没听他们说不高兴，两位先生上路时，也没听见吵架。"

"可有不愉快的迹象？"

"没有。小的没瞧见。"

米克多并未继续盘问，毕葛得心满意足离开证人席，显然以为自己表现得体。

庭上接着传唤马莎·毕葛得，法庭角落忽然一阵骚动，只见一位矮胖妇人站起来，从加油人群中抽身，高视阔步走上前。她戴着一顶镶粉红缎带的帽子，必定是为了出庭买的。这顶帽子倘若不是戴在她那头蓬乱的黄发上，还让她时时伸手去碰，看看帽子在不在，想必会更加出色。她先定睛看着法官，这时公诉人起身，向法官颔首，开始向她问话。她报上姓名地址，朗声宣誓，为丈夫的口供作证，表示韦翰夫妇和丹尼上尉确实到过叶面旅社。

达西压低嗓子向艾韦顿道："死因审判她没出庭。可是有什么新发现？"

艾韦顿说："确是如此，这下危险了。"

公诉人问："毕葛得太太，韦翰夫妇和丹尼上尉在旅社处得怎样？依你之见，还融洽吗？"

"我以为不大融洽。韦翰太太笑个不停，兴致不错，还是个直肠子，又好相处。就是她在酒吧向我们夫妻俩说，她要上庞百利参加安妮夫人舞会，还说这个玩笑可好玩啦，达西夫妇压根不晓得她要去，今晚狂风大作，纵使她硬闯，人家也不好拒绝。丹尼上尉不大说话，韦翰先生则毛毛躁躁，似乎恨不得赶紧上路。"

"你可有听见他们争吵？他们说了什么没有？"

　　米克多先生立刻起身，控诉此问有诱答之嫌，公诉人换了个方式再问一次："你可听见丹尼上尉同韦翰先生说了些什么？"

　　毕葛得太太登时会意道："在旅社里没听见。后来三位客人吃了冷盘，喝了几杯小酒，韦翰太太打发人把行李扛上楼，说想在动身前更衣，还说不是要换礼服，只是要穿得体面点。我打发女仆莎莉去帮她，自个儿到后院方便，方便完了，悄悄开门出来，却见韦翰先生同丹尼上尉在说话。"

　　"听见他们说了什么没有？"

　　"听见了。两位先生离得很近，不出一尺，丹尼上尉脸色发白道：'这从头到尾都是骗局。你这人只想到自己，完全不顾女人家感受。'"

　　"他真是这样说的？"

　　毕葛得太太迟疑了一会儿，道："我也许搞不清前言后语，但意思再不会错，丹尼上尉确实说韦翰先生只顾自己，不顾女人家感受，还说这事儿从头到尾都是骗局。"

　　"后来怎么了？"

　　"我怕两位先生看见我从茅坑出来，便把门掩上，从门缝看两位先生何时走开。"

　　"你发誓你确实听见这些话？"

　　"先生，我发誓，所言句句属实。"

　　"好了，毕葛得太太，这下你起过誓了，很高兴你晓得此事并非儿戏。后来回到旅社，发生什么事没有？"

"两位先生一会儿也进来。韦翰先生上楼找他太太，她想必已着装完毕，只见韦翰先生下楼，说行李打包好，可以抬上马车了。两位先生穿上外套、戴上帽子，毕葛得先生便命普雷特备马拉车。"

"韦翰先生当时是什么情景？"

毕葛得太太沉默不答，仿佛不懂这话的意思。公诉人略为不耐道："他神智可还清醒？还是已经醉了？"

"我晓得韦翰先生喝了不少，看样子是喝多了，道别时，口齿有些不清，但是站得很稳，不用人家搀扶上车，接着他们便上路了。"

法庭里一阵静默。公诉人看了看状纸，道："谢谢你，毕葛得太太。请你再留一会儿。"

杰雷·米克多起身道："换言之，即使韦翰先生和丹尼上尉果真言语不和，彼此有些龃龉，但并未争执或动粗。你在后院听两位先生说话时，可有见到两人动手？"

"没有，我并未瞧见。韦翰先生定是傻了才会找丹尼上尉单挑。丹尼上尉个头比他高，块头也比他大。"

"两位先生上车时，你可看见他们配了枪？"

"丹尼上尉配了枪。"

"因此，依你之见，不论丹尼上尉对其友人意见如何，两人同车时，丹尼上尉总归并无受击之虞？他个头高、块头大，还配了枪。你记得的情景可是如此？”

“我以为的确如此。”

“不能只是以为，毕葛得太太。你可瞧见两位先生上了车？而且丹尼上尉比韦翰先生高，身上还配了枪？”

“我瞧见了。”

“因此，纵使两人口角，你也不担心他俩同车？”

“车上还有韦翰太太哪，两位先生必不会在女人面前动粗，而且普雷特可不傻，倘若出了事，定会快马加鞭，赶回旅社。”

米克多先生又问：“毕葛得太太，方才那番话，怎么没听你在死因审判上提起？难道不知此事要紧？”

“没人问我哪。死因审判后，布尔警官才来旅社找我问案。”

“但早在布尔警官找你问案前，你就晓得自己应该出庭作证了吧？”

“我以为，倘若大人要我出庭，定会派人来问。我可不想沦为兰姆墩的笑柄。倘若女人家如厕也要外人议论，多难为情啊。米克多先生，您也替我想一想。”

法庭上爆出一阵笑声，旋即又小了下去。米克多先生说，提问到此为止。毕葛得太太便按着帽子，一路踱回位子上，脸上掩不住得意，接受拥戴者道喜。

6

达西熟悉了卡莱特先生的问案程序，不得不赞赏其手法确实高明。案发经过一幕幕在法庭上展开，一则首尾连贯，二则予人可信之感，让旁听席的听众宛若看戏一般，急于得知案情进展。达西不禁心想：难道谋杀审判不过是众人的娱乐？演员穿上戏服走过场，观众在底下看热闹，在换幕时引颈企盼，将整出戏推上高潮，即主角粉墨登场，在被告席面临生死审判。这就是备受欧洲推崇的英国法制？除了令人失魂丧胆，这样的审判有何正义可言？虽然法庭传唤他来作证，但他环顾四下，只见一屋的人，富者光鲜，穷者暗淡，霎时间，不觉以身在此间为耻。

庭上传唤普雷特出庭，他站上证人席，瞬间老了好几岁，身上的衣服半新不旧，干干净净，头发也洗过了，全都竖了起来，宛若目瞪口呆的小丑。他盯着宣誓书，一个字一个字宣誓，仿佛上面写的是外文。宣誓毕，他定睛看着公诉人，宛若犯错的孩子，眼神尽是哀求。公诉人显然认为，面对这样的证人以和气为上，且听他说："普雷特先生，你方才已经宣誓，表示你在庭上所言句句属实，不仅作证如此，回答问题也如此。请你告诉庭上，十月十四日夜里发生了什么事。"

"当晚小的驾着毕葛得先生的马车，车上载着韦翰夫妇和丹尼上尉，先载韦翰太太到庞百利，再载两位先生到兰姆墩王章旅店。不过两位先生不打算上庞百利。"

"这我们晓得。你怎么去庞百利的？走哪个门呢？"

"小的从西北角上那个门进去，再走那条林间小径。"

"后来呢？进门时可有碰上麻烦？"

"没有。是吉米·摩根开的门。他说不许闲杂人等进去，可是他认得小的，小的说要载韦翰太太去参加舞会，他就开门让小的过去，约莫驶了半英里路，有人敲了敲隔板叫停车，小的认为是丹尼上尉。小的照办后，丹尼上尉跳下马车，跑进林子里，一边跑一边叫，说什么他受够了，要韦翰先生自个儿看着办。"

"他果真是这样说的？"

普雷特顿了一顿："小的不敢断定，上尉似乎是说：'你自个儿看着办吧，韦翰。我受够了。'"

"然后？"

"韦翰先生跟着下车，喊他傻子，要他回来，但丹尼上尉不回来，韦翰先生跑进林子里，换韦翰太太跳下车，叫韦翰先生回来，别丢下她，但韦翰先生不听，跑进林子里不见了，韦翰太太见状，赶紧回到车上，哭得很是可怜，咱们就在原地杵着。"

"你没想过也跟进林子里？"

"没想过。小的不能丢下韦翰太太，也不能扔下马儿不管，所以就留在原地，过了一会儿，林子里传出枪响，韦翰太太放声尖叫，说咱们要给人杀了，要小的赶紧驶往庞百利。"

"枪响就在附近？"

"这小的不敢说。但想来不远，听得很真切。"

"听见几声枪响？"

"三声，还是四声。小的不敢断定。"

"接着呢？"

"小的快马加鞭奔往庞百利，韦翰太太一路尖叫，小的在门口勒马，太太险些摔下车，达西先生等人立在门口，小的记不清楚有哪些人，只记得除了达西先生之外，还有两位先生和两位太太。那两位太太扶韦翰太太进屋里，达西先生命小的看着马匹，要小的载几位先生到丹尼上尉下车的地方去。所以小的就在原地等，接着又有一位先生过来了，当时不晓得是哪位，现在晓得是费兹威廉上校，只见他从大道上策马前来。有人拿来了担架、毯子、灯笼，三位先生上了马车，其中一位小的不认识，另外两位是达西先生和费兹威廉上校。小的驾车回到林子里，三位先生下车走在前头，走到通往林间木屋的小径上，上校说要去看毕威一家，嘱咐他们将门窗上锁，等上校回来，我们再度上路，一直走到丹尼上尉下车的地方，达西先生要小的等在原地，他们则走进林子里。"

"想必你一定等得很心焦吧，普雷特？"

　　"是啊，先生。小的独自一人，既没武器，又不知要等到何时，心里着实害怕。但不多时，便听见人回来了。他们用担架抬着丹尼上尉的尸首，韦翰先生脚步不稳，让人搀着上了车。小的勒马掉头，慢慢儿驶回庞百利，达西先生和费兹威廉上校抬着担架，步行跟在马车后，另一位先生陪着韦翰先生待在车上。再后来的事情，小的就糊涂啦，只晓得担架抬走了，韦翰先生脚步蹒跚，大吼大叫，给人搀进屋里，他们要小的在外头等。好不容易上校出来，命令小的带话到王章旅店，说两位先生不去了，说完了便赶紧走，省得人家问东问西；上校还交代，回到叶面旅舍后，切莫向人提起夜里的事，以免惹上麻烦，警方隔天就会来问案。小的担心毕葛得先生要问，幸好他和毕葛得太太已经先回房。那时风息了，雨下得正大，毕葛得先生推开窗户，问小的可还顺利，韦翰太太到庞百利了吗，小的回说到了，先生要小的看好马儿，便睡下了。小的累坏了，一觉到天亮，警方七点到，小的还没醒。小的把夜里的事告诉警方，就跟方才说的一样，小的记得的就这些，和盘托出，绝无保留。"

　　公诉人说："谢谢你，普雷特先生。交代得很清楚。"

　　米克多先生旋即起身道："普雷特先生，我有几个问题要问你。首先，毕葛得先生命你驾车上庞百利时，可是你头一回见到两位先生？"

　　"是的，先生。"

"就你看来，他们两位的关系如何？"

"丹尼上尉沉默寡言，韦翰先生醉得厉害，但两人并未起争执。"

"丹尼上尉是否不愿上车？"

"没有的事，小的看他挺高兴的。"

"你勒马停车前，可有听见两位先生说了什么？"

"没有，先生。当时风又大，路面又颠簸，除非吼叫，否则很难听见。"

"可有听见吼叫没有？"

"没有，小的并未听见。"

"这么说来，就你所知，这一行人上路时，彼此感情和睦，大可不必担心会出乱子？"

"是的，小的压根没想到。"

"先前死因审判时，你说一踏进林子里，就难以驾驭马匹，这趟路想必马儿走得很辛苦吧？"

"是啊，先生。马儿一踏入林子，就变得紧张兮兮，又是嘶鸣，又是踩脚。"

"想必很难驾驭吧？"

"是啊，先生，确实不简单。马儿不喜欢在月圆时踏入林子，想来也没人会喜欢。"

"你能断定丹尼上尉下车时说了什么话吗？"

"先生，小的听他说，他再也不想和韦翰先生一伙，要韦翰先生自个儿看着办，大约是这样。"

"大约是这样。谢谢你，普雷特先生，我问完了。"

普雷特下去时，显然比上来时高兴不少。艾韦顿悄悄对达西说："不打紧。米克多方才故意让人对普雷特的证词起疑。达西先生，接下来就换你或上校了。"

7

达西听见庭上叫他的名字，明知迟早轮到自己，仍然吓了一跳。他在众目睽睽下走上证人席，尽管听众目露凶光，但他仍然耐着性子，力作镇定。他非得沉着不可，因此抱定主意，既不去看韦翰和杨格太太，也不和陪审团目光相接，因为每每望向陪审席，陪审员皆眼神不善。他打算盯着公诉人不放，偶尔望一望陪审员或法官，只见法官宛若老僧入定，纹丝不动，双眼半闭，厚实的双手交叠在桌上。

一开头公诉人的问题很简单，达西回他当天晚宴出席者何人，又说费兹威廉上校和达西小姐先退席，接着韦翰太太慌乱赶到，众人决意乘车重返林中，弄清楚究竟怎么回事，看看韦翰先生和丹尼上尉需不需要帮忙。

西蒙·卡莱特道："你可有料到会闹出人命？"

"回庭上，完全没有。我本来以为，两位先生顶多受点小伤，不影响出行，两人彼此搀扶，或是蹒跚往庞百利来，或是跛脚往王章旅店去。我是听韦翰太太说，在林子里听见了枪响，后来问普雷特，果然是这样，为了保险起见，这才组成搜索队，正巧费兹威廉上校及时回来，身上又有配枪，便加入搜索行列。"

"哈勒子爵待会儿也会出庭作证，我们继续吧？在发现丹尼上尉的尸体之前，请问还发生了什么事？"

达西对此虽然滚瓜烂熟，无须事前排练，但仍慢慢儿斟酌语调，慎选用字，提醒自个儿是在出庭作证，而非三五好友闲聊，无须着墨那林子多静，除了脚步拖沓、车轮咿呀，此外悄然无声。他只需坦承事实即可。且听他说道，进入林中后，上校先离开队伍，警告毕威太太及其子女，说林中出了乱子，请将门窗关妥上锁。

"哈勒子爵可有说，这是他前往木屋的用意？"

"有的。"

"他去了多久？"

"十五到二十分钟，不过当下感觉更久。"

"他回来之后，你们便继续前行？"

"是的。后来普雷特找到丹尼上尉下车处，我们一行人进入林中，寻找丹尼上尉或韦翰先生的足迹。数分钟至十分钟后，我

们在林间空地发现丹尼上尉，韦翰先生则在一旁啜泣，我一看便
知丹尼上尉死了。"

"韦翰先生是什么情景？"

"他悲恸不已，从他的语调和口气，想来是喝了酒，而且喝
了不少。丹尼上尉脸上满是鲜血，韦翰先生的手上和脸上也沾了
一些，想来是碰触其友所致。"

"韦翰先生可有说话？"

"有的。"

"说了什么？"

终于问到这令人恐惧的问题。在那骇人的几秒钟，他脑筋
一片空白，这才看着卡莱特道："先生，我想我能一字不漏背
出他的话，但先后顺序或许有些颠倒。我记得他说：'是我杀
了他！全是我的错。我的朋友，我唯一的朋友，就这么给我害
死了！'最后又说了一次：'全是我的错'。"

"当下你认为他这话是什么意思？"

达西晓得整个法庭都在等他回答。他将目光移向法官，法官
缓缓睁开眼睛盯着他道："回答问题，达西先生。"达西这才猛
然惊醒，原来自个儿已经沉默了好几秒钟。他对法官说："当时
我见韦翰先生悲恸不已，跪在好友身旁。我以为他的意思是，要
不是他和丹尼上尉起争执，丹尼上尉也不会奔入林中，更不会遭
人害命。这就是我当下的感想。我在现场并未见到凶器，而且丹

尼上尉较韦翰先生魁梧，身上又有配枪，韦翰先生除非犯傻，否则绝计不会空手入林谋杀好友。或许他压根没想到，竟会在月光指引下，于蓊郁的林中找到好友尸首。依我看来，韦翰先生绝非凶手，既非冲动杀人，亦非预谋杀人。”

“你们一行人从进入林中到发现尸首，其间是否有听到或看见其他闲杂人等？”

“没有。”

“换言之，你发誓你发现了丹尼上尉的尸首，而当时韦翰先生就跪在一旁，满是血污，不止一次说要为好友的死负责。”

达西这次沉默得更久，这辈子头一次觉得落入圈套。末了，他回道：“先生所言极是。方才你问我，我对此作何感想，我已然回答，我以为韦翰先生并非认罪，只是吐露事实——若非丹尼上尉奔入林中，便不会遭人害命。”

但卡莱特不放过他，改变策略再问道：“倘若韦翰太太做了不速之客，贵府是否会接待？”

“自然会接待。”

“想来也是，毕竟她是你的小姨子。倘若换作韦翰先生不请自来呢？贵府可有邀韦翰夫妇参加安妮夫人舞会？”

“先生，你这是假设问题。韦翰夫妇何以非得受邀不可？我们两家早已不相往来，连他们住在哪里都不晓得。”

“达西先生，我以为你有回避问题之嫌。倘若你晓得韦翰夫

妇的地址，可会邀请他们？"

此时米克多起身，对法官说道："庭上，请问达西夫人的宾客名单，与丹尼上尉之死有何相干？凡人皆有权随意邀人到府上做客，无论来客是否为亲戚。只要与案情无关，便无须出庭解释邀请缘由。"

法官挪了挪身子，方才开口，其声果决，出人意表："卡莱特先生，你如此追问，可有理由？"

"庭上，我自有理由。我想显出达西先生与其连襟之交情，间接使陪审团得知韦翰先生之人格。"

法官说："我疑心有无受邀一事，是否真能显现此人之人格。"

此时米克多起身，面向达西道："你可晓得韦翰先生一七九八年八月爱尔兰一役之表现？"

"这我晓得。他英勇抗敌，身受重伤，因而获勋。"

"就你所知，他是否曾因重罪入狱，或曾经让警方盯上？"

"就我所知，从来没有。"

"你和他既为连襟，倘若他惹上以上麻烦，想必你不会不晓得？"

"倘若事关重大或一犯再犯，我必定会知晓。"

"据描述，韦翰当晚喝了酒。你们将他带回庞百利，之后如何处置？"

"我们扶他上床，并打发人请麦菲医生来看他们夫妻俩。"

"你们没将他锁起来，或是派人看守吗？"

"他的房门并未上锁，但派了两位警察看守。"

"既然你相信他无罪，派人看守是否有其必要？"

"他当时喝醉了，不能任他在屋子里乱闯，何况我家里还有孩子，实在不放心他的状况。此外，身为地方法官，我晓得卷入这种事的人，赛尔文爵士一来就要问的。"

米克多先生坐了回去，公诉人继续审问。"最后一个问题。你们当时一行三人，其中一位配了枪，你手中又有丹尼上尉的枪，照理说，丹尼上尉应该才遇害不久，凶手说不定就躲在附近，你们怎么没去搜？"

"我当时以为，尽快将尸首带回庞百利方是当务之急，况且那林子又密，就算躲了人，哪里找得着？再说我以为凶手早就跑远了。"

"你这说词有人可要以为不能尽信。发现有人遇害，当务之急应是缉凶才是。"

"我当下压根没想到那上头。"

"可不是嘛，达西先生，这我完全可以理解。你虽然矢口否认，但其实深信凶手就在眼前，自然不会想到要缉凶啦。"

达西还来不及回应，卡莱特便抢先做结，占得上风："我非恭喜你不可，达西先生，你真是敏捷，换成别人碰到这种状况，肯定不如你条理分明。毕竟你当时可是震惊万分啊。方才我问你，你们一行人看见被告满手血污、跪在遇害好友身边，当下你作何感想？你毫不迟疑推论出被告与死者起争执，导致死者跳车奔入林中，并忆及两人身形差异及其意义，尚且注意到现场并无凶器。凶手确实不帮忙，怎么不干脆把凶器留下？谢谢，你可以下去了。"

达西颇为意外，米克多竟然没有起身诘问，不禁纳闷是否自个儿表现太差，连辩护律师也无法挽救？他迷迷糊糊回到座位上，跟自个儿生起闷气，怨自己没用，艾韦顿不是说过，回答问题要当心吗？"先想一想再回答，但也不要想太久，想太久倒显得在算计。回答时要简单确实，人家问什么就答什么，切忌咬文嚼字。倘若答得不够清楚，公诉人会再追问。作证通常坏在说得太多，而非答得太少。"他显然多嘴坏了事，表兄肯定会有见识些，只可惜大错已铸成。

艾韦顿拍了拍达西的肩膀。达西难过道："我是不是把被告害惨了？"

"没有的事。你以控方证人身份，为被告提出有力证词，就连米克多也瞠乎其后。要紧的是，你的话陪审团都听见了，卡莱特再怎么努力，也无法将这段话抹去。"

控方证人一一上台作证。贝察法医证实了死因，两名警察巨细靡遗描述搜寻凶器经过，警方虽已在林中草丛发现石板，但仍无法证实石板便是凶器，而在经过彻底侦讯及搜查后，仍无证据显示案发前后有闲杂人等进出林中。

庭上传唤哈勒子爵上台作证，听众立刻鸦雀无声。达西不禁纳闷，卡莱特为何将如此重要的人证摆在最后？莫非是想让陪审团留下深刻印象？表兄身穿军服现身，稍后还得赶往作战部。他信步走上证人席，向法官鞠躬，宣誓完毕，等待公诉人提问。在达西看来，表兄的神情略为不耐，仿佛急于打赢胜仗的将士，虽然乐意向法院致敬，却不愿依其想法行事。只见他军装笔挺，据称是最英俊潇洒的军官。忽听得一阵窃窃私语，旋即又小了下去，眼见前几排贵妇倾身向前，看在达西眼里，宛如系着缎带的小狗嗅着美味的珍馐。

公诉人仔细审问上校案发经过，从他夜骑归来加入搜索队，一路问到赛尔文爵士接手侦办。案发稍早，他骑马至兰姆墩王章旅店赴约，案发当时，他在旅店内与某位外地人密谈。卡莱特问起韦翰皮夹里那三十镑，上校从容回答说，那三十镑是他转手交给被告，让被告拿去还赌债，本来两人讲定不许张扬此事，但为了出庭作证，不得已失信于人。至于那位恩人的名字，他不打算透露，但绝非丹尼上尉，这笔钱也与本案无关。

此时，米克多先生起身道："上校，你能否向庭上保证，这笔钱不打算用在丹尼上尉身上，而且与本案毫无关联？"

"我保证。"

接着，公诉人又回到韦翰伏在尸首上说的那番话，询问上校作何感想？

上校顿了几秒，说："先生，我虽不善于洞察人心，但我同意达西先生的看法，对我而言，这完全是出于直觉，而非经过缜密推论。我并不鄙视直觉。直觉救过我几次性命，直觉虽然是就显见事实作下意识判断，但未必就是错的。"

"你难道没有想过，先缉凶要紧，暂且不管尸首？我以为，像你这样的优秀司令官，定会如此指挥。"

"先生，当时人手不足，贸然深入未知恶境，将令后方受敌，所以并未考虑。"

公诉人未再追问，控方证人审讯到此结束。艾韦顿向达西耳语道："米克多厉害。上校证实了你的证词，让人对普雷特的说法起疑，看来这案子有希望了，但先听听韦翰的答辩和法官的判语吧。"

8

虽然偶尔可听见几声鼾声，显见这法庭闷热，令人昏昏欲睡；但此刻众人低语纷纷，以手肘互推，群情激动，韦翰起立说话了。他的声音清楚，语调沉稳，但不带感情，听在达西耳朵里，仿佛在念保命咒，不像在说话。

"本人涉嫌马丁·丹尼谋杀案，因公诉人所指罪行与事实不符，请庭上明察，还本人清白，我愿于此接受国法审判。六年前，我与丹尼上尉同为军队效命，同胞同泽，互助互持，亲爱精诚，视彼如己，他若有难，我赴汤蹈火，在所不惜。他遭懦夫击毙之时，我若在现场，势必舍身相救。据证人所指，案发当晚我俩在旅店曾起争执，虽只是朋友之间一时失和，但全是本人之过。丹尼上尉乃正人君子，有情有义，看不惯我上愧国家，不告退职；下愧妻子，居无定所，又不满我要妻子夜宿庞百利，以便参加舞会，他认为此举不顾他人，徒添达西夫人困扰。我以为，他不满本人行止，愤而下车，奔入林中，我立即追上前去。是夜狂风作乱，树林茂密，险象环生。我虽不否认说过证人指称之语，然意在表明，由于言语失和，导致友人奔入林中，因此丹尼之死，我责无旁贷。本人是夜贪杯，只记得发现尸首时，惊恐万状，只见他血流满面，观其瞳孔，果然亡故，一时震惊恐惧，可怜可叹。但我并未因此怯懦，立即四下缉凶，手持友人之枪械，朝某身影连开数枪，随之入林缉拿；忽然一时醉意上涌，其后之事，不复记忆，只知我跪在友人身边，搜索队前来救援。

"诸位陪审员，本案指控不实，本人若果真重击友人头部，何以现场不见凶器？警方既已彻底搜证，何以仍不见凶器呈堂？至于蓄意谋杀之说，我以为丹尼身上配枪，身形高大，我几无胜算，敢问本人动机为何？至于目前尚无生人出入林中之证据，不等同于林中并无闲杂人等，此人犯案后，必不会于林中逗留。我在此发誓，马丁·丹尼谋杀一案，与本人毫无关联，在此愿接受国法审判。"

法庭里鸦雀无声，艾韦顿向达西耳语："这下不妙。"

达西压低嗓子道："何以见得？我以为他已全力以赴，论点条理分明，一来两人并未爆发严重口角，二来凶器至今尚未寻获，三来蓄意追杀友人一说缺发动机，有违常理。哪里不妙了？"

"这不好解释。我时常听被告答辩，只怕韦翰这答辩不成事，虽然解释得有条有理，却没有自己无罪的把握，答辩时过于小心，毫无感情，虽然诉请无罪，心里却自觉有罪，这一定会让陪审团察觉出来。尽管他并未杀人，但心中却充满内疚。"

"人难免如此。愧疚岂非人性？陪审团大可怀疑他，但凭他这番话，我相信他无罪。"

艾韦顿说："但愿陪审团也作如是想，但我并不乐观。"

"倘若他当时果真醉了呢？"

"他虽然声称自己案发当时烂醉如泥，但在旅店时却不用人扶也能上车。方才控方证人审讯时虽未追究此事，但依我看来，他当时究竟有多醉，实在令人怀疑。"

方才答辩时，达西定睛看着韦翰，如今不禁望向杨格太太，反正两人全无四目相交之虞，杨格太太一双眼睛都盯在韦翰身

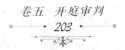

上，偶可见她掀动嘴唇，又像在祈求，又像在跟着韦翰念，仿佛那一字一句皆出自其手笔。他望向被告席，只见韦翰盯着前方，再转向法官，准备听他向陪审团下判语。

9

墨柏礼法官方才并未做笔录，只见他凑向陪审团，仿佛判决一事与余者毫不相干，达西不禁竖起耳朵，且听其声铿锵悦耳，在场者皆得听闻。他爬梳证词，简洁扼要，慢条斯理，丝毫不顾时间。达西以为，其最后结语显然相信被告，因此兴致大好。

"本案耗时也久，感谢诸位耐心听审，留心证词，眼下该推敲证词、做出判决了。本案被告原为职业军人，战绩彪炳，因而获勋，然此点不应纳入考虑，诸位之判决，应以证词为依据。诸位责任虽重，然本庭相信诸位必会秉公执法。"

"本案最大疑团，在于丹尼上尉何以弃车入林，本来他安坐车中，且有韦翰太太在场，必无爆发冲突之忧。方才被告已解释丹尼上尉何以夺车而出，想必诸位一定疑心，此说不知合理否。然人死不得复生，本庭仅能凭韦翰先生之证词来判断。诸位之判决不得无凭无据，必须考虑各方之证词，思考搜索队发现尸首时，被告何以言其所言。诸位方才已听见被告阐释其所言何意，相信与否，则由诸位裁决。倘若诸位排除种种疑虑后，相信乔治·韦翰系杀害丹尼上尉之凶手，请判有罪；倘若无此把握，则被告有权无罪获释。以下便让诸位商议，如有需要，可至陪审室协商。"

10

审判进入尾声，达西筋疲力尽，仿佛站在被告席的是他，而不是韦翰。尽管他想向艾韦顿问个心安，但一来自尊心作祟，二来问了也没用，因此作罢。如今众人无计可施，只能听天由命。陪审团已退入陪审室商议判决，法庭里人声嘈杂，宛若巨大无比的鹦鹉笼，议论着方才的证词，打赌判决的结果。众人并未等太久。不到十分钟，陪审团回来了。书记官声音洪亮，威严道："谁是主席？"

"是我。"陪审团主席起身，他皮肤黝黑，身材高大，审判时常常盯着达西，颇具领袖风范。

"判决结果出来了？"

"出来了。"

"犯人有罪无罪？"

陪审团主席毫不迟疑道："有罪。"

"这可是诸位的共识？"

"是。"

达西晓得自个儿倒抽了一口气。艾韦顿的手搭上他的臂膀，要他镇定。法庭里众声喧哗，有人扼腕，有人抗议，有人哭号，瞬间又安静下来，一齐转头看向韦翰。群情愤慨中，达西闭上双眼，却不得不逼自己正视现实，遂定睛往被告席一看，只见韦翰呆若木鸡，脸色死白，张口欲言，却一个字也说不出来。他双手死抓着栏杆，仿佛一时腿软，好一会儿才恢复气力，挺起腰杆站直，达西在一旁看着，忽觉浑身僵硬，且看韦翰盯着法官，张口说话，起初虽然声音粗哑，但愈说愈洪亮："我是无辜的，庭上。我对天发誓，我是无辜的。"他眼神狂乱，环顾四下，拼命找寻和善的面孔，出声附和他确实无辜。他再次使劲说道："我是无辜的，庭上，我是无辜的。"

达西转向杨格太太方才坐的位子，只见衣裙飘飘、群扇摇摇，却不见她朴素静默的身影。她走了。想必判决一下来就走了。达西晓得必须找到她，非得弄明白丹尼的死与她何干，她为什么来听审，而且还和韦翰视线交缠，仿佛在互相打气？

他挣脱艾韦顿，一路挨挨挤挤到门边。这门关得严实，挡住外边的群众，听那鼎沸的人声，显然是铁了心要硬闯进来。如今法庭里又是一片人声嘈杂，其中惋惜的人少了，愤怒的人多了。法官扬言要警方或军队把几个闹事的带走，达西听见身旁的人说："怎么不判他死刑？天地良心！还不快逮住他，拖上绞刑架？"此时忽听得一声叫嚷，听那声音，大有得意之意，达西转过头，只见两人叠着罗汉，挥舞着一顶黑色方帽，达西一看，直打哆嗦，那岂不是法官判死刑时戴的帽子？

他拼命守在门边，门外的群众将门撞出一条缝，他慌忙溜出去，挤过人群，来到马路上，这儿也是人声鼎沸，有人惋惜，有人呼号，有人叫骂，但更多人悲叹。一辆笨重马车停了下来，群众试图把马夫从车上拉下来，且听他喊道："不是我的错。你们不也看到了？是她自个儿扑倒在车轮下的！"

只见杨格太太横尸在地，宛如流浪猫狗，给辗得血流成河，马儿踩在血泊里，闻到血腥味，一边嘶鸣一边后退，马夫简直驾驭不住。达西瞥了一眼，便转身往沟里大吐，秽物的酸腐在空气中弥漫，身旁的路人直说："怎么不见灵车？为什么不来把她载走？横尸马路成何体统？"

马车上的乘客原本要下车，一看见车外的群众，立刻缩回去，显然在等警察来主持秩序。群众愈聚愈多，其中有似懂非懂的孩童，也有怀抱娃儿的妇女，娃儿听见人声嘈杂，吓得"哇哇"大哭。达西束手无策愣在一旁，心想不如回头去找上校和艾韦顿，或许能听到几声安慰。可他心里明白，眼前此情此景，毫无安慰可言。

这时，他看见那顶帽子，镶着绿色和紫色缎带，想必是方才撞飞了，沿着人行道朝他滚来，一旁的妇人见状，胳臂下挟着娃儿，手里拿了瓶琴酒，蹒跚至他跟前，弯腰捡帽子，斜戴在头上，冲着达西露齿而笑，说："反正她也用不着了。"语毕，扬长而去。

11

群众争相到路上目睹死尸，法庭门口人潮渐散，达西挨挨蹭蹭到门前，跟着人群挤了进去，只听见有个洪亮的声音喊道："供状来啦！他们把供状带来啦！"一时之间，法庭里众声哗然，眼看韦翰就要给拖出被告席，幸而法警一拥而上。韦翰怅然若失，颓然坐倒，把脸埋进手心，群众更加鼓噪。就在此时，达西看见警察簇拥着麦菲医生和欧立凡牧师，心中不禁纳闷，不知两位何以来此？只见两张椅子给拖了过去，那两位仿佛气力耗尽，猛然倒进椅子里。达西虽然想挤上前，却无法穿过闹哄哄的人群。

群众一窝蜂拥到法官面前，法官卖力敲着木槌，好不容易才让声音压过鼓噪，众人安静下来，听他说道："法警，把门锁上。再有骚动，立刻退庭。方才本庭详阅的文件，据称是一份签了字的供状，并由两位作证。麦菲医生，欧立凡牧师，这可是两位签的字？"

麦菲医生和欧立凡牧师齐声说："是的，法官。"

"两位带来的这份供书，可是由署名于两位之上者所撰写？"

麦菲医生道："回庭上，绝大部分是。威廉·毕威于行将就木之际、缠绵病榻之时写下这份供状，尽管笔迹战抖，尚称清晰可读。末段字迹大变，系由本人代笔，威廉·毕威口述。当时他虽能说话，却无力提笔写字，故仅签名而已。"

"既然如此，本庭先请辩方律师代为宣读，再斟酌本案如何了结。底下打岔者，皆由法警带出。"

法庭里鸦雀无声。杰雷·米克多接过供状，推了推眼镜，先瞥过一遍，再朗声念道：

本人威廉·毕威，出于自由意志，写下此份供状，交代十月十四日夜里庞百利林中命案始末。本人命在旦夕，故而出面自首。案发前，我睡在木屋二楼面向屋前房间，当时屋里只剩外甥乔治，母亲和妹妹因为听见鸡舍叽叽嘎嘎，担心狐狸来犯，故而出门查看。我身子孱羸，母亲虽不让外出，仍想从窗边一探究竟，遂从床上撑起身子，凑向窗边，外头风刮得紧，月光皎洁，只见一名军官身穿军装，从林子里走出来，朝木屋这里看。我赶紧躲到窗帘后面，以免让人看见。

舍妹路易莎曾说过，去年险遭某位驻兰姆墩军官夺去贞操。我一看便知，舍妹口中之人，必是眼前此位军官无疑，他定是来此带走舍妹，否则何以夜访吾家？当晚父亲不在，无法保护舍妹，我常年缠绵病榻，既无力养家，也无法保家，每思及此，不免感伤。因此，我穿上拖鞋，勉力下楼，拿了拨火棒便往外走。

该名军官走向我，举手以示友善，但我可没上当。我蹒跚前行，等他走到跟前，便将拨火棒死命一挥，击中他的额头，虽然力道不大，但也害得他皮开肉绽，血流如注。他抬手想去擦血，但我晓得他什么也看不见，只见他踉踉跄跄往林子里去，我心里一阵得意，手脚也有了力气，直到他跑不见了，才听见一声巨响，仿佛大树倒下。我扶着树干往林子里走，借着月光，看见他绊到狗儿小兵的坟头，往后仰倒，后脑勺碰在墓石上，由于他身材魁梧，这一下摔得可真响，但谁晓得他会就这样摔死了。我当下只觉得骄傲，总算保全了舍妹，只见他翻过身，四肢跪地，爬行前进。我晓得他是怕我追杀，但我早已无力追赶，只高兴他总算不会再回来了。

我不记得怎么回家的，只记得我用手帕将拨火棒上的血迹擦掉，将手帕扔进壁炉里。此外仅存的记忆，便是母亲扶我上楼，骂我准是犯傻了，竟然擅自离家。但和那位军官的过节，我是只字未提。隔天早上，听说费兹威廉上校稍晚来过，说是有两位先生在林子里迷路，但我并未放在心上。

　　我一直保持缄默，后来韦翰先生羁押候审，我依旧闭口不提此事；纵使韦翰先生身陷囹圄，我还是三缄其口。但我晓得迟早要自首，倘若他被判有罪，也好还他清白。我决意向欧立凡牧师告解，他说韦翰先生再过几天就要受审，遂命我立刻写下供状，好在开审之前送往法院。欧立凡牧师打发人去请麦菲医生，我问医生自个儿还有多久可活，他说不确定，最多一周，并劝我赶紧写下供状并画押，因此，当晚我便于两位面前自白。以上所言，绝无半句虚假。我晓得自己来日无多，迟早要接受上帝审判，祈求上帝宽恕。

　　麦菲医生说："这份供状花了他两个钟头，全仗我在一旁给药。欧立凡牧师和我都确定他死期将近，于是在上帝面前坦承事实。"

　　法庭里先是一片静默，接着是一片哄然，众人全都站起来，又是跺脚，又是吼叫，几名男子开始呼口号，不久众人便齐声高喊："放了他！放了他！开释！"警员和法警将被告席团团围住，几乎看不见韦翰。

　　庭上再次大声要求肃静，法官对麦菲医生说："能否请您解

释一下，为什么这么重要的文件，却在宣判前一刻才带来？如此
引人注目之举，既蔑视法官，也藐视法庭。请您解释清楚。"

麦菲医生说："庭上，我们深感抱歉。此供状写于三日前，
欧立凡牧师同我一同见证自白，当时已近深夜。隔天一早我俩便
乘车前来伦敦，途中仅稍事停留一次，一则草草果腹，二则让马
儿喝水。欧立凡牧师年逾六旬，赶路赶得精疲力竭，想必庭上一
看便知。"

法官没好气道："每遇审判，关键证据时常给耽搁。本庭
以为，这实非二位之过，故而接受道歉。接下来，本庭将与顾
问商讨，其间将羁押被告，待内政大臣、大法官、王座法庭庭
长等执法官员，共同考虑动用王室特赦。本庭身为预审法官，
自然有权发言。鉴于这份供状，本庭暂不宣布审判结果，但陪
审团的判决依旧成立。诸位请放心，但凡清白之人，本国法庭
绝不判死刑。"

法庭里响起一阵呢喃细语，但众人渐渐散去。韦翰还站在
被告席，十指紧扣栏杆，紧得指关节发白。他脸色苍白，动也
不动，仿佛魂游天外。警察一一掰开他的手指，仿佛当他是个
孩子。证人席至侧门之间给让出一条路，韦翰头也不回，默默
让警察挽回大牢里。

卷六　慈爱教堂街

鉴于申请特赦手续繁杂，众人讲定让艾韦顿留下来陪米克多先生，达西因为想见伊丽莎白，便独自走回慈爱教堂街。下午四点钟，艾韦顿一个人回来，说后天下午会完成特赦手续，届时将由他护送韦翰来慈爱教堂街，沿途只盼能避人耳目。他已雇了马车至监狱后门接应，另一辆则停在正门做幌子。所幸达西同伊丽莎白借住葛汀纳府上的消息并未走漏，外传两位下榻在某上流旅馆。只要韦翰获释的时间保密到家，便能神不知鬼不觉将他接至慈爱教堂街。目前他已回到冷浴泉监狱，监狱牧师孔百德已和他结为莫逆，遂安排他获释当晚至牧师公馆小住，韦翰也表示愿意，但会先向达西和上校交代案情始末，至于葛汀纳夫妇邀他住下的好意，他则说心领了。葛汀纳夫妇此番邀请，原是怕失礼之故，因此听他出言婉拒，倒也松了一口气。

达西说："真是奇迹，韦翰得救了，但是陪审团的判决实

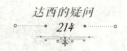

在蛮横无理，怎么会判他有罪？"

艾韦顿说："这我可不同意。"在他们看来，韦翰分明已经认罪，而其中又有太多疑团尚未解开。例如，丹尼上尉为何在狂风缭乱之夜中途下车，闯入陌生的密林？难道只是为了避免尴尬，不想送韦翰太太到庞百利？再怎么说，她都是达西夫人的妹妹。而韦翰究竟在伦敦犯下多少勾当？倘若丹尼不愿再当他的共犯，韦翰会不会在离开德贝郡之前杀他灭口？

"但陪审团之所以判韦翰有罪，其实另有隐情，我是从某位陪审员口中听来的。据说陪审团主席有位钟爱的侄女，其夫在爱尔兰之役丧命，该主席从此对军队恨之入骨。倘若此情泄露，韦翰便能质疑该主席，但他和侄女婿的关系实在太远，名字怎么也连不起来，因此这秘密想走漏也难。韦翰在审判之前，便明言放弃权利，既无意质疑陪审团人选，也不想请证人担保其人格。他打从一开始便过于乐观，最后咎由自取。他确实功勋彪炳，负伤为国效命，也乐意接受国法制裁。倘若他的誓言不可信，哪里还有正义可言？"

达西说："但我还有个疑点，想听听你的意见。你认为垂死之人有这么大的力气，竟能让人头破血流？"

艾韦顿说："我相信。我当律师这几年，曾看过病危之人在急需时生出偌大力气。他下手也不重，虽是踉跄入林，但走得也不远；不过，我不相信他有办法自己回到床上。我想他离家时并未将门掩上，他母亲因此追出来，找到他，扶他回家，拨火棒上的血迹八成是他母亲擦的，手帕也是她烧的。但我以为，将这些疑点公诸于世，无益于主持正义，而且根本没有证据。我们应该要高兴，王室特赦要下来了，韦翰要获释了，他在苦难中展现无比勇气，希望他能从此一帆风顺。"

这天晚饭吃得特别早，也特别安静。达西本来以为，韦翰逃过绞刑架是天大的福气，相比之下，其余担忧都变得微不足道，然而，正因心头大患已除，小忧小患反而爬上心头。不知韦翰来了会说什么，他愿意远走他乡吗？倘若愿意，他和丽迪亚启程前要在何处落脚？他和伊丽莎白在葛汀纳府上叨扰期间，要如何避免众人七嘴八舌？而在这起疑案中，上校又扮演了什么角色？他有种不祥的预感，只怕家里要出事，巴不得立刻回庞百利。他晓得伊丽莎白也已连月不得安眠，身心俱疲的后果，便是随时感到大祸临头。这种情绪似乎感染了众人，因而各个心生内疚，不敢大肆庆祝这宛若奇迹的审判结果。尽管葛汀纳夫妇热情好客，叫了一桌好菜回来，众人却几乎一口也没吃，最后一道菜才上完，便回房休息了。

了无牵挂睡了一夜，隔天一早，众人显然兴致大好，打起精神应付接下来的一切。上校还留在伦敦没走，这天也上慈爱教堂街来了。他先问候葛汀纳夫妇，接着便说："达西，我有事跟你说。这件事其实我也有份，如今总算能向你坦白，在韦

翰来之前，你有权知晓这一切。虽然我只想告诉你，但你大可转述给达西太太听。"

上校将来意告诉葛汀纳太太，她建议两位到起居室详谈。心细如她，早已将该处收拾妥当，明日韦翰和艾韦顿一到，众人便能在此聚谈，纵使讲的不是什么愉快的内容，但大伙能舒舒服服坐在一处也好。

两人坐下，上校倾身向前道："我以为有必要先找你谈，好让你判定韦翰的说词。我和他虽然不以自己的行为为傲，但我已竭尽所能，想必他也已倾尽全力，算是我对他的赞美吧。我不想为我的行为辩解，只想尽量长话短说，交代首尾始末。

"一八〇二年十一月下旬，我接获韦翰来信，信件寄至我当时在伦敦的住所，三言两语说他惹上麻烦，倘若我愿意见他，替他出主意、尽点力，他将不胜感激。我虽不想和他扯在一块儿，但毕竟曾欠他人情，这是不能赖的。当年爱尔兰之役，承蒙他救了我麾下一名上尉性命。这上尉是我的教子，年纪尚轻，当时重伤在地，后来虽然不治，但他这一救，至少让我和他母亲有机会向他道别，确保他走得安稳。这样的恩情，凡是正直之人必不会忘，因此我读完信，便答应见他一面。

"这事也寻常，说来也简单。你晓得韦翰的太太时常去海马腾庄园做客，其间韦翰便在附近旅社或出租公寓下榻，胡乱找点事做，等他太太来找他。那几年他们东飘西荡，四处碰壁，

在我看来，他离开军队真是失策，退伍之后，他换过好几份差事，
没有一个地方待得久。上一份差事是在艾略特爵士底下做事，
这饭碗后来也丢了，离开的理由虽然没有明讲，但听说艾略特
爵士颇为韦翰太太倾倒，艾略特小姐不大自在，而韦翰又无法
不去招惹艾略特小姐。如今我把这事说与你，好让你明白他们
夫妻过的是什么日子。后来他四处找事，韦翰太太则上海马腾
庄园投靠姐姐，过得倒是舒服，韦翰则只得自求多福。

　　"你当记得，一八〇二年的夏天格外风和日丽，他为了省钱，
便以天为顶、以地为床，这在军人也稀松平常，况且他又喜欢庞
百利那片林子，有时便从兰姆墩的旅店步行过去，在林子里过个
几天几夜，就这么认识了路易莎。路易莎的日子过得寂寞又乏味，
她辞掉了庞百利的工作，回家帮母亲照顾兄长，未婚夫又埋首工
作，久久才来看她。她和韦翰在林子里邂逅，韦翰见了漂亮的女人，
自然起心动念，而路易莎又不会拒绝人，两个碰在一起，难免要
出事。他们时常在林子里碰头，后来路易莎疑心自个儿怀孕，便
去找韦翰商量，韦翰起初对她既同情又慷慨，认识他的人晓得了，
肯定大吃一惊。他似乎动了真心，甚至有些坠入情网。姑且不论
他是何居心，也不论他用情多深，总之他和路易莎想出一条法子。
她写信给嫁到伯明翰的姐姐，请姐姐等她肚子大了，就接她过去
住，娃儿生下以后，就说是姐姐的。韦翰希望辛普金夫妇将娃儿
视如己出，将他抚养成人，但晓得这事没钱办不成，因此找上我。

凭良心讲，这事除了我，大概没人帮得了他。

"我虽然了解他的为人，但我不像你这么痛恨他，况且也想卖他个人情，此外最要紧的，是不想让庞百利蒙羞。这娃儿虽是私生子，但韦翰和你毕竟是连襟，再怎么说，这娃儿都是你和宾利的外甥或甥女。因此，我和他讲好，我先无息借他三十镑，日后他手头方便再慢慢摊还。我当然不奢望他还钱，但这点钱我还出得起，只要这私生子不住庞百利、不上庞百利的林子玩耍，要我拿多少钱出来都没问题。"

达西说："你这慷慨得不仅古怪，认识他的人恐怕还要说你慷慨得傻气。想必你还有些私心，不只是害怕庞百利门风败坏而已。"

"纵使有，对我的名声也无碍。我承认自己确实另有所图，当时虽然以为有指望，但如今已经彻底死心，不过，即使你晓得我的企图，想必你还是会为自个儿和庞百利打算，以免家族蒙羞。"

他不等达西回答，兀自往下说道："他们这法子倒也直截了当。娃儿出生后，便以看外公、外婆和舅舅的名义，将娃儿带回林中小屋。韦翰当然也想看娃儿健康的模样，便相约安妮夫人舞会一早，趁众人忙得不可开交，两人将钱转手，并雇了一辆马车，在林中小径候着，让路易莎将娃儿送回姐姐家。当时林中小屋只有威尔和毕威太太，这条计谋他们也晓得，女孩子存了这番心事，自然瞒不过母亲，而路易莎和他兄长又亲，兄长又足不出户，当然也晓得此事。他们三人议妥，此事万不可让父亲知晓。路易莎告诉母亲和兄长，说娃儿的父亲是位军官，去夏离开兰姆墩。当时她毫不知情，原来自个儿的情郎就是韦翰。"

他说到这个当儿，顿了一下，端起酒杯，慢慢啜饮。达西也不说话，静静看他喝。过了两分钟，上校才再度开口。

"当时就我和韦翰看来，万事俱已安排妥当，娃儿交由阿姨和姨丈抚养疼爱，永不知其身世，路易莎也能顺利嫁人，这事儿就这么结了。

"韦翰这人不喜单打独斗，能找人同伙就尽量找人，心思也不够缜密，当年才会带丽迪亚一起跑，这回捅了娄子，自然说与丹尼知晓，杨格太太也知道。韦翰对杨格太太似乎一向言听计从，我以为他无所事事这段期间，都靠杨格太太接济。他请杨格太太私下到林子里看那娃儿过得如何，杨格太太便去了一趟。她乔装成游客，要路易莎将娃儿抱来林子让她瞧。但不看还好，一看就出事。杨格太太一眼看上这娃儿，决心要抱回去领养，碰巧此时又出了一桩倒霉事，让杨格太太捡到便宜。辛普金先生捎信来，说无意抚养别人家的孩子。看来路易莎在姐夫家做客期间，跟姐姐处得不大好，况且姐姐还有三个孩子要养，不久又要再添一子。辛普金先生信上说，最多再帮她带娃儿三周，要她赶紧再另外找人收留。路易莎将噩耗告诉韦翰，韦翰又告诉杨格太太。路易莎急着要找人家收留孩子，一听杨格太太愿意收养，便以为难题迎刃而解。

"韦翰告诉杨格太太，说此事我不仅出了力，还出了三十镑。她晓得我必定会上庞百利参加舞会，一则因为我一收假就往庞百利跑，二则因为韦翰太太经常去海马腾庄园做客，替夫婿打听到不少庞百利的消息。杨格太太写信到我伦敦的住所，说想领养那娃儿，由于我也是当事人，因此想同我商讨此事，又说她会在王章旅店待两天，遂约我十四日晚上九点在旅店碰面，她认为当晚是舞会前夕，众人必无暇理会我。然而，是夜我以夜骑为由，断然离开音乐厅，想必你定要认为我既失礼又古怪。我虽然明知杨格太太另有算计，但依然不得不赴约。你可还记得，当年我们初次见她，她优雅迷人，暌违十一年再见，虽然美丽依旧，却和当年判若两人。

"她口齿伶俐，能言善道。想必你还记得，我和她仅有一面之缘，当时她来应征乔安娜的伴护，我和你一同接见，你也晓得她那三寸舌多会说话。看来她生财有道，不但乘坐私人马车，还有马夫和女仆随侍。她拿出银行存款证明，表示有能力抚养娃儿，但是，她若有似无地笑着说，她这人很谨慎，只怕那三十镑不够使，希望可以加倍，但仅此一次，下不为例，倘若同意她领养，这娃儿将与庞百利永无瓜葛。"

达西说："你明明晓得她贪婪无度，专会勒索敛财，却还让她玩弄于股掌之间。她生活如此富裕，除了收租之外，必然还有其他财源。我前几次同她交涉，便已摸清她的为人。"

上校说："前几次同她交涉的是你，不是我。我承认让她担任伴护一职，系我俩共同决定，但我和她也就只见过这么一次。你后来虽然还同她交涉了几次，但细节我毫不知情，也无意知晓。我听她说得振振有词，再看看她拿出的文件，确信让她收养那娃儿再合情合理不过。杨格太太显然很爱那孩子，愿意照顾他、供他读书。最要紧的是，此后这娃儿和庞百利再无关系，纵使对他的身世起疑，也想不到你府上去，这才是我最看重的事，换做是你，想必也是如此。但这事儿到头来还是要看路易莎的意思，我自然不会背着她的心愿行事。"

"亲骨肉让惯会敲诈的不正经女人收养，路易莎当真会高兴吗？难道你以为，杨格太太不会再三向你讨钱吗？"

上校笑着说："达西，有时你实在天真得教我诧异，除了庞百利之外，你对外界几乎一无所知。人心并非如你所想那般非黑即白。杨格太太虽然会敲诈人，但她深谙个中之道，只要敲诈得审慎有理，倒也是桩生意，唯有那些不明就里的，才会敲诈敲到坐牢或上绞架。她会掂一掂斤两，不会弄得人家破产或是走投无路，而且她信守承诺。你打发她走之前，想必也付了一笔遮口费，后来她可有向谁提过担任伴护一事？韦翰同丽迪亚私奔那次，你花钱向她打听小两口的下落，她可有拿往事勒索你？我这不是在替她说话，我晓得她的为人，但我以为，比起奉公守法之辈，她或许更好对付些。"

达西说："表兄，我可没有你想的那么天真。我老早便晓得她那套把戏，所以杨格太太的信到哪儿去啦？我倒想看看她答应了哪些事，让你不仅赞成她收养娃儿，甚至还掏出更多钱来，真是有意思。你不可能那么天真，以为韦翰会还你那三十镑吧。"

"我把信烧了，就是睡在书房那天夜里。我看你睡熟了，便把信扔进壁炉里，反正将来也用不着。纵使杨格太太别有用心，出尔反尔，我又能拿什么控诉她？我一向以为，凡是不可告人的信件都该销毁，这才是最安全的法子。至于原先那三十镑，我请杨格太太去向韦翰讨，我有把握她一定讨得回来。她经验老到，又会劝诱人，这我可没办法。"

"这么说来，你提议在书房过夜，隔天又早起去看韦翰，原来早有预谋？"

"我打算去看他清醒了没，趁机向他耳提面命，不管人家怎么问，都别把那三十镑的来历说出来，待我吐露实情，他再出声附和。不论警方问案也好，法官审判也好，我总说那三十镑是借给他还债，这倒也是实情，而且我还说我起过誓，不能将欠债的原因说出来。"

达西说："我怀疑世上哪有法庭会要哈勒子爵食言。他们只会问那笔钱是不是给丹尼的。"

"我会回说不是。对于辩方而言，这说法必须在法庭上成立才行。"

"有个问题我纳闷了很久，我们出发去找丹尼和韦翰之前，你连忙赶去找毕威，想必是去劝他别来驾马，也别回家。当时你抢先我夫人办了此事，我不禁在暗地里怪你多事，如今回头想一想，终于明白毕威何以不得回家，也晓得你为何要警告路易莎。"

"原是我逾矩了，容我事后道个歉。我必须知会毕威母女一声，说原本讲好来接娃儿的马车大概不会来了。我当时对这骗局厌倦不已，也该让真相大白了。我告诉毕威母女，韦翰和丹尼上尉在林子里迷了路，而韦翰就是这娃儿的生父，达西先生的连襟。"

达西说："毕威母女听了必定万箭穿心。真难想象她们多震惊，一来晓得了那娃儿是韦翰的私生子，二来又听说韦翰和友人在林子里迷了路，此外又听见了那枪响，想来都做了最坏的打算。"

"我当时也没办法安慰她们，毕竟时间不够。毕威太太喘着大气道：'我那老伴一定气坏了！韦翰的儿子竟然在咱们屋里！这人败坏了庞百利的门风，主人和太太一提到就咬牙切齿，如今还让咱们一家蒙羞！'她说这话的顺序挺有意思，但我很担心路易莎，她听完险些昏倒，幽幽走到壁炉旁，拉了张椅子坐下，浑身发抖。我晓得她吓坏了，却束手无策，还赶着要回去和你们会合，你和艾韦顿定没料到我会去那么久吧。"

达西说："毕威家世代为庞百利效命，祖上就住在那林子里。她们这般心如刀割，原是效忠我府上的缘故。倘若那娃儿留在庞百利，或是经常来此走动，韦翰便能顺理成章上我这儿来，光想想就不是味儿。韦翰成年后是什么模样，毕威一家虽然从没见过，但听说我竟不让连襟到府上来，也晓得我和他是恩断义绝，老死不相往来。"

上校说："我和你们会合不久，便发现丹尼的尸首。隔日一早，杨格太太和王章旅店上下皆听说此事，庞百利命案闹得满镇风雨，众人皆知韦翰遭警方逮捕。当晚普雷特到王章旅店通报后，不可能不四处嚷嚷。杨格太太知晓后，想必娃儿也不要了，立刻动身回伦敦要紧，但不见得她对收养一事就此死心，或许韦翰来了之后，可以告诉我们后续情景。孔百德牧师可会一道来？"

达西说："想来会的。他替韦翰出了不少力，只盼韦翰能记得其教诲，但这或许只是妄想，韦翰大概已经厌倦囹圄，厌倦讲道，厌倦绞刑，除非迫不得已，不愿再与牧师为伍。此事下文如何，等他来了必能知晓。表兄，此次让你卷进我和韦翰的私事，万分抱歉。你那天也真晦气，竟然接见了韦翰，还给了他三十镑。我相信你是为了娃儿好，这才答应让杨格太太收养。这娃儿也真可怜，一出生就这样命运多舛，只希望他能在辛普金家开开心心，平安长大。"

2

午饭过后，艾韦顿从事务所打发一位书记过来，说王室特赦隔天下午就会下来，并递给达西一封信，要他不用马上回。来信者是冷浴泉监狱牧师孔百德，达西和伊丽莎白坐下来一同展信。

达西先生惠鉴：

在下与您素昧平生，此时贸然来信，您必大感诧异。我见过葛汀纳先生，或许他曾向您提过。请恕在下冒昧打扰，此时您府上必定欢天喜地，庆贺连襟无罪获释。然而，我以下所言，事关先生及贵府，还盼您好心细读。

容我先自我介绍。在下孔百德，冷浴泉监狱牧师，过去九年，致力辅导被告及受刑人，韦翰先生亦名列其中。丹尼上尉命案的来龙去脉，您自然有权知晓，明日即由韦翰先生亲述。

我将此信交与艾韦顿先生，请他连韦翰先生的话一同带到。韦翰先生希望您先读过此信，乃知在下亦一同为其人生打算。韦翰先生在狱中尽管坚毅非常，但仍不免害怕被判罪，此乃人之常情，而我之职责，在于指出唯有主能宽恕他，主赐予我们力量，让我们劈开荆棘。我于开导期间，得知其人生经历。坦白说，我身为英国国教圣公会成员，并不相信秘密告解，但在下向您保证，囚犯之告解绝不容外人侵犯。我鼓励韦翰先生相信自己必能获释，韦翰先生倒也乐天知命，尝于豁达之时，向我擘画其人生愿景。

韦翰先生急欲离开英国，到新世界闯荡。他有此决心，我亦有立场助其一臂之力。五年前，胞兄远渡重洋，移居维吉尼亚州，于当地从事马匹买卖，胞兄深谙此道，生意兴旺，近来欲扩大事业版图，四处寻访熟谙马性之助手，并于一年前致信在下，信上说，凡经我举荐，便得试用半年。后来韦翰先生转入冷浴泉监狱，我经常前往探视，甫接触之初，便觉此人个性不凡，经历丰富，堪为胞兄之助手，倘若最终得以无罪开释，在下势必举荐。韦翰先生骑术精湛，骁勇无双，在下向他提及此事，他以为机不可失，虽不曾问过太太的意思，但据其所言，韦翰太太乐得离开英国，至新世界闯出名堂。

然而，想必您不难想见，如今万事俱备，只欠盘缠。韦翰先生承望您好心好意，借他旅费和前四周开支，膳宿则由胞兄供给，那马场离威廉斯堡市又近，不过两里路，韦翰太太贵为乡绅之女，在那儿不愁无福可享、无处应酬。

倘若您答应此请、乐意出力，且看您何时何地方便，

让在下去拜访您，一则让您过目款子的细项，二则了解胞
兄提供的膳宿，三则看看胞兄的介绍信，让您了解其人品
及其地位。胞兄为人正直，待人公道，但绝不容人欺骗偷
懒。倘若韦翰先生热衷事业，或能从此杜绝诱惑。此番他
无罪获释，复因其战功彪炳，定要给人看作英雄，这名声
虽转瞬即逝，只怕害他难以改过自新，虽他曾再三保证，
定会痛改前非。

　　您随时能在冷浴泉监狱找到在下，请您放心，我对此
事全是一片好意，倘若您有任何不解，我乐意提供解答。

顺候大安

孔百德谨上

达西和伊丽莎白默默读完信，一语不发，把信递给上校。

达西说："我一定得见见这位牧师，好在韦翰来之前晓得其
盘算。倘若人家是一片好意，安排也妥当，且不管韦翰是否改邪
归正，至少能了却我和宾利一桩心事。虽然还不晓得他要借多少
盘缠，但他们夫妻俩留在英国，也少不了要资助他们。"

上校说："我疑心达西夫人和宾利夫人皆拿出体己让韦翰支
使。说穿了，韦翰去美国找事，你们两家都可以省下不少开销。
至于韦翰是否会洗心革面，我虽然不如孔百德有信心，但说到让
韦翰重新做人，其胞兄想必比你和宾利有办法。这事儿我也乐意

出钱，想来不碍事的。"

达西说："这担子我揽下了。我来回信给孔百德先生，请他明天早上来一趟，韦翰和艾韦顿下午就到了。"

3

达西打发人送帖去请，果然隔天礼拜结束，孔百德牧师便到了。观其文笔，料想应近中年，孰知一见之下，其外貌不若文笔老成，或许是他果真年轻，或许他尽管工作艰辛，但却驻颜有术。达西感谢他陪韦翰熬过牢狱之灾，但对韦翰改过自新一事闭口不提，况且他也不适合提。孔百德先生既不过于严肃，也不过于随便，达西十分欣赏。他将其胞兄的信和盘缠款项让达西过目，让达西在通盘考虑后，决定要拿多少出来援助韦翰夫妇，这两口子似乎由衷渴望展开新生活。

孔百德胞兄的信三周前从维吉尼亚寄来，信上表示信赖弟弟看人的眼光，并恰如其分描述当地生活，教人精神为之一振。信上说：

美国并不窝藏罪犯和害人精，也不包庇懒汉和老人家，
这里欢迎洗刷冤屈的青年，在苦难中展现毅力的青年，在

沙场上展现勇气的青年；我的助手必须受过良好教育，并且具备一技之长，尤以熟谙马性者佳，此地不论文化学养，皆不亚于欧洲大城，而且机会遍地，处处生机，将来国势必与大英帝国并驾齐驱，而其自由博爱精神，足以为万国榜样。

孔百德牧师说："我胞兄信赖我赏识韦翰先生的眼光，我也相信他的一片好心，必会倾力协助韦翰先生在美国安身立命。我胞兄尤其想找有家室的英国移民。两个月前，我向胞兄举荐韦翰先生，当时虽未开庭，但我坚信韦翰先生无罪，相信他就是我胞兄在找的人。我一眼便知囚犯好坏，而且从不看走眼。然而，韦翰先生虽然有心改过，但我仍不免暗示胞兄，韦翰先生过去有些事迹，恐怕会令谨慎者却步，但我也让胞兄知道，韦翰先生已痛改前非、决意重新做人，其功远大于其过，我胞兄乃明理之人，绝不苛求他人十全十美。达西先生，人皆有过，若要得人宽恕，必先宽恕他人。倘若您愿意提供盘缠，并支付韦翰夫妇头几个月的开支，两周后，他们便能从利物浦港搭乘翡翠号启程。我认识翡翠号船长，对其人及船只皆有信心。我明白您需要时间思考，而且必须和韦翰先生讨论，但希望能于明晚九点前给我答复。"

达西说："今天下午，韦翰先生便会在艾韦顿律师陪同下来此。鉴于你方才所言，韦翰先生定会心怀感激，欣然揽下助手一职。我晓得韦翰夫妇原计先回朗堡，从长计议。韦翰太太思母情切，又想念闺中密友，倘若远渡重洋，恐怕难以再见亲友。"

孔百德牧师起身告辞，道："这一去，便永无相见之日。远渡大西洋并非儿戏，我的亲友大多一去不复返。达西先生，感谢您仓促之间还愿意接待我，也谢谢您大人大量，接受我的提议。"

达西说："先生多礼了，不必客气。我心意已决，日后绝不反悔。至于韦翰先生可就难说了。"

"先生，他不会反悔的。"

"你不等他到了再走吗？"

"不用了。我对他仁至义尽，晚上还要和他碰面呢。"

说完他大力握了握达西的手，戴上帽子离去。

4

四点钟，门外响起了人声和脚步声，韦翰和艾韦顿从法院回来了。达西一起身，便觉得心里不自在。他自幼学习绅士的言行，晓得应对进退必须得体，与人往来方能顺利。母亲偶尔也曾委婉表示，所谓礼貌就是尊重他人感受，尤其碰到对方地位不如自己，更应该要体贴，这条训诫，狄堡姨母显然从不放在心上。然而，这些规矩和训诫，却令他一时迷惘。对于被处以绞刑的连襟，应该如何应对进退？这规矩从没人教过他。他当然高兴韦翰逃过一劫，名声就此保住，往后日子安稳，但他自己的声望和人生呢？按道理讲，他应该悲天悯人，出于礼貌和韦翰握手，但他却以为不妥，因为这无异于欺骗，他根本无此意愿。

方才葛汀纳夫妇一听见脚步声，便连忙迎出去，如今外头传来他俩招呼客人的声音，却没听见客人应声。接着，起居室的门开了，葛汀纳夫妇簇拥着韦翰和艾韦顿，四人走了进来。

达西力掩震惊，不敢相信眼前这名男子就是韦翰，实在看不出他竟有能耐屹立被告席，朗声宣称自己无罪。他身上的衣服同审判当天，材质粗劣，整个人瘦了一圈，衣服松松垮垮，脸色白得发青，仿佛不久人世，不过一旦四目相接，便能瞥见从前那个韦翰，眼神带着算计和鄙夷。他看起来精疲力竭，仿佛区区血肉之身，无法同时承受入罪的打击和特赦的狂喜。但他仍是当年的韦翰，只见他鼓起勇气，昂然挺立，力图面对人生风风雨雨。

葛汀纳太太说："韦翰先生，你要不要先睡一会儿？点心可以晚些再用，但你需要先补眠，我可以带你到客房，再打发人送些吃的过去。你要不要先睡一下，或是休息一个钟头，再跟几位男士聊聊？"

韦翰盯着在场所有人，说："谢谢你的好意，我一睡就要好几个钟头，只怕永远不想醒来，而我心里的话却是不能耽搁的。我身子还行，但请人煮些浓咖啡过来，配些点心更好。"

葛汀纳太太看了达西一眼，说："这个自然，我早已打发人备下了，这就去看看好了没。我们夫妇俩就不打扰几位说话了。孔百德牧师晚饭后会过来，今晚的住处他已经替你安排好，届时你大可好好休息。等他一到，我们立即知会你。"说着他们便退出房外，将门轻轻掩上。

达西当机立断，走上前伸出手问候韦翰，那声音就连他自个儿听来，都嫌拘谨冷淡："恭喜你出狱，你在狱中展现惊人毅力，总算战胜不实指控。把这儿当自己家，你一边吃点东西，我们一边谈。虽然要讲的事情不少，但是我们可以慢慢来。"

韦翰说："不如马上来谈吧。"说着便坐了下来，众人也跟着入座，坐了半晌，也没人作声，正尴尬时，门开了，众人吁了一口气，仆人端着托盘进来，上头摆着一壶咖啡、一盘面包、起司和冷肉。仆人一退下，韦翰便斟了咖啡，举杯牛饮，道："吃相难看，请多包涵。我这阵子待的地方，可不是什么礼仪学校。"

他狼吞虎咽，不过几分钟的光景，便吃了个盘底朝天，接着将托盘摆在一旁，道："好啦，不如我先说吧，在场有费兹威廉上校可以对证，想必上校已经把我说成了大恶人，就算我再添上几条劣迹，想来也吓不倒各位。"

达西说："你用不着找借口，那套留给法官就好，对我们不妨从实招来。"

韦翰"嘎嘎"大笑道："但愿你们的成见不像法官那么深。想来大致的情景，费兹威廉上校都跟各位说过了。"

上校说："我晓得的事我才说，而我晓得的并不多，我想你在法庭上那套说辞，在场诸位也没人全信。我们有权晓得真相，一直在等你回来和盘托出。"

韦翰并未立刻接腔。他坐着，十指交握，低头看着手，忽然使劲挺直腰杆，仿佛背书一般，平平板板道："诸位应该晓得，我和路易莎生了个娃儿。前年夏天，我和路易莎相遇，当时丽迪亚在海马腾庄园做客，每年夏天她总爱在那儿待上几个礼拜，但人家不欢迎我，我只好在附近找便宜的旅社住，偶尔运气好，便和丽迪亚幽会。有几次我也想去海马腾的园子逛逛，但又怕要败坏人家门风，比起海马腾庄园，我更爱庞百利那片林子，那儿有我最快乐的儿时回忆，和路易莎在一块，仿佛重温儿时旧梦。我和她在林中邂逅，我寂寞，她也寂寞，成天关在屋里照顾半死不活的兄长，久久才能见未婚夫一面。她未婚夫野心勃勃，尽忠职守，整日在庞百利工作，听她这样讲，我想她未婚夫既不解风情，又有点年纪，只晓得做牛做马，哪想得到未婚妻烦闷焦躁。他晓得她聪明伶俐，却不懂得珍惜。我承认我勾引了她，但绝对没有逼迫她。我从不对女人用强，更从未看过爱得如此轰轰

烈烈的少女。

"后来她发现自个儿怀了身孕，我俩都愁云惨雾。她忧心如焚，说绝不能让母亲以外的人知晓，母亲反正也瞒不住，兄长来日无多，不该再让他烦扰，但他一猜即中，她便从实招了。她最怕的还是父亲难过。可怜的丫头，她晓得自个儿不论出什么事，都不比让庞百利蒙羞让父亲难受。但我实在不懂，分明是爱的结晶，有什么好丢脸？这种窘境在大家庭司空见惯，但她就是觉得见不得人。她想出一条办法，她母亲也默许，就是在她肚子大起来之前，就先去找她那嫁人的姐姐，在那儿把娃儿生下来，就说这娃儿是姐姐的，我建议她等到身子好了，赶紧带娃儿回家给外婆看，而且我也总得亲眼见见，晓得他健健康康、活蹦乱跳，才好想下一步该怎么做。我们说好，由我去找钱来说服辛普金夫妇，将娃儿抚养成人、视如己出。情急之下，我写信向上校求救，等到他借我三十镑，儿子也差不多该抱回她姐姐家了。这段情节想来各位都听过。上校说之所以这么做，是因为怜悯从前麾下某位军官，但想必其中另有隐情。据路易莎听其他仆人说，上校想在庞百利找太太。一个骄傲审慎的男人，倘若又有钱、又是贵族，自然不会想和丑事沾上边，尤其是这种下作的风流韵事。他要是看见我儿子在庞百利的林子里玩耍，肯定要跟达西一样寝食难安。"

艾韦顿说："想来你从未把身份告诉路易莎吧？"

"我又没犯傻，何况她要是晓得了，只是徒增她困扰。换作是别人，必定也不会告诉她。所幸我那篇谎话还站得住脚，凡是多情少女听了，无不同情。我说我叫费德瑞克·戴朗西（Frederick Delancey），之所以起这个名，是喜欢这名字的缩写。我告诉她我是个士兵，在爱尔兰之役受了伤——这话倒也不假；我说我战后回乡，发现心爱的妻子难产而死，儿子胎死腹中。路易莎听了这段辛酸的家世，对我益发坚贞，害我不得不大肆渲染，说我不久便会上伦敦找事，等找到了就回来娶她，再把娃儿接回来，合家团圆一番。路易莎坚持要我在树干上刻下名字缩写，当作爱的承诺和见证。我承认刻字的时候，多少有些不安好心。我答应她，等到我在伦敦找到房子，付完房租，立刻寄钱给她姐姐。"

上校说："你这样欺骗无知少女，实在卑鄙无耻。想来等到娃儿出世，你早已逃之夭夭，此事便就此揭过。"

"我承认我扯谎，但在我看来，这事到头来可说是皆大欢喜。路易莎不久便会忘了我，依旧同她那未婚夫成亲，娃儿则由亲戚抚养长大，这下场还算好的了，比这悲惨的私生子比比皆是。但事情偏偏出了差错，真是晦气。路易莎抱娃儿回家那天，我们如常在狗儿小兵的墓旁碰面，她捎来她姐夫的口信，说不管给他多少钱，他也不想收养这娃儿。他还有三个女儿要养，将来还要添丁，总不好要我儿子做他家的长子。除此之外，有道是一间厨房容不下两个女人，路易莎待产前后，显然和她姐姐处不大来。我先前已将路易莎怀孕一事透露给杨格太太，她坚持要见见娃儿，便和路易莎约了在林子里碰头。她一见到乔治，便决意要领养。虽然我早就晓得她想要个孩子，却不晓得她想得如此殷切。我那娃儿确实漂亮，而且是我的亲生儿子。"

听到这里，达西再也按捺不住，满腹的疑惑不吐不快。"想来那两个女仆在林子撞见的黑衣女子，便是杨格太太了。你怎么能让她介入关乎你儿子未来的大事？就我们所知，她的作为是世间女子中最下作的。"

韦翰一听，险些从椅子上跳起来。他两手抓着扶手，指关节发青，满脸怒色道："你要晓得，这世上唯一爱过我的女人，就是艾莲诺·杨格，她照顾我，支持我，看重我，就连我太太也比不上，她把我当成弟弟，好心好意对待我。是的，她和我是同父异母的姐弟。你乍听之下定要吃惊。谁不晓得我父亲是达西老爷最尽忠职守的管家，手脚麻利，人人景仰。我母亲管他管得很严，就如同她管束我一样。可我父亲毕竟是个男人，每次达西老爷打发他上伦敦办事，他就跟在家里完全两样。我对他那相好一无所知，但他在临终前告诉我，说在外头还有个女儿。我不得不帮他说句话，他确实已尽了抚养之责。我对我姐姐的童年所知不多，只晓得她被送到伦敦一间学校，里头跟孤儿院差不了多少，十二岁那年，她跑了，从此音信全无，父亲的年纪大了，庞百利的工作又吃紧，虽然想打听她的下落，却使不上力，直到临终前，他都为此感到内疚，遂托我帮忙寻找。当年她待的学校早就倒了，连是谁经营的都不知道，我向附近人家打听，找到有人认识该校的女学生，而且这女学生和我姐姐还有联络，遂辗转打听到艾莲诺的下落，我们姐弟终于团聚。她并非如我想的那般穷困潦倒。她和一位上了年纪的男人有过一段姻缘，当时他给了她一大笔钱，让她在马里波恩街买了一幢宅子，租给好人家的青年，他们离乡背井来伦敦工作，蒙我姐姐悉心照顾管束，不准他们带女孩子回来，他们的母亲无不感激。"

上校说："这我晓得。但你没说你姐姐如何营生，也没说她勒索了多少位不幸的男人。"

韦翰简直怒不可遏。"比起许多有头有脸的遗孀，她这辈子害过的人算少了。她丈夫死后没留给她半点遗产，她不得不自个儿想办法谋生。或许是臭味相投吧，我和她惺惺相惜，一见如故。她很聪明，说我这人唯一的好处，就是女人见了都喜欢，而我也懂得如何讨女人欢心，还说我若想脱离穷困，最好就是娶个有钱的太太，以我的个性，一定有办法。而诸位也晓得，就在我实现心愿之际，达西气势汹汹来到兰斯盖镇，扮演起护妹心切的兄长，我的美梦瞬间泡汤。"

达西还来不及反应，上校已经霍然起身。"倘若你爱惜生命，这世上有个名字，无论你身在何处，都绝对不能提起。"

韦翰盯着上校，眼神里闪过当年的狂妄，道："先生，我并非乳臭未干的小子，我晓得高贵的淑女玉洁冰清，名誉神圣不可侵，绝不受丑闻抹黑，起坐之间也在捍卫贞节，我姐姐从前也是这样。不过还是回到正题吧。我姐姐说要收养娃儿，正好解决了我和路易莎的难处。既然她的姐姐不肯领养，总得再给娃儿找个家。听得艾莲诺说要让娃儿过最好的生活，路易莎大为向往，答应舞会当天早上就让我和姐姐接娃儿去伦敦，我在当地找事，娃儿就先托姐姐照顾，等我回来娶她，再将孩子接回来。至于我姐姐的住址，自然不打算告诉她。

偏偏这计划出了差错，我不得不说，这都要怪艾莲诺不好，她不常和女人打交道，这不是她的处世原则。她和男人打交道向来直来直往，她又会劝说、又会撒娇，就算弄得人家倾家荡产，人家也绝不与她交恶。路易莎多愁善感，临事犹豫不决，她对此毫无耐性。看在我姐姐眼里，这事儿再简单不过：既然你儿子需要人家收养，而她家又比辛普金家好上太多，把娃儿交给她，事情不就结了？但路易莎不喜欢我姐姐，渐渐开始不信任她。艾莲诺又一直索要原本答应给辛普金家的三十镑。虽然路易莎最后同意把孩子交给我姐姐收养，但我担心临到母子分离，她又要冥顽不灵，所以才请丹尼陪我们一起去接娃儿。我笃定当天庞百利一定忙得不可开交，路易莎的父亲也会在里头帮忙，只消花几个先令，西北角那边便会放艾莲诺的马车进庞百利。我姐姐跟上校说好，舞会前夕在兰姆墩王章旅店碰面，要告知他计划生变。"

上校说："我和杨格太太上次碰面，便是她应征伴护那次，当年我被她迷惑，这回在王章旅店也是如此。她举证历历，证明她财力雄厚。正如我对达西所言，将娃儿交给她收养确实是上上之策，至今我对此依然深信不疑。案发当晚，我们入林搜查，我多事上林中小屋查访，并告诉路易莎，她的情郎就是韦翰，是个有夫之妇，而且和友人在林中迷了路。杨格太太和韦翰过从甚密，路易莎听了这番话，自然不愿将娃儿交给她。"

达西说："但这也由不得路易莎决定。"说着便转向韦翰："你早就盘算好，倘若有必要，便会动手将娃儿抢过来。"

韦翰一脸事不关己道："只要能让艾莲诺收养乔治，要我做什么都愿意。乔治是我儿子，对我和姐姐来说，最要紧的就是他的未来。自从我们姐弟相认，向来都是她有恩于我，我却不曾报答她。如今她有求之不得的东西，正好我也能给，怎能让愚蠢的路易莎犹豫不决而坏事。"

达西说："你把儿子交给那种女人养，往后他日子要怎么过？"

韦翰没有接腔，众人的目光全集中在他身上。达西看着他，心里半是害怕、半是同情，只见韦翰力作镇定，哪里还像方才那般狂妄潇洒。他伸手要拿咖啡，却让泪水模糊了视线，将咖啡壶打翻在地。众人噤若寒蝉，纹丝不动，还是上校先弯下腰，拾起咖啡壶，摆回桌子上。

　　终于，韦翰收住泪水道："他会在爱中度过，你我儿时或许都不曾如此受宠。我姐姐膝下无子，好不容易才有机会替我带孩子。她一定会四处讨钱，但这是她的谋生之道，讨来的钱都会用在我儿子身上。她见过我儿子，好俊的小子。我儿子多俊啊。而今我和姐姐天人永隔，和儿子则无缘再见。"

　　达西厉声道："但你禁不住把秘密让丹尼知晓。明明你只要应付路易莎和她年迈的母亲，但唯恐她歇斯底里，不肯交出孩子，吵吵嚷嚷，惊醒病笃的兄长，遂想找个可靠的朋友帮忙，但丹尼听说你答应娶她，还打算强行把孩子抱走，便愤而下车，撒手不管此事。我们先前一直不明白，他大可沿路走回叶面旅舍，为何要奔入林中？照理来说，即使他要走，不妨等马车驶到兰姆墩，届时再不告而别也不迟。原来他在林子里下车，是要向路易莎揭穿你的诡计。你伏在他尸首上说的那番话也是实情。是你杀了他。你的话像利刃刺死了他。威尔不甘独卧病床，以为赶走了花心大少，却不知杀死了恩人。"

　　但韦翰一心都在另一条人命上，且听他说："我姐姐听到宣判'有罪'，简直要了她的命。她晓得我再过几个钟头就要被处死，倘若亲眼看我死去，能让我比较好受，她一定会在绞刑架前守着我，但世上有些恐惧，就连爱也无法克服。想来她早已预谋自杀，这样一来，尽管失去了我和娃儿，至少还能和我一同葬在乱葬岗。"

达西本来想说，她大可不必受此屈辱，但韦翰看了他一眼，不让他继续说下去。"我姐姐生前让你瞧不起，如今她死了，你少来假慈假悲，孔百德牧师自会处理，不劳你出力。牧师有牧师的职权，纵是庞百利庄主也不能逾越。"

众人皆默然。末了，达西说："那娃儿后来怎么了？如今在哪儿呢？"

上校出声道："我自作主张去打听了一番。那娃儿送回了辛普金家，据说跟路易莎母子团聚。丹尼命案在庞百利闹得风风雨雨，路易莎没费什么唇舌，便说动姐姐将娃儿接回去，以免娃儿受到波及。我匿名寄了一笔钱过去，目前辛普金家虽不打算将娃儿送走，但迟早会闹出问题。我不想和此事再有瓜葛，眼前还有更要紧的事要烦心，除非除掉拿破仑，否则欧洲永无安宁之日，这场世纪大战，我希望有幸参与。"

谈到这里，众人也乏了，再也搬不出话来讲，葛汀纳先生提早推门进来，说孔百德牧师到了，众人都松了一口气。

5

想当初韦翰特赦的消息传来，众人虽然如释重负，但却不曾大肆庆祝，想来是为了这场官司吃上太多苦头，除了感谢上帝让韦翰获释，便只剩力气替他接风了。伊丽莎白晓得达西也急于重返庞百利，原本打算隔日动身，但这无异于痴人说梦。达西有事要和律师商讨，须将名下财产转给孔百德牧师，再由他交给韦翰；此外，昨天丽迪亚来了一封信，说韦翰一出狱，她就要赶来伦敦见丈夫，然后一同荣返朗堡。她会找个男仆，一同乘坐娘家的马车前来，显然以为葛汀纳夫妇定会收留她，男仆则随便在附近的旅馆下榻。她信里面也没说几点钟到，急得葛汀纳太太赶紧打发人收拾房间，马厩也打扫打扫，看还能不能再停一辆马车。伊丽莎白只觉困倦排山倒海，费了一番工夫才没让眼泪掉下来。她一心只想回家见孩子，想来达西也是如此，两人遂计议后天启程。

隔天一早，两人派了封快信到庞百利，让史陶总管晓得他们何时到家。这天有无数的手续要办，还有打包不完的行李，伊丽莎白几乎整天都没见到达西的身影。两人都心事重重，无心交谈。伊丽莎白晓得自个儿应该要高兴，却高兴不起来，或许等到回家自然就好了。原本众人担心，一旦特赦的消息传开，道喜的人潮便会络绎不绝，幸而并未引来任何骚动。孔百德牧师安排韦翰下榻的人家口风很紧，而且地点隐秘，道喜的人群全挤在监狱附近。

隔天午饭过后，丽迪亚乘着娘家的马车前来，所幸并未引来注目。丽迪亚的举止比料想中来得审慎明理，达西夫妇和葛汀纳夫妇都松了口气。她连月来心焦如焚，晓得这场官司攸关丈夫性命，倒让她的性子平和不少，甚至感谢舅母殷勤款待，总算明白自个儿欠舅父母多少人情；但她对达西夫妇还是老样子，连声谢谢也没有。

孔百德牧师在晚饭前来访，带丽迪亚到韦翰下榻处，一去就是三个钟头，回来之后，她愁容满面，但兴致高昂。他英俊殷勤，又如当年那般令她倾倒。她信心满满诉说两人的未来，深信他们会在新世界名利兼收。她做事向来瞻前不顾后，跟韦翰一样急于离开英国。韦翰修养期间，她便陪在身边，但实在受不了主人家每天晨祷，三餐前后要祷告。三天之后，夫妻俩乘着班奈特家的马车，辘辘驶过伦敦街头，驶往北上赫福德郡的道路。

6

伊丽莎白身心俱疲，不愿坐太久的车，因此得花上两天才能到德贝郡。审判过后的礼拜一上午，家仆将达西夫妇的马车牵到门口，夫妻俩向葛汀纳夫妇道过谢，上车打道回府。两人在车上瞌睡连连，但一驶近德贝郡，立刻醒过来，望着熟悉的村庄，看着记忆中的街景，不由得高兴起来。昨日他们还只晓得欢喜，今日则容光焕发、笑逐颜开。回首当时挥别家门，跟此刻真是天差地别，只见家仆穿戴得整整齐齐，列队在门口欢迎，雷诺太太眼角含泪，跟主人行了个屈膝礼，一时心绪翻腾，无法言语，只能默默欢迎女主人归来。

夫妻俩一进家门，便先去幼儿房，两个儿子看见父母回来，开心得又叫又跳，唐纳文太太絮叨着近来的新闻。伊丽莎白听说在伦敦期间，发生了这么多事，倒像连月没回家似的，接着该雷诺太太报告近况："太太，请放心，我要禀告的事绝不教您烦心，只是有件事实在要紧，不说不行。"

伊丽莎白建议照例到起居室讲，雷诺太太摇了铃，打发人上茶，主仆俩便在壁炉前坐下，壁炉里生了火，此时春日和暖，这火是生来舒心的，且听雷诺太太道：

"咱们听说，丹尼上尉一案，威尔已经招供了，众人无不同情毕威太太，不过也有人怪威尔怎么不早讲，害咱们主人和韦翰先生活受罪。他跟上帝讲和自然要时间，但也有人以为，这时间的代价未免太大。目前他已下葬在墓园，欧立凡牧师在丧礼上讲了好些肺腑之言，毕威太太看见那么多人前来吊唁，其中有不少来自兰姆墩，倒也心满意足。那时花开得正好，我和史陶先生替您和主人送了花圈过去，想必您和主人一定喜欢。但我底下要讲的，却是路易莎的事。

"丹尼上尉命案隔天，路易莎便来找我商量，问我能不能替她保密。我带她到起居室，她登时哭成泪人儿，我耐着性子安抚，又费了一番唇舌，总算才听她娓娓道来。命案当晚，上校夜访木屋，她这才明白，原来娃儿的父亲是韦翰先生，我恐怕她是上了韦翰先生的当。她直说这辈子再也不想见他，还嫌那娃儿讨厌，但辛普金夫妇又不肯收留，她未婚夫听说此事，自然不愿娶她，省得照顾那拖油瓶。她把在外头有男人的事跟他说了，但没说是韦翰，想来是怕传进父亲耳里，教父亲听了羞愤难受。路易莎急着想找好人家将娃儿送走，因此才来找我商量。太太，您可还记得我向您提过，我那守寡的嫂嫂戈达德太太在伦敦的海布里办了间学校，办得极好，其中一位寄宿生哈莉叶·史密斯小姐嫁给了当地一位小农罗伯特·马汀，两人婚后幸福美满，生了三个女儿和一个儿子，但医生说马汀太太无法再生育，可她和夫婿又想再生个儿子和大儿子做伴。海布里当地的唐沃尔庄园住着一户德高望重的人家姓奈特利，奈特利太太和马汀太太是闺中密友，[此处作者借用奥斯汀另一部作品《爱玛》（Emma）里的人物和部分情节。] 对此事极为关切，还好心好意写信来要我放心，倘若将娃儿送去马汀家，她定会出力帮忙，马汀太太也写信来央求，我想来想去，再想不到比这更好的人家，只恐怕奈特利家的马车在庞百利要引人侧目，因此便速速将娃儿送到辛普金家，好让奈特利太太打发马车去接。事情进展得很顺利。后来马汀太太那儿来了信，说娃儿已经到了，直夸娃儿漂亮又爱笑，全家上下无不喜欢。原本马汀太太听说娃儿没受洗，心里着实难过，日前已在海布里的教堂受洗，取名约翰，跟马汀太太的父亲同名。

"太太，我很抱歉没能及早将此事说与您。我虽答应路易莎必会保密，但也明白告诉她，说此事断断不能瞒您。倘若毕威晓得实情，定会心烦意乱，他和庞百利上下一样，都以为娃儿已送回辛普金太太身边。太太，我希望自个儿没做错，路易莎一来希望他平安长大，二来不要韦翰先生晓得娃儿的下落，故而出此下策。她这辈子再也不想见那娃儿，也不想听到他的消息，连送给哪户人家也不晓得。她只知道娃儿平平安安，受人宠爱，这就心满意足了。"

伊丽莎白说："这事儿你办得极好，你要保密，我当然尊重，但得再请你破个例，这事必须让达西先生晓得才行，我保证他必不会说出去。后来路易莎可和未婚夫恢复婚约了？"

"是的，太太，史陶先生还减轻了他的担子，好让他多陪陪路易莎。她让韦翰先生搅得失魂落魄，但她对他已经由爱生恨，眼前只想和夫婿上海马腾庄园，展开新的生活。"

伊丽莎白心想，韦翰尽管作恶多端，但确实英俊潇洒、聪明过人，欧立帆牧师也曾夸路易莎伶俐，想来两人相好时，也曾瞥见截然不同的人生远景，但眼前这样的结局，想来对路易莎和那娃儿都好，未来她便和夫婿在海马腾庄园管家，任凭韦翰在记忆中模糊。说也奇怪，想到这里，伊丽莎白竟莫名心痛起来。

尾 声

六月上旬某天早晨，伊丽莎白和达西在阳台上用早饭。天气很好，是个值得和朋友共度的好日子。艾韦顿抛下伦敦的公事，前天晚上就来了，宾利则会过来一道吃午餐和晚餐。

达西说："伊丽莎白，你若能赏光与我在河边散步就太好啦。有些事情在我脑海盘旋已久，早该私下告诉你。"

伊丽莎白默默答应了，五分钟后，两人一起穿过草皮走到溪边小径。两人都没说话，直到他们过了桥。桥下溪水小了，桥的另一头是张板凳，是安妮夫人当年怀第一胎时安置的，方便她休息。坐在这里，可以隔着溪水看着庞百利大宅，达西和伊丽莎白都喜欢这里，常常不知不觉走过来。这天早上起了雾，因此园丁预言，这将是炎热的一天。四周的树木已脱去春天的嫩芽，而今枝叶繁盛，溪畔夏花绚烂，溪水波光粼粼，是对美和幸福的礼赞。

真是令人松了一口气，渴望已久的信从美国到达了朗堡，凯蒂抄了一封寄给伊丽莎白，今早收到了。韦翰的信很短，丽迪亚则草草添上几笔。他们说来到美国真是欣喜若狂。韦翰写来写去都是雄壮的马，还说要和孔百德先生繁殖猎犬，丽迪亚直说威廉斯堡比梅里墩有意思的多，已经和驻守在此的军官及其妻子交上朋友。韦翰似乎终于找到终身的职业，但是能不能看住妻子还是个问题，所幸达西夫妇跟他们相隔着三千里的汪洋，各不相干。

达西说："我一直在想，韦翰和小姨子这趟美国行，是我头一次诚心诚意祝贺他顺利。我相信，他经历过这番磨难，定会如孔百德牧师所言洗心革面，赴美实现他所有的愿望。然而，我有今日全是因为和他那份孽缘，但愿我再也不用和他相见。他诱拐乔安娜，罪不可赦，一想到就恨，就算想忘也忘不掉，唯一的权宜之计，就是不再和乔安娜提起此事。"

伊丽莎白沉默了片刻。韦翰并不是他们幸福婚姻的阴影，也不能破坏他们之间存在的互信。如果这是不幸福的婚姻，这些话毫无意义。他们顾及礼貌，从不提起韦翰过去和伊丽莎白的交情，但是对韦翰的个性和作风都有共识，夫妻俩都决心不再让韦翰踏进庞百利一步。同样为了顾及礼貌，伊丽莎白也绝口不提乔安娜建议私奔一事，她认为这是韦翰的诡计，不过是觊觎乔安娜的财产，并自以为人家怠慢他，故而心生报复。她全心爱她的丈夫并信任他的判断，认为一切都无可挑剔。他所做一切必定都是为了乔安娜着想，除此之外，她不敢多作他想。

不过，或许是兄妹俩该摊牌，将过去的事说个明白的时候了。

她轻轻地说："亲爱的，你和乔安娜绝口不提也许没错，别忘了，没有发生不可挽回的憾事。你一到兰斯盖镇，乔安娜便和盘托出，说完也松了一口气。就算你没赶到，她也不一定就会跟韦翰跑了。你总不能每次看到她都想起这难过的事，她又何尝不难过？我知道她也望宽宥。"

达西说："我才需要宽宥。丹尼的死让我面对我自己的责任——这也许是头一遭吧，而我的疏忽，不只让乔安娜受伤而已。倘若我当年不那么骄傲，当他第一次到梅里墩时，就说出实情，韦翰绝不会与丽迪亚私奔，也不会和她结婚，也不会跟你成为一家人。"

伊丽莎白说："倘若你那样做，大家不就都知道乔安娜的秘密了？"

"适度警告一下不就得了？但是缘因早就种下了，当年是我决定让乔安娜退学，将她交给杨格太太照顾，我怎么会如此盲目，如此疏忽，毫无戒备？我是她的哥哥，她的监护人，是我父母托我照顾她的。她当年才十五岁，上学也上得不开心。那是间昂贵的上流学校，但是对学生却毫无关怀爱护，只灌输骄傲和上流社会的价值观，却不教是非也不求学问。乔安娜离开是正确的，但她还没准备好要自己过生活。她和我一样，人一多就害羞、没自信。你也看到了，就是你和葛汀纳夫妇来庞

百利用点心那一次。”

伊丽莎白说：“我也看出你们兄妹如何互敬互爱，一如今日。”

他仿佛没听到，自顾自讲下去：“我先让她住在伦敦，然后又准许她去兰斯盖镇。她明明应该待在庞百利！庞百利是她的家。我大可带她来这里，找个合适的女士陪她做伴，或是请个女家庭教师，替她拾起疏忽的学业，我也该常常在家，给她兄长的爱和支持。但我却把她交到另一个女人手里。即使她已经死亡，不可能和她尽释前嫌了，我依旧视她为邪恶的化身。虽然你从来没提起，但你必定也想知道，为什么乔安娜不跟我同住在庞百利，住在她视为自个儿家的地方。”

“我承认我确实纳闷过。但后来我认识了乔安娜，也看到你们相处的情形，我相信你所做的一切都是为了她好。至于兰斯盖镇，本来就是医生说海边空气好，对她健康有益所以才去的。至于为什么不住在庞百利，或许是双亲去世后，这里充满了悲伤，而你又忙着照顾家里产业，难得有时间像你说的那样陪伴乔安娜。我知道她很高兴跟你在一起，也相信你一直是个充满爱的兄长。”她顿了一下，接着说，“那费兹威廉上校呢？你们同是乔安娜的监护人。当初你们是一起面试杨格太太的吧？”

“是的，确实如此。我打发马车接她来庞百利，又邀她留下来吃晚饭。回想起来，我才知道我们两个多容易受她操纵。她表现得完美无瑕，足以负起照看年轻女孩的责任。她看起来挺像回事，说的话也正经，自称是个淑女，受过良好的教育，能跟年轻人产生共鸣，举止无可挑剔，品德也无可指责。”

“她有带推荐信来吗？”

“好几封，全都令人折服，当然都是伪造的。我们却照单全收，被她的外表骗了，以为她适合这个工作，明明可以写信给那些所谓的前雇主，却没这样做。我们就只问了一个，也收到回音，后来才晓得是杨格太太的同伙写的，上头满纸谎言，跟她的推荐信一样。我想当初是费兹威廉写信去问的，他以为此事应该留给我处理，我也承认那确实是我的责任。他当时被征召回军队，有更多要紧的事要烦心。因此，我比他更内疚。我不能替我们的错找借口，但我当时确实疏忽了。”

伊丽莎白说：“要两个年轻男子担这个责任确实太重了，你们又都还没结婚，就算其中一个是亲哥哥又如何？安妮夫人当年没找其他女性亲戚或朋友作监护人吗？”

“这倒是个问题。最明显的人选是我母亲的姐姐狄堡夫人，若选择其他人，两人定会决裂。但是她们感情向来不好，因为她们的性情是如此的不同。大家总说我母亲坚守原则，高高在上，但其实她心地善良，济助穷苦，判断也从未出过差错。狄堡夫人你是知道的，至少你知道她过去的样子。自从她丧女后，你对她的好心好意，已经开始软化她的心。”

伊丽莎白说："要说狄堡夫人的不是，就是她来朗堡找我那一次。她一心想知道我们有没有婚约，并且想拆散我们，没想到反而促成了我俩的婚事。"

达西说："她告诉我你如何要她别插手，我就知道我有希望了。但你是一个成熟的女人，而且又骄傲，哪里容得下狄堡夫人对你无礼。然而对一个十五岁的女孩来说，有她这种监护人可就惨了。乔安娜总是有点怕她。在庞百利时，我妹妹常常受邀到若馨庄园做客。狄堡夫人总是建议她和表妹像亲姐妹一般，受同一个女教师教导。"

"她有这个心思，或许她们真会成为姐妹也说不定。狄堡夫人挑明了对我说，你注定要跟她女儿成婚。"

"那是她注定的，可不是我母亲注定的，这也是一个绝不能让狄堡夫人成为乔安娜监护人的理由。但是我愈谴责我姨母多管闲事，愈觉得她比我还负责。换作是她，绝不会让杨格太太蒙蔽。我以乔安娜的幸福——甚至是人生——做赌注，将她托给了杨格太太照顾。杨格太太打从一开始就知道自己是一颗棋子，韦翰也从一开始就加入这桩阴谋诡计了。韦翰把打听庞百利的大小事当作事业，他告诉杨格太太我正在替妹妹找女伴护，她立刻写信来申请。杨格太太晓得，既然他那么会勾引女人，如果他想过他应该过的生活，最好的办法就是为了钱而结婚，乔安娜因此成为受害者。"

"所以，你认为从你和她见面的那一刻起，她就和韦翰串通好的了？"

"没错。她和韦翰从一开始就计划要诱拐乔安娜私奔。他在葛汀纳夫妇家时差不多全招了。"

他们静静坐了一会儿，凝视溪水在石头上方流转打旋。达西又开口说话。

"但我想说的不只如此。我怎么会这么绝情，这么放肆，竟然拆散宾利和珍？如果我不厌其烦地与她交谈，了解她的善良和温柔，我应该意识到，如果宾利能赢得她的爱，那是他的福气。我想我担心的是，如果宾利和你姐姐结婚，我就更难克制我对你的爱，克制那淹没我的激情，但是我说服了自己，我必须克服才行。因为曾祖父对我家族的阴影，从小父亲就教我，家大业大，责任也大，我迟早必须照管庞百利的产业，许多人的生计和幸福都要仰赖我。我必须将这重责大任摆在第一，将私人欲望和幸福摆在第二。

"肯定是我知道自己不该爱你，所以才有那次丢脸的求婚，更丢脸的是随之而来的信，竟然还试图辩解我的行为没有错。我求婚时说的那些话，只要是爱护家人的女人，或是自尊自重的女人，都不可能会接受。在你狠狠拒绝我，而我又写了一封自我辩解的信之后，我以为已经斩断所有对你的思念。但是没有。我们分手后，你还是在我脑海和心中，你和舅父母上德贝郡来，我们在庞百利邂逅，当时，我就知道我还是爱你，而且永远不会停止爱你。从那一刻起，我虽然不抱多大的期待，但我想让你看见我的改变，我已经成为一个值得托付终身的男人了。我就像一个小男孩，不停炫耀我的玩具，急着想要获得认同。"

停顿一下之后，他继续说道："我的转变是如此突然。在若馨庄园，我曾将那可耻的信塞在你手里，当时我的傲慢，我那不合理的怨怼，我对你家人的侮辱，都只是不久之前的事，怎么不过一眨眼的工夫，我却邀你和你舅父母上庞百利庄园做客？我急于重修旧好，一心想赢得你的敬重，又希望得到你温暖的响应，以至于我连谨慎也不顾了。但你要怎么相信我真的改变了？任何理性的人都不可能吧？葛汀纳夫妇必定晓得我素以骄傲狂妄闻名，看到我当时的转变，想必惊讶不已。此外，我对宾利小姐的言行，你必定认为我是该受指责的。珍生病那次，你到尼德斐庄园，想来也看到了。我明明无意娶宾利小姐，为什么却常常到她家走动，害她怀抱着希望？有时我对她无礼，也真是够羞辱人了。宾利那老实人，肯定希望我们两家亲上加亲。而我对他们兄妹俩的举止，却既不像朋友，也不像绅士。凭良心讲，我真是厌恶自己到了极点，简直不配再与人往来了。"

伊丽莎白说："宾利小姐在追求目标时，可没那么容易让人羞辱的。不过，倘若你一心以为，宾利会因为不能亲上加亲、大失所望，就不顾你和他妹妹结亲对你的不便，就自个儿继续这么想吧。谁能指控你欺骗他们兄妹俩呢？你的心意向来再清楚也不过。至于你对我的态度不变，你可别忘了，我当时才开始了解你，也才慢慢爱上你。或许我相信你变了，是因为我非这么相信不可。倘若我但凭直觉，不听理智，岂不是要看走眼了？"

"喔，亲爱的，你看人再不会错的。"

伊丽莎白接着说："当时我又何尝不后悔呢？你写那封信还是有好处的，总算让我知道我看错了乔治·韦翰。我心想：宾利先生既然愿意跟你要好，你又怎么可能像韦翰描述的那样心怀不轨、违背父志？看来你那封满腹牢骚的信，也不是完全没好处的。"

达西说："信中唯一诚实的地方，就是有关韦翰那几段。说也奇怪，我既然说了那么多话来故意伤害你、羞辱你，却无法忍受我们分手之后，你要把我想成韦翰口中的那种人。"

她挨着他，两人一时都没说话，只是静静坐着。末了，她说："我们跟当年都不一样了。不如把过去的事情看作笑话，对未来充满信心和希望吧。"

达西说："我一直在思考未来。我知道要我离开庞百利委实不容易，但是你想不想重返意大利，再去看看我们蜜月旅行走过的地方？而且十一月正好，可以避开英国的冬天。如果你舍不得孩子，我们可以把旅程缩短一些。"

伊丽莎白笑着说:"孩子让珍照顾再妥当不过,你也知道她多爱带小孩。去意大利当然好,不过必须再等一等。我正要告诉你十一月我有什么计划哩!亲爱的,我计划十一月初要抱女儿哩。"

他一时说不出话,只是喜不自胜,眼泛泪光,紧紧握住伊丽莎白的手,好半天才吐出几句话来:"你身子还好吧?要不要披个披肩?我们要不要回屋子里休息?一直坐在这里可以吗?"

伊丽莎白哈哈大笑:"我好得不得了;我不是一向都健健康康的吗?在这里告诉你这件喜讯再合适不过。当年安妮夫人怀你的时候,不是常常坐在这里休息吗?我当然不敢保证一定能生女儿。我总觉得这次又是个儿子。倘若真的是男孩,我们应当留个位子给他。"

"这个自然,亲爱的。我们不仅会在幼儿房帮他布置一个位子,心里也会有他一席之地。"

两人沉默了一会儿,便望见乔安娜和艾韦顿步下庞百利门前的台阶,往溪边的绿茵走去。达西故意板起脸,道:"夫人,我没看错吧?众目睽睽之下,我们的妹妹竟然和艾韦顿先生手牵手,不怕人家从窗子偷看到吗?真是太震惊了!这是什么意思?"

"这就留给你自个儿去想了,老爷。"

"我想来想去,这艾韦顿该不会有要紧事要来求我吧?"

"哪是求你啊,亲爱的。别忘了,乔安娜已经长大,过了要人监护的年纪啦。只要他们彼此说好，知会你一声就是。他们对你唯一的要求，当然就只有祝福。"

"我自然是满心祝福。我再也想不到，有谁比艾韦顿更适合当我妹夫。我今晚就跟乔安娜谈一谈，别再打哑谜了。"

两人从板凳上站起来，乔安娜和艾韦顿看见了，笑得比潺潺溪水更响，小两口手牵着手，从草地的另一端跑过来。